EL RETRATO
DE DORIAN GRAY

OSCAR WILDE

El retrato de Dorian Gray

Mestas
ediciones

CLÁSICOS UNIVERSALES.

EDICIÓN ÍNTEGRA

Título original: *The Picture of Dorian Gray,* 1890
© Traducción: Roberto Esla
© Diseño cubierta: Felipe Torrijos
Ilustración cubierta: John Singleton Copley,
                     "Henry Pelham (Joven con ardilla)", 1765
© De la colección: Proyectos Ánfora, S.L., 2001
© De esta edición: JORGE A. MESTAS, Ediciones Escolares, S. L.
                     Avenida de Guadalix, 103
                     28120 Algete (Madrid)
                     Tel. 91 886 43 80
                     Fax: 91 886 47 19
                     E-mail: jamestas@arrakis.es
                     www.mestasediciones.com

ISBN: 84-95311-78-X
Depósito legal: M-43465-2006
Impreso en España por: Melsa
Carretera de Fuenlabrada a Pinto, km. 21,8
28320 Pinto - Madrid
Printed in Spain - Impreso en España

Primera edición: *octubre, 2001.*
Segunda edición: *junio, 2004.*
Tercera edición: *noviembre, 2006.*

INTRODUCCIÓN

Oscar Wilde (1854-1900) se ha ganado a pulso su puesto relevante en la historia de la literatura en lengua inglesa. Pero su reconocimiento ha sido lento y controvertido, por el hecho de que su época de esplendor literario, la última década del siglo XIX, estuvo marcada por la notoria y frívola "doble-vida" que llevó, que rebasaba los límites permisibles para la severa moral puritana de sus contemporáneos, y que daría lugar al escándalo que desembocó en su condena por homosexualidad.

La polémica la había suscitado, ciertamente, la relación que la crítica encontraba entre su conocida vida y su obra, pues ambas estaban regidas por una misma estética muy llena de matices: cultura, paganismo, escándalo, artificio, dandismo, una amplia rebeldía general y una excepcional originalidad por la forma con que hizo propias todas las influencias que recibió a lo largo de su vida.

Wilde nació en Dublín en el seno de una familia distinguida y culta. En su infancia ya dio muestras de una especial sensibilidad literaria, destacando en el primer colegio al que asistió, el célebre "Portora Royal School", por sus conocimientos de literatura y de la cultura clásica grecolatina. De allí pasó a la universidad más afamada de Dublín, "Trinity College", y de ésta a "Magdalen College de Oxford", graduándose en ambas con honores. En Oxford, Wilde se mostró, además, como un joven eminentemente social, un dandy que necesitaba del bullicio de la sociedad y la vida de postín. Su Dublín natal se le había quedado pequeño y distante, y, tras su graduación, fijó su residencia en Londres, donde no tardaría en hacerse célebre, asombrando a la sociedad por su audaz ingenio y su amanerada pose de esteta.

Y es que Oscar Wilde había caído bajo el influjo de la corriente esteticista, que aspiraba a alcanzar la perfección, una cualidad que sólo se encontraba en el arte. Para los esteticistas el arte sólo se sirve a sí mismo, lo que implicaba una separación entre arte y moralidad como dos categorías diferentes del pensamiento. Al desvincularse de los valores éticos, el arte se secularizó, y las experiencias artísticas empezaron a considerarse una meta en la vida. Wilde sintió la fascinación del grito esteticista de "el arte por el arte", que convirtió en su eslogan y filosofía. Su propia personalidad le hizo proclive a caer en el hechizo de este particular estilo de vida: su carácter afeminado, su educación, su gusto por la pompa y el lujo urbano, sus constantes viajes, sus visitas a famosos edificios, museos y galerías del arte, y su propia colección privada de libros y objetos raros. No obstante, aunque Oscar Wilde ni creó ni aportó ideas originales al movimiento que tanto defendió y divulgó, hoy en día se le recuerda como su máximo exponente, porque logró imbuir su exquisita personalidad artística a toda su producción literaria, que incluye poemas, ensayos críticos, una novela, tres libros de relatos breves y cuentos y siete piezas teatrales.

El período álgido de su producción tuvo lugar en el breve pero intenso lapso que va de 1891 a 1895. En enero de 1891 se estrena en Nueva York su pieza teatral *La duquesa de Padua,* en febrero se publica su ensayo *El alma del hombre bajo el socialismo* (reimpreso en abril), en abril aparece *El retrato de Dorian Gray* (reimpreso en julio, 250 copias firmadas por el autor), en mayo, una serie de ensayos críticos bajo el título de *Intenciones;* en julio, *El crimen de Lord Arthur Savile* y otros cuentos y, en noviembre, su colección de cuentos *Una casa de granadas;* además, durante su estancia en París, entre noviembre y diciembre, escribe *Salomé* en francés.

En febrero de 1892 estrena *El abanico de Lady Windermere* con un éxito extraordinario, que le aporta popularidad y riquezas, y en mayo publica una edición limitada de *Poemas.* En 1893 se estrena (también con éxito inmediato) *Una mujer sin importancia.* En 1894, cuando su vida privada está al borde del escándalo, publica la edición inglesa de *Salomé* y *Poemas en prosa.* En 1895, en enero y febrero, respectivamente, estrena con gran éxito, *Un marido ideal* y *La importancia de llamarse Ernesto.* A la vez, se enfrenta a tres procesos judiciales sensacionalistas, de los que resulta condenado por su homosexualidad a dos años de trabajos forzados. Se le declara en bancarrota y se subastan todos sus objetos personales que habían sobrevivido al pillaje.

El dolor de la prisión parece haber transformado a Wilde. Allí madura y moldea su nueva concepción artística, que redactará en forma de carta a su amigo Alfred Douglas, publicada póstumamente bajo el título de *De Profundis*. Haciendo balance de su vida, con una mirada profunda a los planteamientos estéticos que le habían guiado, comprende que su arte, a partir de entonces, ya no puede ser el mismo. Entiende que se ha convertido en un proscrito social como consecuencia de sus propios errores conceptuales, que en el futuro será Cristo su maestro y mentor.

Con estos nuevos propósitos de vida y con un nuevo nombre, Sebastian Melmoth, Oscar Wilde abandonó la prisión e Inglaterra en 1897. Primero se instaló en Francia, y logró componer *La balada de la cárcel de Reading,* su única y última obra tras su liberación. Reconociendo con pesar que su vena artística se había agotado, y, con ello, su fuente de ingresos, comenzó a deambular por diversas ciudades de Italia y Suiza en compañía de algunos amigos, hasta su vuelta definitiva a París, donde murió el 30 de noviembre de 1900.

Por sus postulados como crítico de arte y por su quehacer literario, Wilde se ganó la admiración de muchos artistas que le recordarían como uno de los pocos que lucharon en Inglaterra por cambiar las teorías tradicionales del arte para obtener la libertad de una originalidad sin cadenas. Wilde sintió un desprecio innato por la vulgaridad, lo que le condujo a un esfuerzo desmedido en busca de originalidad.

* * *

El retrato de Dorian Gray narra la historia de un hermoso y joven esteta, que, habiendo logrado el pacto de eterna juventud, dedica su vida ociosa a la búsqueda intensa de la belleza y la experiencia de todo tipo de emociones y sensaciones, a la vez que su alma, separada de su cuerpo e instalada en un retrato, va registrando las señales de su corrupción espiritual.

Cuando este relato vio la luz por primera vez en 1890 en una revista —*Lippincott's Monthly Magazine*—, el público victoriano no estaba preparado para la novedad que suponía la narración de un tema escabroso con un estilo sublime y afectado. Y un sector de la crítica desencadenó en la prensa británica una oleada de ataques a esta obra, al considerarla un vástago indeseable de la literatura corrupta de los decadentes franceses, un libro venenoso e inmoral. Wilde se vio así impelido a defenderse públicamente, lo que al final redundaría en una mayor gloria para él y fama para su relato, que se reimprimió, esta vez como novela, al año siguiente, con sutiles modificaciones y un prefacio, una serie de aforismos que contienen las ideas críticas con las que debemos valorar la obra.

Para el autor era evidente que la crítica no había sabido discernir entre ética y estética, ni entre el arte y la vida, y recuerda a sus detractores que una obra literaria no puede ser, por naturaleza, moral o inmoral, que sólo puede juzgarse desde el plano estético, por su lenguaje, si está bien o mal escrita.

Con esta novela Wilde aspiraba a alcanzar la perfección artística que había proclamando en sus ensayos críticos. No obstante, la obra no es, en conjunto, un producto acabado: su estructura es irregular, está cargada de incidentes sensacionalistas y detalles puramente ornamentales, su estilo es innecesariamente amanerado y retórico, con evidentes vaguedades para no comprometerse, y presenta mucho diálogo —brillante, eso sí— y poca acción. Como el propio autor reconoció, sus personajes no actúan, sólo charlan.

Pero *El retrato de Dorian Gray* es una obra única y apasionante por esa atrevida mezcla de cuento fantástico, drama psicológico, novela de aventuras y de misterio, todo ello aderezado con la mirada cínica, las brillantes paradojas y las agudas observaciones del dandy y filósofo del hedonismo, lord Henry Wotton.

El tema es una variación del mito de la pérdida del alma a cambio de la eterna juventud y belleza, enriquecido con el protagonismo compartido de tres personajes que representan tres actitudes ante la vida y hacia el arte. El pintor Basil Halward es el artista idealista para quien la belleza representa la pureza y la inocencia. Lo que sorprende es que sea precisamente el artista puro —que debía estar por encima de la norma moral— el que representa la moral más tradicional y cristiana. Lord Henry Wotton es el dandy cínico, amanerado, pasivo y amoral, que, con burlona superioridad, observa el devenir de la comedia mundana. Es un mero espectador de la vida. Está dotado de un ingenio sublime y un dominio absoluto de la paradoja, armas pensadas para asombrar e influir en los demás. Y el que da voz a su filosofía, el nuevo hedonismo, que no era otra cosa que el goce de todas las sensaciones corporales y de la mente, vivir intensamente el mayor número posible de las mejores y más bellas sensaciones fugaces antes de que se desvanezcan.

Mientras que Henry Wotton filosofa, Dorian Gray vive la filosofía. Una vez que el joven, hermoso e inocente Dorian conoce a Wotton, cae bajo su influjo, y lleva hasta sus máximas consecuencias la doctrina del hedonismo. Y busca nuevas sensaciones en la vida y en el arte dando rienda a un desmedido afán coleccionista. En su búsqueda desmedida de experiencias reta a la sociedad y la moral, llegando a caer en el vicio y el asesinato. La doctrina del nuevo hedonismo está más allá del bien y del mal, pero Dorian la corrompe. Wilde nos descubre que el resultado de la búsqueda incontrolada de nuevas experiencias convierten a las personas en seres aislados, y, en el caso de Dorian Gray, perversos. Sólo su retrato cambiante le obsesiona, porque es el parámetro que va registrando su grado de perversidad. El retrato le hace vivir temeroso y absorbido por un sentimiento exagerado de conciencia que echa a perder sus placeres y le está constantemente advirtiendo que en este mundo juventud, belleza y placer no lo son todo. Para desembarazarse de su pesada conciencia, Dorian intenta destruir su retrato, y en su tentativa se aniquila a sí mismo, quedando convertido en un cadáver monstruoso.

Los tres protagonistas son distintas proyecciones de ideales con los que Wilde se identificaba, y las relaciones que los tres mantienen entre sí se encuentran en conflicto, quedando el artista puro en el relato, por debajo del dandy y del joven perverso.

No cabe duda de que con esta novela el autor estaba dando cuerpo a muchas de las características atribuidas a la sensibilidad decadente que tanto irritaba a sus contemporáneos victorianos: las perversiones que se desean o implican, el extremo narcisismo, la ambigüedad de los papeles sexuales y la fascinación por la muerte fueron los puntos más extremos de una sicosis por la degeneración que adjudicó al artista su reputación de morboso. Estas cualidades, unidas a todo el conjunto de contrastes y conjunciones entre el horror y lo bello, entre la maldad y la inocencia, nos permiten encasillar esta narrativa dentro de la literatura maldita.

MARÍA SANZ CASARES

EL RETRATO
DE DORIAN GRAY

PRÓLOGO

Un artista es creador de belleza. Revelar el Arte ocultando al artista: este es el objeto del Arte.

El crítico es el que puede expresar de distinto modo, o con nuevos procedimientos, la impresión que le dejaron las cosas bellas.

La más elevada y la más baja de las formas de crítica son un modo de autobiografía.

Los que encuentran intenciones feas en cosas bellas, están corrompidos, sin ser seductores. Y esto es un defecto.

Los que encuentran bellas intenciones en cosas bellas son cultos. A éstos les queda la esperanza.

Los elegidos son los únicos para quienes las cosas bellas significan sencillamente belleza.

Un libro jamás es moral o inmoral. Está bien o mal escrito. Esto es todo.

El desdén del siglo XIX por el realismo es muy semejante a la furia de Calibán viendo su propia cara en un espejo.

El desprecio del siglo XIX por el romanticismo es semejante a la rabia de Calibán no viendo su propia cara en un espejo.

La vida moral del hombre es asunto para el artista; pero la moralidad del arte consiste en el uso perfecto de un medio imperfecto.

El artista no desea demostrar nada, sea ello lo que fuere. Hasta las cosas ciertas pueden ser demostradas.

El artista no tiene simpatías éticas. Una simpatía moral en un artista trae consigo un amaneramiento imperdonable de estilo.

El artista nunca es cogido de improviso. Puede expresarlo todo.

Para el artista el pensamiento y el lenguaje son los instrumentos de un arte. El vicio y la virtud son los materiales.

Desde el punto de vista de la forma, el modelo de todas las artes es la música. Desde el punto de vista del sentimiento, la profesión de actor.

Todo arte es a la vez superficie y símbolo. Los que buscan bajo la superficie lo hacen por su cuenta y riesgo. Lo mismo les acontece a los que intentan comprender el símbolo.

No es a la vida, sino al espectador, a quien refleja verdaderamente el arte.

La diversidad de opiniones sobre una obra de arte indica que la obra es nueva, compleja y vital. Cuando los críticos difieren, el artista está de acuerdo consigo mismo.

Podemos perdonar a un hombre el haber hecho una cosa inútil en tanto que no la admire. La única disculpa de haber hecho una cosa útil es admirarla intensamente.

El Arte es absolutamente inútil.

CAPÍTULO I

El estudio estaba lleno del fuerte olor de las rosas, y cuando una ligera brisa estival corrió entre los árboles, trajo a través de la puerta abierta el pesado perfume de las lilas y el más sutil de los floridos agavanzos.

Desde un extremo del diván, tapizado de telas persas, sobre el cual estaba tumbado fumando innumerables cigarrillos, según su costumbre, lord Henry Wotton divisaba precisamente el centelleo de las suaves flores color de miel de un citiso, cuyas ramas temblorosas parecían no poder soportar el peso de tan magnífico esplendor; y de vez en cuando, las fantásticas sombras de los pájaros fugaces pasaban por las largas cortinas de seda marrón colgadas ante la ancha ventana, produciendo como un momentáneo efecto japonés, haciéndole pensar en esos pintores de Tokio, de rostros de pálido jade que, por medio de un arte necesariamente inmóvil, intentan expresar el sentido de la velocidad y del movimiento. El zumbido monótono de las abejas, buscando su camino entre las largas hierbas sin segar, o revoloteando alrededor de las polvorientas bayas doradas de una solitaria madreselva, hacían aún más opresora esta gran calma. El sordo murmullo de Londres era como la nota resonante de un órgano lejano.

En el centro de la habitación, sobre un recto caballete, estaba el retrato en tamaño natural de un joven de extraordinaria belleza, y enfrente, un poco más lejos, estaba sentado el propio pintor, Basil Hallward, cuya repentina desaparición, algunos años después, causaría tan gran impresión en el público y daría origen a tantas conjeturas.

Al mismo tiempo que el pintor miraba la graciosa y encantadora figura que su arte había reproducido con tanta perfección, una sonrisa de placer cruzó por su cara y pareció detenerse en ella. Pero de pronto se estremeció y, cerrando los ojos, colocó los dedos sobre sus párpados, como si hubiese querido aprisionar en su cerebro algún extraño sueño, del que temiera despertar.

—Esta es su mejor obra, Basil, lo más bello que ha hecho usted —dijo lord Henry lánguidamente—. Hay que enviarla el próximo año a la exposición de Grosvenor. La Academia es demasiado grande y demasiado vulgar. Las veces que he ido había tanta gente que me ha sido imposible ver los cuadros, lo cual era espantoso; o tantos cuadros, que no he podido ver a la gente, lo cual era todavía peor. Grosvenor es el único sitio aceptable.

—No creo que envíe esto a ningún sitio —respondió el pintor, echando hacia atrás la cabeza con aquel ademán singular que hacía que se burlasen de él sus amigos de Oxford—. No, no enviaré esto a ninguna parte.

Lord Henry levantó los ojos, mirándole con sorpresa a través de las finas espirales de humo azul que se entrelazaban fantásticamente al final de su opiado cigarrillo.

—¿Que no lo enviará usted a ninguna parte? ¿Y por qué no, mi querido amigo? ¿Qué razón alega usted? ¡Qué hombres más raros son ustedes, los pintores! Remueven el mundo para adquirir fama, y, en cuanto la han conseguido, parece como si quisieran desembarazarse de ella. Es ridículo por su parte, ya que si no hay en el mundo más que una cosa peor que la fama, es el no tenerla. Un retrato como éste le colocaría a usted por encima de todos los jóvenes de Inglaterra y tornaría envidiosos a los viejos, si los viejos fuesen capaces de sentir alguna emoción.

—Ya sé que se reirá de mí —repuso el pintor—, pero realmente no puedo exponerlo. He puesto demasiado de mí mismo en él.

Lord Henry se tendió sobre el diván riendo.

—Ya sabía yo que usted se reiría, pero me da lo mismo.

—¡Demasiado de usted mismo!… Palabra, Basil; no le creía

a usted tan presuntuoso; realmente no encuentro ningún parecido entre usted, con su ruda y dura fisonomía, su cabellera negra como el carbón, y ese joven Adonis, que parece hecho de marfil y de pétalos de rosas. Porque, querido, es el mismo Narciso, mientras que usted... Es indudable que su fisonomía expresa inteligencia y todo lo demás... Pero la belleza, la verdadera belleza, acaba donde empieza la expresión intelectual. La inteligencia es por sí misma un modo de exageración, y destruye la armonía de cualquier figura. Desde el momento en que se sienta uno para pensar, se vuelve todo nariz o todo frente, o algo así de horrible. ¡Mire usted los hombres que han triunfado en sabias profesiones, lo perfectamente horrorosos que son! Excepto, naturalmente, en la Iglesia; pero en la Iglesia no piensan. Un obispo repite a los ochenta años lo que le enseñaron a los dieciocho; y la consecuencia natural es que tiene siempre un aire encantador. Su joven y misterioso amigo, cuyo nombre nunca me ha dicho usted, pero cuyo retrato me fascina realmente, no ha pensado jamás. Estoy seguro de ello. Es una admirable criatura sin cerebro, que siempre podría sustituir aquí, en invierno, a las flores ausentes y refrescarnos la inteligencia en verano. No se alabe, Basil, no se parece usted a él en nada, absolutamente en nada.

—No me comprende usted, Harry —respondió el artista—. Ya sé que no me parezco a él en nada; lo sé perfectamente. Hasta me desagradaría que nos pareciésemos. ¿Se encoge usted de hombros? Le digo la verdad. Una fatalidad pesa sobre toda superioridad física e intelectual, esa especie de fatalidad que, a través de la historia, sigue los pasos vacilantes de los reyes. Es mejor no ser diferente de sus contemporáneos. Los feos y los tontos son los mejor librados desde ese punto de vista en este mundo. Pueden sentarse a su gusto y bostezar en el espectáculo. Si no saben nada de la victoria, les está ahorrado el conocimiento de la derrota. Viven, como querríamos vivir todos, sin alteraciones, indiferentes y tranquilos. No importunan a nadie, ni son importunados. Pero usted, Henry, usted, con su rango y su fortuna, yo con mi talento tal como es, mi arte tan imperfecto como pueda ser, y Dorian Gray, con su belleza, sufriremos todos, por lo que los dioses nos han dado, sufriremos todos enormemente.

—¿Dorian Gray? ¿Es ese su nombre? —preguntó lord Henry, yendo hacia Basil Hallward.

—Sí, ese es su nombre. No pensaba decírselo a usted.

—¿Y por qué?

—¡Oh! No podría explicárselo. Cuando quiero a alguien intensamente, no digo a nadie su nombre. Es casi una traición. He aprendido a amar el secreto. Creo que es la única cosa que puede hacernos la vida moderna misteriosa o maravillosa. La cosa más vulgar nos parece exquisita, si alguien nos la oculta. Cuando abandono esta ciudad no digo a nadie dónde voy; si lo hiciera, perdería todo mi placer. Es una mala costumbre, lo confieso, pero, en cierto modo, da a la vida cierto romanticismo. Estoy seguro de que debe usted de creerme loco, oyéndome hablar así.

—De ningún modo —respondió lord Henry—, de ningún modo, mi querido Basil. Parece usted olvidar que estoy casado, y que el único encanto del matrimonio es que proporciona una vida de desilusión completamente necesaria a las dos partes. No sé nunca dónde está mi mujer, y mi mujer no sabe nunca lo que hago. Cuando nos encontramos, y nos encontramos de tarde en tarde, cuando comemos fuera juntos, o cuando vamos a casa del duque, nos contamos las historias más absurdas con la mayor gravedad del mundo. En este aspecto, mi mujer me supera. Nunca está indecisa en las fechas, y yo siempre lo estoy, pero cuando se da cuenta no se enfada conmigo. Muchas veces lo desearía, pero sólo se ríe de mí.

—No me gusta esa manera que tiene usted de hablar de su vida conyugal, Henry —dijo Basil Hallward acercándose a la puerta que conducía al jardín—. Le creo a usted un marido buenísimo, avergonzado de sus propias virtudes. Es usted un ser verdaderamente extraordinario. Jamás habla en tono moralizante ni hace nunca una cosa mala. Su cinismo es simplemente una pose.

—Ser natural también es una pose, y la más irritante que conozco —exclamó riendo lord Henry.

Los dos jóvenes se fueron juntos al jardín y se sentaron en un largo banco de bambú colocado a la sombra de un grupo de laureles. El sol se deslizaba por las relucientes hojas; margaritas blancas temblaban sobre la hierba.

Después de una pausa, lord Henry sacó su reloj:

—Tengo que marcharme, Basil —murmuró—; pero antes quería que respondiese usted a la pregunta que le hice.

—¿Qué pregunta? —dijo el pintor, con los ojos fijos en el suelo.

—Ya sabe usted cuál.

—No, Harry.

—Bueno; voy a repetírsela. Es necesario que me explique por qué no quiere exponer el retrato de Dorian Gray. Deseo saber la verdadera razón.

—Ya se la he dicho.

—No. Me ha dicho usted que era porque había demasiado de usted mismo en ese retrato. Esto es infantil.

—Harry —dijo Basil Hallward, mirándole a los ojos—, todo retrato pintado con sentimiento es un retrato del artista, no del modelo. El modelo es puramente el accidente, la ocasión. No es a él a quien revela el pintor; es el pintor quien se revela sobre el lienzo pintado. La razón por la cual no exhibiré ese retrato está en el terror que tengo de mostrar en él el secreto de mi alma.

Lord Henry se echó a reír.

—¿Y cuál es?

—Se lo diré a usted —respondió Hallward con el rostro sombrío.

—Soy todo oídos, Basil —continuó su compañero.

—¡Oh! Tengo poco que decir realmente, Henry —replicó el pintor—, y creo en realidad que no lo comprenderá usted. Acaso apenas lo crea.

Lord Henry sonrió; e inclinándose, cogió de la hierba una margarita de pétalos blancos, y se puso a examinarla.

—Estoy seguro que lo comprenderé —dijo, mirando atentamente el pequeño disco dorado de pétalos blancos—; y en cuanto a creer en las cosas, las creo todas con tal de que sean totalmente increíbles.

El viento arrancó algunas flores de los arbustos, y los pesados ramos de lilas se balancearon en el aire lánguido. Una cigarra chirrió cerca del muro y, como un hilo azul, pasó una larga y delgada libélula, cuyas brunas alas de gasa se oyeron vibrar. Lord Henry permanecía silencioso, como si hubiese querido percibir los latidos del corazón de Basil Hallward preguntándose qué iba a suceder.

—He aquí la historia —dijo el pintor, después de un rato—. Hace dos meses fui a una reunión en casa de lady Brandon. Ya sabe usted que nosotros, pobres artistas, tenemos que dejarnos ver en el mundo de vez en cuando, lo bastante para demostrar que no somos unos salvajes. Con un frac y una corbata blanca, todo el mundo, hasta un agente de Bolsa, puede llegar a tener la reputación de un ser civilizado. Así pues, estaba en el salón desde hacía unos diez minutos, conversando con damas maduras, recargadamente ataviadas, o con fastidiosos académicos, cuando de pronto me di cuenta de que alguien me observaba. Me volví a medias, y por primera vez vi a Dorian Gray. Nuestros ojos se encontraron y yo me sentí palidecer. Un extraño terror me sobrecogió. Comprendí que estaba ante alguien cuya simple personalidad era tan fascinante que, si me abandonaba a ella, absorbería por completo mi naturaleza, mi alma y hasta mi mismo talento. No quiero ninguna influencia exterior en mi vida. Ya sabe usted, Harry, lo independiente que es mi naturaleza. Siempre he sido dueño de mí mismo, siempre lo había sido, por lo menos, hasta el día de mi encuentro con Dorian Gray. Entonces —pero no sé cómo explicárselo— algo parecía decirme que mi vida iba a atravesar una crisis terrible. Tuve la extraña sensación de que el destino me reservaba exquisitas dichas y penas horribles. Me aterré y me dispuse a salir del salón. No era mi conciencia la que me hacía obrar así, había en ello una especie de cobardía. No vi otro medio de escapar.

—La conciencia y la cobardía son realmente lo mismo, Basil. La conciencia no es más que el sobrenombre engañoso de esa razón social.

—No lo creo, Harry, y pienso que usted tampoco lo cree. Sin embargo, sea cual fuere el motivo —quizás era orgullo, porque soy muy orgulloso—, me precipité hacia la puerta. Naturalmente, tropecé en ella con lady Brandon. "No pensará irse tan pronto, míster Hallward", exclamó. Ya conoce el timbre de su voz.

—Sí, me parece un pavo real, menos en la belleza —dijo lord Henry, deshojando la margarita con sus largos dedos nerviosos.

—No pude quitármela de encima. Me presentó a altezas y a personajes con condecoraciones; a damas provectas, que ostentaban tiaras gigantescas y narices de loro. Habló de mí como de su mejor amigo. La había visto sólo una vez antes de ese día, pero se empeñó en lanzarme. Creo que por entonces uno de mis cuadros tenía un gran éxito y que se hablaba de él en los periódicos de cinco céntimos, que son, como usted sabe, los heraldos de la inmortalidad del siglo XIX. De pronto, me encontré frente a frente con el joven cuya personalidad me había intrigado tan singularmente; nos tocamos casi; de nuevo nuestras miradas se encontraron. Fue ajeno a mi voluntad, pero rogué a lady Brandon que nos presentase. Después de todo, quizá no era tan temerario, sino simplemente inevitable. Verdad es que nos hubiésemos hablado sin previa presentación, yo estoy seguro de ello, y Dorian, más tarde, me dijo lo mismo; también él había sentido que estábamos destinados a conocernos.

—¿Y qué le dijo usted a lady Brandon de ese maravilloso joven? —preguntó el amigo—. Sé que tiene la monomanía de hacer un breve *précis* [resumen] de sus invitados. Recuerdo que una vez me presentó a un truculento caballero, cubierto de órdenes y cordones, y me dijo de él al oído, con un tono trágico, los detalles más estupendos, que debieron oír todas las personas que se hallaban en el salón. Esto me hizo evitarla; me gusta conocer a las personas por mí mismo. Lady Brandon trata a sus convidados como un tasador a sus mercancías. Explica las manías y las costumbres de cada uno de ellos, pero olvida, como es natural, lo que podría interesarnos de la persona.

—¡Pobre lady Brandon! Es usted duro con ella —observó Hallward negligentemente.

—Mi querido amigo, intentó fundar un *salon* y sólo consiguió abrir un restaurante. ¿Cómo podría admirarla?... Pero, dígame, ¿qué le contó de míster Dorian Gray?

—¡Oh! Algo muy vago, así como: "¡Muchacho encantador! Su pobre madre y yo éramos inseparables. He olvidado completamente lo que hace, o más bien, temo que no haga nada! ¡Ah, sí! Toca el piano... ¿o es el violín, mi querido Gray?". No pudimos contener la risa, y de pronto nos hicimos amigos.

—La hilaridad no es un mal comienzo de amistad, ni mucho menos, y está lejos de ser un mal final —dijo el joven lord cogiendo otra margarita.

Hallward movió la cabeza.

—Harry, usted no puede comprender —murmuró—, en qué clase de amistad o en qué clase de odio puede convertirse en este caso particular. Quiere usted a todo el mundo, que es como si no quisiese usted a nadie.

—¡Qué injusto es usted! —exclamó lord Henry, echando hacia atrás su sombrero y mirando las nubecillas que, como vellones de seda blanca, huían por el azul turquesa del cielo de verano—. ¡Sí, horriblemente injusto!... Establezco una gran diferencia entre las personas. Elijo a mis amigos, por su buena cara; a mis simples camaradas, por su carácter, y a mis enemigos, por su inteligencia; un hombre no daría nunca bastante importancia a la elección de sus enemigos, y yo no tengo ni uno solo que sea tonto; son todos hombres de cierta potencia intelectual y, por tanto, me aprecian. ¡Muy vanidoso es por mi parte el obrar así! Creo que es más bien vano.

—Así lo pienso yo también, Harry. Pero, atendiendo a su método de selección, debo de ser para usted un simple camarada.

—Mi bueno y querido Basil, usted es para mí más que un camarada.

—Y menos que un amigo, ¡una especie de hermano, supongo!

—¡Un hermano! ¡No me importan los hermanos! Mi hermano mayor no quiere morirse, y los otros más pequeños parece que quieren imitarle.

—¡Harry! —protestó Hallward con tono lastimero.

—Amigo mío, no hablo completamente en serio. Pero no puedo evitar el odiar a mis parientes. Supongo que esto se debe a que cada uno de nosotros no puede soportar la vista de otros que tengan sus mismos defectos. Simpatizo por completo con la democracia inglesa en su rabia contra lo que ella denomina los vicios del gran mundo. Las masas sienten que la embriaguez, la estupidez y la inmoralidad son de su propiedad, y si alguno de nosotros asume esos defectos, es como si cazase en sus cotos. Cuando el pobre Southwark compareció ante el Tribunal de Divorcios, la indignación de esas masas fue magnífica, y estoy convencido de que la décima parte del pueblo no vive como debería.

—No apruebo ni una sola de las palabras que acaba usted de pronunciar, y tengo la convicción, Harry, de que usted tampoco las aprueba.

Lord Henry acarició su larga barba negra, cortada en punta, y golpeando su bota de cuero fino con su bastón de ébano, adornado con borlas, dijo:

—¡Qué inglés es usted, Basil! He aquí la segunda vez que me hace usted esa observación. Si se expone una idea a un verdadero inglés —lo cual es siempre una cosa temeraria— no intenta nunca saber si la idea es buena o mala; lo único a que concede alguna importancia es a descubrir si uno cree en ella. Ahora bien, el valor de una idea no tiene nada que ver con la sinceridad del hombre que la expresa. A decir verdad, hay muchas probabilidades de que la idea sea interesante en proporción directa con el carácter sincero de la persona, pues en este caso no estará coloreada por ninguna de las necesidades, de los deseos o de los prejuicios de este último. Sin embargo, no me propongo abordar las cuestiones políticas, sociológicas o metafísicas con usted.

Prefiero las personas a sus principios, y prefiero, antes que nada del mundo, a las personas sin principios. Hablemos de nuevo de míster Dorian Gray. ¿Le ha visto usted con frecuencia?

—Le veo todos los días. No podría ser feliz si no le viera a diario. Me es absolutamente necesario.

—¡Verdaderamente curioso! Yo creía que no se preocupaba usted más que de su arte.

—Él es ahora todo mi arte —replicó el pintor, gravemente—; a veces pienso, Harry, que no hay más que dos cosas de alguna importancia, en la historia del mundo. La primera es la aparición de un nuevo medio de arte, y la segunda, el advenimiento de una personalidad artística. Lo que el descubrimiento de la pintura al óleo fue para los venecianos y la faz de Antinoo para el arte griego antiguo, Dorian Gray lo será algún día para mí. No es únicamente porque le pinte, le dibuje o le haga apuntes; ya hice todo eso anteriormente. Para mí es mucho más que un modelo. Esto no quiere decir de ninguna manera que esté poco contento de lo que he hecho copiando de él, ni que su belleza sea tal que el arte no pueda expresarla. Nada hay que no pueda expresar el arte, y sé muy bien que la obra que he hecho desde mi encuentro con Dorian Gray es una obra bella, la mejor de mi vida. Pero de una manera indecisa y singular —me extrañaría que usted pudiese comprenderme— su persona me ha sugerido una manera de arte y un modo de expresión enteramente nuevos. Veo las cosas de un modo diferente; las pienso diferentes. Ahora puedo vivir una existencia que antes me estaba oculta. "Una forma soñada en días de meditación", ¿quién ha dicho esto? Ya no me acuerdo; pero esto es exactamente lo que ha sido Dorian Gray para mí. La sola presencia de este adolescente —pues sólo me parece un adolescente, aunque tenga más de veinte años—, la sola presencia visible de este adolescente! ¡Ah, me extrañaría que usted pudiese darse cuenta de lo que esto significa! Inconscientemente define para mí las líneas de una escuela nueva, de una escuela que uniese la pasión del espíritu romántico a la perfección del espíritu griego. ¡La armonía del cuerpo y del alma, qué sueño!… Nosotros, en nuestra demencia, hemos separado esas dos cosas y hemos inventado un realismo que es vulgar, una idealidad vacía. ¡Harry! ¡Ah, si usted pudiese saber lo que es Dorian Gray para mí. Ya recuerda usted aquel paisaje por el que Agnew me ofreció una suma tan considerable, y del cual, sin embargo, no quise desprenderme. Es una de las mejores cosas que he hecho. ¿Y sabe usted por qué? Porque mientras lo pintaba, Dorian Gray estaba sentado a mi lado. Alguna influencia sutil pasó de él a mí, y por primera vez en mi vida sorprendí en el paisaje ese no sé qué, buscado por mí siempre… y siempre en vano.

—Basil, eso es asombroso! ¡Es necesario que vea a ese Dorian Gray!

Hallward se levantó de su sitio y anduvo por el jardín. Volvió un momento después.

—Harry —dijo—, Dorian Gray es simplemente un motivo de arte para mí; usted no vería nada en él; yo lo veo todo. Nunca está más vivo en mi pensamiento como cuando no veo nada de él que me lo recuerde. Es una sugestión de nueva especie, como le he dicho. Le veo en las curvas de ciertas líneas, en lo adorable y en lo sutil de ciertos matices. Esto es todo.

—Entonces, ¿por qué no quiere usted exponer su retrato? —preguntó de nuevo lord Henry.

—Porque, sin querer, he puesto en él la expresión de toda esta extraña idolatría artística, de la que nunca le he hablado. Él no sabe nada; siempre la ignorará. Pero el mundo puede adivinarla, y no quiero descubrir mi alma a curiosas miradas inquisitoriales; mi corazón no estará nunca bajo un microscopio. Hay demasiado de mí mismo en eso, Harry, ¡demasiado de mí mismo!

—Los poetas no son tan escrupulosos como usted; saben cuánto ayuda a la venta la pasión útilmente divulgada. Hoy día, de un corazón desgarrado se tiran varias ediciones.

—¡Los odio por eso! —exclamó Hallward—. Un artista debe crear cosas bellas, pero no debe poner nada de sí mismo en ellas. Vivimos en una época en la que los hombres no ven el arte más que bajo un aspecto autobiográfico. Hemos perdido el sentido abstracto de la belleza. Algún día enseñaré al mundo lo que es, y por esta razón el mundo no verá nunca mi retrato de Dorian Gray.

—Creo que está usted equivocado, Basil, pero no quiero discutir. No discuto más que de la pérdida intelectual. Dígame, ¿y le ama a usted Dorian Gray?

El pintor pareció reflexionar algunos instantes:

—Sí —respondió después de una pausa—; sé que me ama. Le alabo mucho, lógicamente. Siento un placer extraño en decirle cosas que me desconsolaría haber dicho. En general, se muestra encantador conmigo, y pasamos días enteros en el estudio, hablando de mil cosas. De vez en cuando está horriblemente aturdido, y parece que encuentra un verdadero placer en apenarme. Siento, Harry, que he dado mi alma entera a un ser que la trata como a una flor que se pone en el frac, como una condecoración para su vanidad, como el engalanamiento de un día de verano.

—Los días de verano son muy largos —murmuró lord Henry—. Quizá se canse usted de Dorian Gray antes que él. Triste cosa es pensarlo, pero no se puede dudar de que el talento dura mucho más que la belleza. Esto explica por qué nos tomamos tanto trabajo en instruirnos. Tenemos necesidad, para la espantosa lucha de la vida, de algo que quede, y nos llenamos el entendimiento de un fárrago de hechos, con la necia esperanza de conservar nuestro puesto. El hombre culto, bien enterado: este es el ideal moderno. Pero el cerebro de este hombre bien enterado es una cosa asombrosa. Es como un batiburrillo monstruoso y polvoriento, revoltijo en el cual todo objeto está tasado por encima de su verdadero valor. Creo que se cansará usted el primero, a pesar de todo. Algún día mirará a su amigo y le parecerá que ya no es quien era; no le gustará su tez o cualquier otra cosa. Se lo reprochará en el fondo de sí mismo; pero al fin, concluirá por creer que se ha portado mal con usted. Al siguiente día estará usted perfectamente frío e indiferente. Es lamentable, pero así será. Lo que me ha dicho es una completa novela, una novela de arte, puede llamarse; y lo peor es que cuando se vive una novela, de cualquier clase que sea, le deja a uno desilusionado.

—Harry, no hable así. Mientras yo viva, la personalidad de Dorian Gray me dominará. No puede usted sentir del mismo modo que yo. Cambia usted demasiado a menudo.

—Ah, mi querido Basil, precisamente por eso siento. Los que son fieles conocen únicamente el lado trivial del amor; la traición es la que conoce las tragedias.

Y lord Henry, frotando una cerilla sobre una linda caja de plata, comenzó a fumar con la placidez de una conciencia tranquila y con aire satisfecho, como si hubiese definido el mundo en una frase. Una bandada de gorjeantes gorriones se abatió sobre las verdes hojas de las hiedras, y la sombra azul de las nubes los ahuyentó por el césped como bandada de golondrinas. ¡Qué seducción emanaba de este jardín! ¡Cuán deliciosas son, pensaba lord Henry, las emociones de los demás! Mucho más deliciosas que sus ideas, según él. El cuidado de su propia alma y las pasiones de sus amigos, tales le parecían ser las cosas fascinadoras de la vida. Se imaginaba, divirtiéndose con este pensamiento, el almuerzo abrumador que le evitaba su visita a Basil Hallward; si hubiese ido a casa de su tía, estaba seguro de encontrarse a lord Goodboy, y toda la conversación habría versado sobre la manutención de los pobres y sobre la necesidad de establecer Casas de Socorro modelos. Hubiera oído preconizar a cada clase la importancia de las diversas virtudes, cuya práctica, claro es, no se imponían ellas. El rico habría hablado de la necesidad del ahorro y el holgazán habría disertado elocuentemente sobre la dignidad del trabajo. ¡Qué inapreciable felicidad evitarse todo esto! Repentinamente, al mismo tiempo que pensaba en su tía, se le ocurrió una idea. Se volvió hacia Hallward y dijo:

—Mi querido amigo, ahora recuerdo.

—¿Qué recuerda usted, Harry?

—Dónde oí el nombre de Dorian Gray.

—¿Dónde fue? —preguntó Hallward, con un ligero fruncimiento de cejas.

—No me mire usted tan furioso, Basil. Fue en casa de mi tía lady Agatha. Me dijo que había trabado conocimiento con un "maravilloso" joven que gustoso quería acompañarla al East End, y que se llamaba Dorian Gray. Enseguida me imaginé un individuo de gafas y cabellos lacios, con granos, y contoneándose sobre unos pies enormes. Me hubiera gustado saber que era amigo suyo.

—Me complace que no lo haya sabido usted, Harry.

—¿Y por qué?

—No quiero que usted le conozca.

—¿No quiere que yo le conozca?

—No.

—Míster Dorian Gray está en el estudio, señor —dijo el mayordomo entrando en el jardín.

—Ahora va a verse obligado a presentármelo —exclamó riendo lord Henry.

El pintor se volvió hacia el criado, que permanecía al sol, guiñando los ojos.

—Diga a míster Gray que espere, Parker; estoy con él dentro de un momento.

El hombre se inclinó y volvió sobre sus pasos.

Hallward miró a lord Henry:

—Dorian Gray es mi amigo más querido —dijo—. Es de un carácter puro y sencillo. Su tía tenía toda la razón al decir lo que usted me ha contado. No me lo corrompa usted; no intente de ningún modo influir en él; su influencia le sería perniciosa. El mundo es grande y no falta en él gente interesante. No me arrebate usted la única persona que da a mi arte el encanto que puede poseer; mi vida de artista depende de él. Tenga usted cuidado, Harry, se lo suplico.

Hablaba en voz baja y las palabras parecían salir de sus labios contra su voluntad.

—Qué tonterías dice usted —dijo lord Henry, sonriente; y cogiendo a Hallward por el brazo, le condujo casi a la fuerza a la casa.

CAPÍTULO II

Al entrar, vieron a Dorian Gray. Estaba sentado al piano, volviéndoles la espalda, hojeando las paginas de un álbum de las *Escenas de la selva,* de Schumann.

—Va usted a prestármelas, Basil —exclamó—. Es necesario que me las aprenda. Son realmente encantadoras

—Eso depende de como pose usted hoy, Dorian.

—¡Oh! Estoy cansado de posar, y no quiero un retrato en tamaño natural —replicó el adolescente, girando sobre el taburete del piano de una manera petulante y voluntariosa.

Un ligero rubor coloreó sus mejillas cuando distinguió a lord Henry, y se detuvo de pronto:

—Le pido perdón, Basil; pero no sabía que estaba usted acompañado.

—Es lord Henry Wotton, Dorian, uno de mis antiguos amigos de Oxford. Precisamente le decía que usted era un modelo admirable, y acaba usted de echarlo a perder todo.

—Pero mi placer de conocerle no se ha echado a perder, míster Gray —dijo lord Henry adelantándose y tendiéndole la mano—. Mi tía me ha hablado de usted a menudo. Es usted uno de sus favoritos, y me temo que también, una de sus víctimas.

—¡Ay! Ahora no estoy en su gracia con lady Agatha —replicó Dorian, con un gesto burlón de arrepentimiento—. Había prometido acompañarla a un club de Whitechapel el pasado martes y se me olvidó completamente. Debíamos ejecutar juntos un dúo; un dúo, ¡tres dúos, mejor dicho! No sé lo que va a decirme: sólo pensar en ir a verla me horroriza.

—¡Oh! Le pondré a usted en paz con mi tía. Es partidaria

acérrima suya y no creo que realmente haya materia de enfado. El auditorio contaba con un dúo; cuando mi tía Agatha se sienta al piano hace ruido por dos.

—Malo es eso para ella y no muy bueno para mí —dijo Dorian soltando la carcajada.

Lord Henry le observaba. En verdad era maravillosamente bello con sus labios escarlata finamente dibujados. Todo en su cara atraía la confianza hacia él; se hallaba el candor de la juventud unido a la pureza ardiente de la adolescencia. Se notaba que el mundo no le había manchado aún. ¿Cómo extrañarse de que Basil Hallward le estimara de aquel modo?

—Es usted demasiado encantador para dedicarse a la filantropía, míster Gray, demasiado encantador.

Y lord Henry, recostándose sobre el diván, abrió su petaca.

El pintor se ocupaba febrilmente en preparar su paleta y sus pinceles. Parecía disgustado; al oír la última observación de lord Henry, le miró fijamente. Vaciló un momento, y después dijo:

—Harry, necesito concluir hoy este retrato. ¿Me guardaría usted rencor si le rogase que se fuera?

Lord Henry sonrió y miró a Dorian Gray.

—¿Debo irme, míster Gray? —preguntó.

—¡Oh, no, se lo ruego, lord Henry! Veo que Basil se encuentra de mal humor y no le puedo soportar enfadado. Además, necesito preguntarle por qué no debo dedicarme a la filantropía.

—No sé lo que debo responder, míster Gray. Es un tema tan fastidioso que no se puede hablar de él más que en serio. Pero ciertamente, no me iré, ya que me pide usted que me quede. No le importa, ¿verdad, Basil? Me ha dicho usted a menudo que le gustaba tener a alguien para que charlase con sus modelos.

Hallward se mordió los labios:

—Puesto que Dorian lo desea, puede usted quedarse. Sus caprichos son leyes para todos, excepto para él.

Lord Henry cogió su sombrero y sus guantes:

—Es usted demasiado amable, Basil; pero debo irme. Estoy citado en el Orleans. Adiós, míster Gray. Venga a verme una de estas tardes a Curzon Street. Estoy casi siempre en casa a eso de las cinco. Póngame dos letras cuando piense ir, sentiría mucho no estar.

—¡Basil —exclamó Dorian Gray—, si lord Henry Wotton se va, me voy yo también! No abre usted nunca la boca cuando pinta y es horriblemente molesto estar plantado sobre un estrado teniendo que poner cara sonriente. Ruéguele usted que se quede. Insisto en que se quede.

—Quédese usted entonces, Harry, para satisfacer a Dorian Gray y a mí —dijo Hallward mirando atentamente el cuadro—. Además, es cierto que no hablo nunca cuando trabajo, ni tampoco escucho, y comprendo que es fastidioso para mis infortunados modelos. Le ruego a usted que se quede.

—Pero ¿qué va a pensar esa persona que me espera en el Orleans?

El pintor se echó a reír.

—Creo que la cosa se arreglará sola. Siéntese usted, Harry. Y ahora, Dorian, suba al estrado; no se mueva demasiado y procure no prestar ninguna atención a lo que le diga lord Henry. Su influencia es perniciosa para todo el mundo, excepto para mí.

Dorian Gray subió a la plataforma con el aire de un joven mártir griego, haciendo una pequeña *moue* [mueca] de fastidio a lord Henry, a quien había ya tomado afecto. ¡Era tan diferente de Basil! ¡Formaban ambos un contraste tan delicioso! ¡Y lord Henry tenía una voz tan bella! Al cabo de unos instantes, le dijo:

—¿Es cierto que su influencia es tan mala como Basil quiere demostrar?

—No hay influencia buena, míster Gray. Toda influencia es inmoral, inmoral desde el punto de vista científico.

—¿Y por qué?

—Porque influir sobre una persona es transmitirla un poco de nuestra propia alma. No piensa ya con sus pensamientos naturales, ni se consume ya con sus pasiones naturales. Sus virtudes ya no son suyas. Sus pecados, si es que hay algo semejante a pecados, son postizos. Se convierte en eco de una música ajena, en actor de una pieza que no fue escrita para ella. No; rechacemos toda ajena influencia. El fin de la vida es el desenvolvimiento de la propia cualidad. Realizar la propia naturaleza; esto es lo que todos debemos hacer. Lo malo es que hoy día los hombres están asustados de sí mismos. Han olvidado el más elevado de todos los deberes: el deber para consigo mismo. Son caritativos naturalmente. Alimentan al pobre y visten al andrajoso; pero dejan morirse de hambre a sus almas y van desnudas. El valor nos ha abandonado; ¡quizá no lo tuvimos nunca! El terror de la sociedad, que es la base de toda moral; el terror de Dios, que es el secreto de la religión; he aquí las dos cosas que nos gobiernan. Y sin embargo…

—Vuelva usted la cabeza un poco a la derecha, Dorian, como un buen chico —dijo el pintor, que, absorto en su obra, acababa de sorprender en la fisonomía del adolescente un gesto que no le había visto nunca.

—Y, sin embargo —continuó la voz musical de lord Henry en tono bajo, con aquella graciosa flexión de mano que le era particularmente característica y que ya tenía en el colegio de Eton—, creo que si los hombres quisieran vivir su vida plena y completamente, si quisiesen dar una forma a cada sentimiento propio, una realidad a cada sueño propio, el mundo sufriría tal empuje de nueva alegría, que olvidaríamos todas las enfermedades medievales para volvernos hacia el ideal griego, ¡quizá hasta algo más bello y más rico que ese ideal! Pero, como le digo, el más valiente de nosotros está asustado de sí mismo. E ignora que la negación de nuestra vida es, de un modo trágico, semejante a la mutilación de los fanáticos. Nos vemos castigados por nuestras negaciones. Cada impulso que intentemos aniquilar, germina en nosotros y nos envenena. El cuerpo peca primero y se satisface con su pecado, porque la acción es una manera de purificación. No nos queda nunca más que el recuerdo de un placer o la voluptuosidad de una pena. El único medio de desembarazarse de una tentación es ceder a ella. Intentad resistirla, y vuestra alma aspirará enfermizamente a las cosas que se ha prohibido a sí misma y además sentirá deseo por lo que unas leyes monstruosas han hecho ilegal y monstruoso. Se ha dicho que los grandes acontecimientos del mundo tienen lugar en el cerebro. En el cerebro es, y solamente en él, donde tienen lugar asimismo los grandes pecados del mundo. Usted, míster Gray, usted mismo con su juventud rosa-roja y su infancia blanquirrosa, habrá tenido pasiones que le hayan espantado, pensamientos que le hayan llenado de terror, días de ensueño y noches de ensueño, cuyo simple recuerdo teñiría ahora de rubor sus mejillas.

—¡Deténgase usted —dijo Dorian Gray vacilante—, deténgase! Me deja usted confundido. No sé qué responderle. Tengo una respuesta que no puedo hallar. ¡No hable! ¡Déjeme pensar! O más bien, déjeme que intente no pensar.

Durante diez minutos permaneció sin hacer un movimiento, entreabiertos los labios y los ojos extrañamente brillantes. Parecía tener la oscura conciencia de que le trabajaban influencias completamente nuevas, pero que le parecían nacidas por entero de él mismo. Las pocas palabras que el amigo de Basil le había dicho —pronunciadas indudablemente por casualidad y cargadas de paradojas rebuscadas— habían tocado alguna cuerda secreta que no fue nunca pulsada con anterioridad, pero ahora se sentía vibrante y palpitante con extrañas emociones.

La música le había conmovido así. La música le había turbado muchas veces. Pero la música no era articulada. No es un nuevo mundo sino más bien un nuevo caos el que crea en nosotros. ¡Las palabras! ¡Las simples palabras qué terribles son! ¡Qué límpidas, que vivas y qué crueles! Quisiera uno huirlas. Y, sin embargo, ¡qué sutil magia hay en ellas! Parecen comunicar una forma plástica a las cosas informes y tiene una música propia tan dulce como la del violín o la del laúd. ¡Las simples palabras! ¿Hay algo más real que las palabras?

Sí, le sucedieron cosas en su infancia que no había comprendido. Ahora las comprendía. La vida se le apareció de pronto violentamente coloreada. Pensó que hasta entonces había andado entre fuego. ¿Por qué no lo supo nunca?

Lord Henry le observaba con su fina sonrisa. Conocía el preciso momento psicológico del silencio. Se sentía vivamente interesado. Le extrañaba la impresión repentina que sus palabras habían producido, y recordando un libro leído cuando tenía dieciséis años, libro que le había revelado lo que antes ignoraba, se maravilló viendo a Dorian Gray pasar por una experiencia parecida. Simplemente acababa de lanzar una flecha al aire. ¿Había dado en el blanco? ¡Qué fascinante era aquel muchacho!

Hallward seguía pintando con aquella maravillosa seguridad de pulso que le caracterizaba. Poseía ese auténtico refinamiento y esa perfecta delicadeza que, en arte, provienen sólo del verdadero vigor. No prestaba atención al silencio.

—Basil, estoy cansado de posar —exclamó de pronto Dorian Gray—. Quiero salir y sentarme en el jardín. El aire aquí es sofocante.

—Mi querido amigo, lo siento mucho. Cuando pinto no pienso nunca en ninguna otra cosa. Pero nunca ha posado usted mejor. Estaba usted perfectamente quieto. Y he conseguido el efecto que necesitaba: los labios entreabiertos y el brillo en los ojos. No sé lo que Henry ha podido decirle, pero a él le debe usted esa expresión maravillosa. Supongo que le ha elogiado. No hay que creer ni una palabra de lo que dice.

—No me ha elogiado. Quizás esa misma sea la razón por la cual no quiero creer nada de lo que me ha contado.

—¡Bah! Ya sabe usted que cree todo —replicó lord Henry, mirándole con sus ojos lánguidos y soñadores—. Le acompañaré al jardín. Hace un calor imposible en este estudio. Basil, mande usted que nos sirvan alguna bebida helada, algo que tenga fresas.

—Con mucho gusto, Harry. Llame a Parker; cuando venga le diré lo que ustedes quieren. Tengo todavía que trabajar en el fondo del retrato; dentro de poco iré a buscarles. No me retenga usted mucho tiempo a Dorian. Nunca me he encontrado en semejante disposición para pintar. Será mi obra maestra; seguramente ya lo es.

Al entrar en el jardín, Lord Henry encontró a Dorian Gray con la faz hundida en un fresco ramo de lilas, aspirando ardientemente el perfume como un vino precioso. Se acercó a él y le puso la mano sobre el hombro.

—Muy bien —le dijo—. Nada puede curar mejor el alma que los sentidos, y nada sabría curar mejor los sentidos que el alma.

El adolescente se estremeció y se volvió. Tenía la cabeza al aire y las hojas habían revuelto sus bucles rebeldes, enredando los hilos dorados. En sus ojos fluctuaba el temor, ese temor que se halla en los ojos de las personas que se despiertan sobresaltadas. Las aletas de la nariz, finamente dibujadas, palpitaban, y una turbación oculta avivó el carmín de sus labios temblorosos.

—Sí —continuó lord Henry—. es uno de los grandes secretos de la vida, curar el alma por medio de los sentidos y los sentidos por medio del alma. Es usted una criatura admirable. Sabe usted más de lo que cree saber, así como también cree usted conocer menos de lo que conoce.

Dorian Gray tomó una actitud doliente y volvió la cabeza. En verdad, no podía menos de amar a aquel bello y gracioso joven. Su cara morena y romántica, de expresión fatigada, le interesaba. Había algo completamente fascinador en su voz lánguida y grave. Sus mismas manos, sus manos frescas y blancas, como flores, tenían un encanto singular. Como su voz, parecían musicales, parecían poseer un lenguaje propio. Le daba miedo, y se sentía avergonzado de ello. Había sido necesario que viniera aquel extraño para revelarle a sí mismo. Desde hacía varios meses conocía a Basil Hallward; su amistad no le transformó. De pronto apareció alguien en su vida que le descubría el misterio de la vida. Pero, ¿qué había para espantarse así? No era ni una niña, ni un colegial; era absurdo tener miedo.

—Vamos a sentarnos a la sombra —dijo lord Henry—. Parker nos ha servido bebidas, y si permanece usted más tiempo al sol podría estropeársele el cutis y Basil no querrá ya retratarlo. No se exponga usted a coger una insolación; no sería el momento.

—¿Qué importa eso? —exclamó Dorian Gray riendo, al mismo tiempo que se sentaba al fondo del jardín.

—Para usted es de suma importancia, míster Gray.

—¿Y eso, por qué?

—Porque posee usted una admirable juventud, y la juventud es la única cosa deseable.

—No me preocupa, lord Henry.

—No le preocupa por ahora. Llegará un día en que estará usted envejecido, arrugado, feo, en que el pensamiento le marcará en la frente con su garra y la pasión marchitará sus labios con odiosos estigmas; llegará un día, repito, en que se preocupará usted de ella amargamente. Por donde quiera que va, ahora fascina a todo el mundo. ¿Será siempre así? Tiene usted una cara adorablemente bella, míster Gray. No se enfade usted; la tiene. Y la belleza es una forma del genio, la más elevada, si se quiere, porque no tiene necesidad de ser explicada: es uno de los hechos absolutos del mundo, como el sol, la primavera o el reflejo de las aguas sombrías de esa concha de plata que llaman luna. Esto no puede discutirse; es una soberanía de derecho divino; hace príncipes a los que la poseen. ¿Se sonríe usted? ¡Ah! No se sonreirá cuando la haya perdido. La gente dice a veces que la belleza no es más que superficial; puede ser. Pero es menos superficial que el pensamiento. Para mí, la belleza es la maravilla de las maravillas. Únicamente las gentes limitadas no juzgan por la apariencia. El verdadero misterio del mundo es el visible, no el invisible. Sí, míster Gray; los dioses se le mostraron a usted propicios. Pero, lo que los dioses dan, lo quitan muy pronto. No tiene usted más que unos pocos años para vivir, verdaderamente, perfectamente, plenamente; su belleza se desvanecerá con su juventud y, de pronto, descubrirá usted que ya no le quedan triunfos y que en adelante le será necesario vivir de esos pequeños éxitos, que el recuerdo del pasado hace aún más amargos que derrotas. Cada mes que transcurra le llevará hacia algo terrible. El tiempo está celoso de usted y guerrea contra sus lirios y sus rosas. Palidecerá usted, se hundirán sus mejillas, y su mirada perderá su brillo. Sufrirá usted horriblemente. ¡Ah, valore su juventud mientras la tiene! No malgaste el oro de sus días escuchando a los tontos que intentan detener la inevitable derrota, y defiéndase usted del ignorante, de lo común y de lo vulgar. ¡Es el fin enfermizo, el falso ideal de nuestra época! ¡Viva usted, viva la maravillosa vida que tiene! ¡No pierda nada de ella! ¡Busque continuamente nuevas sensaciones! Que nada le asuste a usted. Un nuevo hedonismo, eso es lo que pide este siglo. Puede usted ser el símbolo tangible. No hay nada que no pueda efectuar con su personalidad. ¡El mundo le pertenece por un tiempo! Cuando le conocí vi que no tenía conciencia de lo que era, de lo que podía ser. Había en usted algo que era tan particularmente atrayente que sentí que era necesario decirle algo de usted mismo, con el trágico temor de ver que se malgastaba, ¡porque su juventud tiene tan poco tiempo de vida… tan poco! Las flores se secan, pero reflorecen. Este citiso estará tan florido en el mes de junio del próximo año como ahora. Dentro de un mes, esa clemátide tendrá flores purpúreas, y de año en año, sus flores de púrpura iluminarán el verde de sus hojas. ¡Pero nosotros no reviviremos jamás nuestra juventud! ¡El pulso de la alegría que palpita en nosotros a los veinte años va debilitándose; nuestros miembros se fatigan y se entorpecen nuestros sentidos! Todos nos convertiremos en odiosos polichinelas perseguidos por el recuerdo de lo que nos atemorizó, por las exquisitas tentaciones que no tuvimos el valer de satisfacer. ¡Juventud, juventud! ¡No hay en el mundo más que la juventud!

Dorian Gray escuchaba con los ojos muy abiertos, maravillado. Dejó caer a tierra el ramo de lilas que tenía en la mano. Una abeja se lanzó sobre él y giró un momento alrededor, zumbadora. Hubo un estremecimiento general de globos estrellados en las diminutas flores. Él miraba aquello con ese extraño interés que tomamos por las cosas triviales cuando estamos preocupados por problemas que nos espantan, cuando nos sentimos molestos por una nueva sensación a la que no podemos encontrar expresión, o aterrorizados por un pensamiento obsesionante al cual nos sentimos obligados a ceder. Al poco tiempo la abeja tomó el vuelo. La vio posarse sobre el cáliz moteado de una amapola, la flor pareció temblar y se balanceó en el aire suavemente.

De pronto el pintor apareció en la puerta del estudio y les hizo señas reiteradas para que entraran. Se volvieron uno hacia otro sonriendo.

—Les espero a ustedes dentro. Vengan aquí. Hay muy buena luz en este momento y pueden traerse sus bebidas.

Se levantaron y perezosamente caminaron a lo largo del muro. Dos mariposas verdes y blancas revoloteaban ante ellos, y sobre un peral situado en un rincón del jardín, un tordo comenzó a cantar.

—¿Le agrada a usted haberme conocido, míster Gray? —preguntó lord Henry, mirándole.

—Sí; me agrada, por ahora, y creo que me agradará siempre.

—¡Siempre! Es una palabra terrible que me hace estremecer cuando la oigo. ¡Las mujeres la emplean tanto! Estropean toda novela queriendo hacerla eterna. La única diferencia que hay entre un capricho y una pasión eterna es que el capricho dura más tiempo.

Cuando entraban en el estudio, Dorian Gray colocó su mano sobre el brazo de lord Henry.

—En ese caso, que nuestra amistad no sea más que un capricho… —murmuró, enrojeciendo de su propia audacia. Subió a la plataforma y continuó posando.

Lord Henry, tumbado sobre un ancho sillón de mimbre, le observaba. Sólo el vaivén del pincel sobre la tela y las idas y venidas de Hallward, retrocediendo para juzgar el efecto, rompían el silencio. En los rayos oblicuos que entraban por la puerta entreabierta danzaba un polvo dorado. El fuerte olor de las rosas parecía gravitar sobre todo.

Al cabo de un cuarto de hora Hallward dejó de trabajar, mirando alternativamente, durante mucho tiempo, a Dorian y al retrato, mordisqueando el extremo de uno de sus gruesos pinceles con las cejas fruncidas.

—¡Terminado! —exclamó; e inclinándose escribió su nombre en largas letras de bermellón en el rincón izquierdo de la tela.

Lord Henry fue a mirar el cuadro. Era una obra de arte admirable, de un parecido maravilloso también.

—Querido amigo, permítame que le felicite calurosamente —dijo—. Es el cuadro más bello de los tiempos modernos. Míster Gray, venga usted a contemplarse.

El adolescente se estremeció como si le hubiesen despertado de un sueño.

—¿Está terminado de verdad? —murmuró descendiendo de la plataforma.

—Terminado del todo —dijo el pintor—. Y hoy ha posado usted como un ángel. Le estoy agradecido hasta más no poder.

—Eso me lo debe a mí por completo —repuso lord Henry—. ¿No es verdad, míster Gray?

Dorian no respondió; llegó perezosamente hasta su retrato y se volvió hacia él. Al verlo se estremeció y sus mejillas enrojecieron de placer por un momento. Un relámpago de alegría pasó por sus ojos, porque se reconoció por primera vez. Permaneció algún tiempo inmóvil, admirándolo, dándose cuenta de que Hallward le hablaba, pero sin comprender el significado de sus palabras. El sentido de su propia Belleza surgió en su interior como una revelación. Hasta entonces no se había dado cuenta de ello. Los elogios de Basil Hallward le parecieron simplemente agradables exageraciones de amistad. Los había oído riéndose y los había olvidado enseguida, sin que influyesen en su carácter. Luego, había llegado lord Henry Wotton con su extraño panegírico de la juventud y el terrible aviso de su brevedad. Le conmovió; y ahora, frente a la sombra de su propia belleza, sentía que la plena realidad se apoderaba de él. Sí; llegaría un día en que su cara se arrugaría, se encogería; sus ojos se hundirían descoloridos, y la gracia de su rostro se perdería, deformándose. El rojo de sus labios se iría, del mismo modo que se apagaría el oro de sus cabellos. La vida, que debía formar su alma, arruinaría su cuerpo. Se volvería horrible, deforme, vasto.

Pensando en todo esto, una sensación aguda de dolor le atravesó como una daga, estremeciendo una a una las delicadas fibras de su ser. El color amatista de sus ojos se oscureció; una nube de lágrimas los empañó. Sentía que una mano de hielo se posaba sobre su corazón.

—¿No le gusta a usted? —exclamó Hallward un poco extrañado del silencio del joven, que no comprendía.

—Naturalmente que le gusta —dijo lord Henry—. ¿Por qué no iba a gustarle? Es una de las cosas más nobles del arte contemporáneo. Le daré a usted por él lo que quiera. ¡Necesito tenerlo!

—No me pertenece, Henry.

—¿De quién es entonces?

—De Dorian, naturalmente —respondió el pintor.

—Afortunado.

—¡Qué profunda tristeza! —murmuraba Dorian con los ojos todavía fijos en su retrato—. ¡Ah, sí, profundamente triste! Me volveré viejo, horrible, espantoso! Pero la pintura permanecerá siempre joven. No será nunca más vieja que en este día de junio ¡Ah! ¡Si cambiáramos; si fuese yo el que permaneciera siempre joven y esta pintura envejeciera! ¡Por ello, por ello lo daría todo! No hay nada en el mundo que no diera yo. ¡Daría hasta mi alma!

—No encontrará usted fácilmente tal arreglo, Basil —exclamó lord Henry echándose a reír.

—¡Eh, eh! Y además yo me opondría, Harry —dijo Hallward.

Dorian Gray se volvió hacia él.

—Lo creo, Basil. Ama usted más su arte que a sus amigos. No soy para usted ni más ni menos que una de sus figuras de bronce verde. Mejor dicho, menos.

El pintor le miró con extrañeza. Estaba poco acostumbrado a oír a Dorian expresarse así ¿Qué había sucedido? Parecía muy enojado; su cara estaba roja y sus mejillas encendidas.

—Sí —continuó—; soy para usted menos que su Hermes de marfil o que su Fausto de plata. A ellos los amará usted siempre. Y a mí, ¿por cuánto tiempo me querrá? Hasta mi primera arruga, sin duda, Ahora sé que cuando pierde uno su belleza lo pierde uno todo. ¡Su obra me lo ha enseñado! Sí, lord Henry Wotton tiene toda la razón. La juventud es lo único que vale. ¡Cuando note que envejezco, me mataré!

Hallward palideció y le cogió la mano.

—¡Dorian! ¡Dorian! —exclamó—. ¡No hable usted así! Nunca he tenido un amigo como usted, ni lo volveré a tener nunca! No es posible que sienta usted celos de las cosas materiales ¿No es usted más bello que todas ellas?

—Siento celos de todo aquello cuya belleza no muere. ¡Tengo celos de mi retrato! ¿Por qué ha de conservar él lo que yo perderé? Cada instante que pasa a mí me arrebata algo y a él le embellece. ¡Oh, si esto pudiera cambiarse! ¡Si ese retrato pudiese envejecer! ¡Si yo pudiese permanecer tal como soy! ¿Por qué ha pintado usted eso? Algún día se burlará de mí ¡Se burlará de mí!

Sus ojos se llenaban de lágrimas abrasadoras. Se retorcía las manos. De pronto, se arrojó sobre el diván y sepultó su cara en los almohadones, como si rezara.

—He aquí su obra, Harry —dijo amargamente el pintor.

Lord Henry se alzó de hombros.

—¡He ahí al verdadero Dorian Gray, querrá usted decir!

—No es ése.

—Si no es ése, ¿qué tengo yo que ver en ello?

—Debió usted irse cuando se lo dije —le indicó.

—Me quedé porque me lo rogó usted —replicó lord Henry.

—Harry, no quiero reñir ahora con mis dos mejores amigos, pero por su culpa van a hacerme detestar lo mejor que he hecho, y voy a destruirlo. Después de todo, no es más que una tela y unos colores. No quiero que eso pueda estropear nuestras tres vidas.

Dorian Gray levantó su cabeza rubia del montón de almohadones, y con su pálida cara bañada en lágrimas vio al pintor dirigirse hacia una mesa situada bajo las grandes cortinas de la ventana. ¿Qué iba a hacer? Sus dedos buscaban algo entre aquel conjunto de tubos de estaño y de pinceles secos. La hoja de acero flexible, el cuchillo de la paleta. ¡Lo había encontrado! Iba a destruir la tela.

Ahogado de sollozos, el joven saltó del diván, y precipitándose hacia Hallward le quitó el cuchillo de la mano y lo arrojó al otro lado del estudio.

—¡Basil, se lo ruego! ¡Sería un crimen!

—Estoy encantado de verle apreciar, por fin, mi obra —dijo fríamente el pintor, recobrando su calma—. Nunca hubiera esperado esto de usted.

—¿Apreciarla? La adoro, Basil. Siento que es algo de mí mismo.

—¡Entonces, bien! En cuanto esté usted seco, será usted barnizado, puesto en un marco y enviado a su casa. Entonces hará lo que le guste con usted mismo.

Atravesó la habitación y llamó para pedir el té.

—¿Quiere usted té, Dorian? ¿Y usted también, Harry? ¿O encuentra usted alguna objeción que oponer a estos placeres sencillos?

—Adoro los placeres sencillos —dijo lord Henry—. Son el último refugio de los seres complejos. Pero no me agradan las escenas fuera de las tablas. ¡Qué originales son ustedes dos! Me pregunto quién definió al hombre como un animal racional; es una definición prematura. El hombre es infinidad de cosas, pero no es racional. Me encanta, al fin y al cabo, que no lo sea. Deseo, sobre todo, que no disputen ustedes por ese retrato. Mire usted, Basil, hubiese hecho mejor en entregármelo. A ese travieso joven, en realidad, no le hace tanta falta como a mí.

—Si se lo diese usted a otro que no fuera yo, Basil, no se lo perdonaría nunca —exclamó Dorian Gray—, y no le permito a nadie que me llame travieso.

—Ya sabe que ese cuadro le pertenece, Dorian. Se lo di antes de que estuviese hecho.

—Y también sabe usted que ha sido un poco travieso, míster Gray, y que no puede indignarse porque se le recuerde que es muy joven.

—Me hubiese indignado esta mañana, lord Henry.

—¡Ah, esta mañana! Ha vivido usted desde entonces.

Llamaron a la puerta y entró el mayordomo llevando un servicio de té, que colocó sobre una mesita japonesa. Hubo un ruido de tazas y de platillos y el glú-glú de una tetera acanalada de Georgia. Un criado trajo dos platos japoneses en forma de globo. Dorian Gray se levantó y sirvió el té. Los dos hombres se dirigieron perezosamente hacia la mesa y examinaron lo que había debajo de los cubreplatos.

—Vayamos esta noche al teatro —dijo Lord Henry—. Debe de haber un estreno en algún sitio. He prometido cenar en casa de White; pero como es un antiguo amigo puedo enviarle un telegrama diciéndole que estoy indispuesto o que me impide ir algún compromiso posterior. Creo que sería una bonita disculpa y tendría todo el encanto de la sinceridad.

—Es molesto ponerse un frac —añadió Hallward—, y una vez puesto está uno horrible con él.

—Sí —respondió lord Henry soñadoramente—; el traje del siglo XIX es detestable, sombrío, depresivo. El pecado es realmente el único elemento de color que queda en la vida moderna.

—No debiera usted decir tales cosas delante de Dorian, Harry.

—¿Delante de qué Dorian? ¿Del que nos echa té o el del retrato?

—Delante de los dos.

—Querría ir con usted al teatro, lord Henry —dijo el joven.

—Pues bien; venga usted también. ¿No es así, Basil?

—Realmente, no puedo. Prefiero quedarme; tengo infinidad de cosas que hacer.

—Entonces, bien; iremos nosotros dos, míster Gray.

—Lo deseo vivamente.

El pintor se mordió los labios y, taza en mano, se dirigió hacia el retrato.

—Me quedaré con el verdadero Dorian Gray —dijo tristemente.

—¿Es ese el verdadero Dorian Gray? —exclamó el original del retrato, adelantándose hacia él—. ¿Soy así?

—Sí, usted es así.

—¡Es maravilloso, Basil!

—Al menos, en apariencia usted es así. Pero esto no cambiará nunca —añadió Hallward—. Y ya es algo.

—¡Qué controversias acerca de la fidelidad! —exclamó lord Henry—. Precisamente el amor es puramente una cuestión de temperamento; no tiene nada que ver con nuestra propia voluntad. Los jóvenes quieren ser fieles, y no lo son; los viejos quieren ser infieles, y no pueden.

—No vaya usted al teatro esta noche, Dorian —dijo Hallward—. Quédese a cenar conmigo.

—No puedo, Basil.

—¿Por qué?

—Porque he prometido a lord Henry Wotton ir con él.

—No le guardará rencor si falta usted a su palabra; falta él muy a menudo a la suya. Le ruego que no vaya.

Dorian Gray se echó a reír, moviendo la cabeza.

—Se lo suplico.

El joven vacilaba; lanzó una mirada a lord Henry, que les observaba desde la mesa donde tomaba el té, con una sonrisa divertida.

—Quiero ir, Basil —decidió.

—Muy bien —replicó Hallward, y fue a dejar su taza sobre la bandeja—. Es ya tarde, y como tienen ustedes que vestirse harían bien en no perder tiempo. Adiós, Henry. Adiós, Dorian. Vengan ustedes a verme pronto, mañana si es posible.

—Sin falta.

—¿No se olvidará usted?

—Naturalmente que no —dijo Dorian.

—¡Y Harry!

—Yo tampoco, Basil.

—Acuérdese de lo que le he pedido antes, cuando estábamos en el jardín.

—Me he olvidado de ello.

—Cuento con usted.

—Me gustaría poder contar conmigo mismo —dijo lord Henry riendo—. Vamos, míster Gray; mi coche está abajo y le dejaré a usted en su casa. ¡Adiós, Basil! Gracias por su encantadora tarde.

En cuanto la puerta se cerró tras ellos, el pintor se desplomó sobre el sofá y una expresión de dolor apareció en su rostro.

CAPÍTULO III

Al día siguiente, por la mañana, a las doce y media, lord Henry Wotton se dirigía por Curzon Street hacia Albany para ir a ver a su tío, lord Fermor, un solterón, buena persona, aunque de maneras bruscas, calificado de egoísta por los extraños que no podían sacar nada de él, pero que la sociedad consideraba generoso, porque alimentaba a los que sabían divertirle. Su padre había sido embajador en Madrid cuando la Reina Isabel II era joven y Prim, un desconocido. Pero había dejado la carrera diplomática por capricho, en un momento de contrariedad, debido a que no le ofrecieron la Embajada de París, cargo para el cual se consideraba particularmente designado, dadas su clase, su indolencia, el buen inglés de sus informes y su pasión nada vulgar por el placer. El hijo, que había sido secretario del padre, dimitió al mismo tiempo que éste; un poco a la ligera se pensó entonces, y unos meses después, siendo ya jefe de su casa, se dedicó con toda seriedad al estudio del muy aristocrático arte de no hacer nada. Poseía dos grandes casas en la capital, pero prefería vivir en el hotel para evitarse molestias, y hacía la mayoría de sus comidas en el club. Se ocupaba de la explotación de sus minas de carbón en los condados centrales, aunque disculpaba este tinte de industrialismo diciendo que el hecho de poseer carbón tenía la ventaja de permitir a un caballero consumir decentemente leña en su propia chimenea. En política era *Tory*, excepto cuando los *Tories* estaban en el poder; durante cuyo periodo no dejaba nunca de acusarles de ser una pandilla de radicales. Era un héroe para su criado, que le tiranizaba, y el terror de sus amigos, a quienes tiranizaba él a su vez. Únicamente Inglaterra había podido producir tal hombre, y él siempre decía que el país se iba a la ruina. Sus principios eran anticuados, pero había mucho que decir en favor de sus prejuicios.

Cuando lord Henry entró en la habitación, encontró a su tío sentado, vestido con un grueso chaquetón de caza, fumando un puro y gruñendo sobre un número de *The Times*.

—¡Bueno, Harry! —dijo el viejo caballero—. ¿Qué te trae tan temprano? Creía que vosotros, los elegantes, no estabais nunca levantados antes de las dos y visibles antes de las cinco.

—Puro afecto familiar; se lo aseguro, tío George. Necesito pedirle a usted una cosa.

—Dinero, supongo —dijo lord Fermor torciendo el gesto—. En fin, siéntate y dime de lo que se trata. Los jóvenes de hoy se imaginan que el dinero lo es todo.

—Sí, —murmuró lord Henry, abotonándose su gabán— y cuando se hacen viejos, lo confirman. Pero no necesito dinero, tan sólo los que pagan sus deudas lo necesitan, tío George, y yo no pago nunca las mías. El crédito es el capital de un hombre joven, y se vive de él de un modo encantador. Por otro lado, me dirijo siempre a los proveedores de Dartmoor, y no me molestan jamás. Necesito un dato: no un dato útil, sino un dato inútil.

—¡Bien! Puedo decirte todo lo que contiene el Informe Oficial, Harry, aun cuando hoy toda esa gente no escribe más que tonterías. Cuando yo era diplomático marchaban mejor las cosas. Pero he oído decir que hoy se les elige por medio de unos exámenes. ¡Qué quieres! Los exámenes, señor mío, son, desde el principio hasta el fin, una pura patraña. ¡Si uno es un caballero ya sabe bastante, y si no lo es, su sabiduría sólo puede perjudicarle!

—Míster Dorian Gray no pertenece al Libro Azul, tío George —dijo lord Henry lánguidamente.

—¿Míster Dorian Gray? ¿Quién es? —preguntó lord Fermor frunciendo sus cejas espesas y blancas.

—Eso es lo que quiero saber, tío George. Mejor dicho, sé quién es. Es el último nieto de lord Kelso. Su madre era una Devereux, lady Margaret Devereux; querría que me hablase usted de su madre. ¿Cómo era? ¿Con quién la casaron? Usted ha tratado a casi todo el mundo de su tiempo, así es que puede haberla conocido. Me intereso mucho por míster Gray en estos momentos. Le he conocido hace poco.

—¡El nieto de Kelso! —repitió el viejo caballero— el nieto de Kelso… Con toda seguridad…, conocí íntimamente a su madre. Creo que asistí a su bautizo. Era una muchacha extraordinariamente bonita aquella Margarita Devereux. Volvió locos a todos los hombres, fugándose con un jovenzuelo sin un céntimo, un don nadie, señor mío, un subalterno en un regimiento de infantería o algo parecido. Ciertamente, me acuerdo como si hubiese sucedido ayer. El pobre diablo murió en duelo en Spa, pocos meses después de su casamiento. Corrió una fea historia sobre ello. Se dijo que Kelso compró a un vil aventurero, alguno de esos brutos belgas, para que insultase a su yerno en público; le pagó, señor mío, sí, le pagó por hacer eso, y el miserable ensartó a su hombre como a un simple pichón. Se echó tierra sobre el asunto; pero, a fe mía, Kelso se vio solo en el club algún tiempo después. Llevó nuevamente con él a su hija, según me dijeron, pero ella no le dirigió la palabra jamás. ¡Oh, sí! Fue un asunto muy feo. La hija murió al cabo de un año. ¿Así es que ha dejado un hijo? Lo había olvidado. ¿Qué clase de chico es? Si se parece a su madre debe ser un muchacho muy guapo.

—Es muy guapo.

—Espero que caiga en buenas manos —continuó el viejo caballero—. Debe tener una bonita suma esperándole, si Kelso ha hecho bien las cosas respecto a él. Su madre también tenía fortuna. Todas las propiedades de Selby fueron a poder suyo, por su abuelo. Este odiaba a Kelso, creyéndole un avaro terrible. ¡Y lo era! Estuvo una vez en Madrid, cuando yo vivía allí… A fe mía, me avergonzó. La reina me preguntaba quién era aquel gentilhombre inglés que disputaba sin cesar con los cocheros para pagarles. Fue toda una historia. Lo menos durante un mes no me atreví a mostrarme en la Corte. Presumo que habrán tratado mejor a su nieto que a aquellos truhanes.

—No sé —respondió lord Henry—. Supongo que el joven

estará muy bien. No es mayor de edad. Sé que Selby es suyo. Me lo ha dicho. ¿Y... su madre era verdaderamente bella?

—Margaret Devereux era de las criaturas más adorables que he visto, Henry. No he llegado a comprender nunca cómo pudo portarse así. Pudo casarse con quien hubiese querido; Carlington estaba loco por ella. Era romántica, sin duda. Todas las mujeres de esa familia lo fueron. ¡Los hombres eran poca cosa, pero las mujeres, maravillosas! Carlington se arrastraba a sus pies, me lo dijo él mismo. Se rió de él en su cara, y, sin embargo, no había una sola muchacha en Londres que no fuese detrás de él. Y a propósito, Harry; ahora que hablamos de casamientos ridículos, ¿cuál es esa broma que me ha contado tu padre refiriéndose a Dartmoor, que desea casarse con una americana? ¿No hay ya muchachas inglesas bastante buenas para él?

—En la actualidad, está de moda casarse con las americanas, tío George.

—¡Apoyaré a las inglesas en contra del mundo entero, Henry! —dijo lord Fermor, pegando un puñetazo sobre la mesa.

—Las apuestas se hacen por las americanas.

—Me han dicho que no duran nada —gruñó el tío.

—Un largo noviazgo las cansa, pero se muestran superiores en una carrera de obstáculos. Cogen las cosas al vuelo; creo que Dartmoor no lo tiene todo de su parte.

—¿A qué mundo pertenece ella? —replicó el viejo caballero—. ¿Tiene mucho dinero?

Lord Henry movió la cabeza.

—Las americanas son tan hábiles para ocultar sus antecesores, como las inglesas para disimular su pasado —dijo levantándose para irse.

—¿Supongo que serán vendedores de cerdos?

—Eso creo, tío George, para dicha de Dartmoor. He oído decir que vender cerdos en América es la profesión más lucrativa, después de la política.

—¿Es bonita?

—Se porta como si lo fuese. Muchas americanas obran de igual modo. Es el secreto de su atractivo.

—¿Por qué esas americanas no se quedan en su país? Siempre nos están diciendo que es aquello un paraíso para las mujeres.

—Y es verdad, pero esa es la razón por la cual, como Eva, tiene tanta prisa en salir de él —dijo lord Henry—. Hasta la vista, tío George, llegaría tarde a comer si estuviese aquí más tiempo; gracias por sus buenos informes. Siempre me gusta saber todo lo concerniente a mis nuevos amigos, y nada de los antiguos.

—¿Dónde comes, Harry?

—En casa de tía Agatha. Me he convidado con míster Gray; es su último *protegé* [protegido].

—¡Bah! Dile a tu tía Agatha, Harry, que no me abrume con sus obras de caridad. Estoy harto ya. Se cree la buena señora que no tengo nada mejor que hacer que firmar cheques en favor de sus chifladuras.

—Muy bien, tío George, se lo diré, pero no le hará ningún efecto. Los filántropos han perdido toda noción de humanidad. Es su rasgo característico.

El viejo caballero musitó una vaga aprobación y llamó a su criado. Lord Henry siguió por el arco menor de Burlington Street, en dirección a Berkeley Square.

Tal era, en efecto, la historia de los padres de Dorian Gray. Contada así, con crudeza, conmovió profundamente a lord Henry como una extraña, aunque moderna novela. Una mujer bellísima arriesgando todo por una loca pasión. Unas semanas de dicha solitaria, destrozada de pronto por un crimen espantoso y pérfido. Meses de agonía silenciosa. y como final, un niño nacido entre lágrimas. La madre arrebatada por la muerte y el niño sin nadie, abandonado a la tiranía de un viejo cruel. Sí, era un tema interesante. Encuadraba al joven, haciéndole más interesante de lo que era. Detrás de todo lo exquisito, hay algo trágico. La tierra trabaja para dar nacimiento a la flor más humilde. ¡Qué encantador había estado durante la comida de la víspera, cuando con sus hermosos ojos y sus labios palpitantes de placer y de temor se había sentado frente a él, en el club, mientras las luces rojizas daban un tono rosáceo a su bello rostro extasiado! Hablarle era como ejecutar sobre un violín exquisito. Respondía y vibraba con todo. Había algo terriblemente seductor en la acción de esta influencia; nada podía comparársela. Proyectar su alma en una forma grácil, dejarla descansar un instante y escuchar a continuación sus ideas repetidas como por el eco; transportar su temperamento a otro, como un fluido sutil o un extraño perfume, aquello era un verdadero goce, quizá el más perfecto de nuestros goces en una época tan limitada y tan vulgar como la nuestra, en una época groseramente carnal en sus placeres, común y baja en sus aspiraciones Aquel adolescente era una maravillosa muestra de humanidad, con el que se había encontrado por una casualidad rarísima en el estudio de Basil; podía hacerse de él un modelo absoluto de belleza. Encarnaba la gracia y la blanca pureza de la adolescencia, y todo el esplendor que nos han conservado los mármoles griegos. Nada había que no se pudiese sacar de él. Lo mismo podría ser un Titán que un juguete. ¡Qué desgracia que una belleza tal estuviese destinada a marchitarse!… ¡Y Basil, qué interesante era desde el punto de vista psicológico! La nueva tendencia en arte, un modo inédito de mirar la existencia, sugerido por la simple presencia de un ser inconsciente de todo aquello; era el espíritu silencioso que habita en el fondo de los bosques y corre por los llanos, mostrándose de repente, como una dríada exenta de miedo, porque en el alma que le buscaba había sido evocada la maravillosa visión por la cual se revelan únicamente las cosas maravillosas; las simples apariencias de las cosas engrandeciéndose hasta el símbolo, como si no fuesen sino la sombra de otras formas más perfectas que ellas convertían en palpables y visibles… ¡Qué extraño era todo aquello! Recordaba algo semejante en la Historia. ¿No era Platón, aquel artista del pensamiento, el primero que la realizó? ¿No era Buonarroti el que la cinceló en el mármol policromo de una serie de sonetos? Pero en nuestro siglo aquello era extraordinario… Sí, intentaría ser para Dorian Gray lo que, sin darse cuenta, era el adolescente para el pintor que había hecho su espléndido retrato. Intentaría dominarle; ya lo había logrado casi. Haría suyo aquel ser maravilloso. Había algo fascinante en aquel hijo del Amor y de la Muerte.

De pronto se detuvo y miró las fachadas. Se dio cuenta de que había pasado la casa de su tía, y riéndose de sí mismo, volvió sobre sus pasos. Al entrar en el vestíbulo, casi sin iluminar, el mayordomo le dijo que estaban en la mesa. Entregó su sombrero y su bastón al criado, y entró en el comedor.

—¡Retrasado como de costumbre, Harry! —gritó su tía moviendo la cabeza.

Inventó una disculpa cualquiera, y después de sentarse en la única silla que había quedado vacía, miró a los convidados. Dorian, al extremo de la mesa, se inclinó hacia él tímidamente, sonrosadas de placer las mejillas. Enfrente tenía a la duquesa de Harley, una dama de sencillez admirable y de excelente carácter, amada por todos los que la conocían, y que tenía esas proporciones amplias y arquitectónicas que nuestros historiadores contemporáneos llaman obesidad, cuando no se trata de una duquesa. Tenía a su derecha a sir Thomas Burdon, miembro radical del Parlamento, que buscaba camino en la vida pública, y que en la vida privada se preocupaba de las mejores cocinas, comiendo con los *Tories* y opinando con los liberales, según una regla muy sabia y conocida. El puesto a la izquierda de la duquesa estaba ocupado por míster Erskine de Treadley, viejo caballero de gran encanto y muy culto, que, sin embargo, tenía la fastidiosa costumbre de permanecer en silencio, habiendo dicho, según explicó un día a lady Agatha, todo lo que tenía que decir antes de cumplir los treinta años.

A la izquierda de lord Henry estaba la señora Vandeleur, una de las antiguas amigas de su tía, una santa entre las mujeres, pero tan terriblemente pintada que hacía pensar en un libro de oraciones mal encuadernado. Afortunadamente para él, estaba al otro lado lord Faudel, medianía inteligente y de edad regular, tan calvo como una declaración ministerial en la Cámara de los Comunes, y con quien la señora Vandeleur conversaba de esa manera intensamente seria que es, según había observado a menudo, el error imperdonable en que incurren las personas excelentes y que ninguna de ellas puede evitar.

—Estamos hablando de ese pobre Dartmoor, lord Henry —exclamó la duquesa, haciéndole gestos alegremente desde el otro lado de la mesa—. ¿Cree usted que se casará realmente con esa seductora muchacha?

—Creo que ella tiene intención de proponérselo, duquesa.

—¡Qué horror! —exclamó lady Agatha—. Pero alguien intervendrá.

—Sé de buena fuente que su padre tiene un almacén de mercancías en América —dijo sir Thomas Burdon desdeñosamente.

—Mi tío los creía comerciantes en cerdos, sir Thomas.

—¿Mercancías? ¿Qué son mercancías americanas? —preguntó la duquesa, gesticulando asombrada con su gruesa mano en alto.

—¡Novelas americanas! —respondió lord Henry, sirviéndose un poco de codorniz.

La duquesa parecía confusa.

—No le haga caso, querida —murmuró lady Agatha—, no piensa nunca lo que dice.

—Cuando descubrieron América… —dijo el radical, y comenzó una fastidiosa disertación.

Como todos los que intentan agotar un tema, agotaba a sus auditores. La duquesa, suspirando, usó de su derecho a interrumpir.

—¡Quisiera Dios que no la hubieran descubierto nunca! —exclamó— ¡Realmente nuestras hijas no tienen oportunidades hoy día, y eso es completamente injusto!

—Quizá, después de todo, América no ha sido descubierta nunca —dijo míster Erskine—. Por mi parte, diré, de buena gana, que apenas la conozco.

—¡Oh! Pero hemos visto tipos de ciudadanas suyas —respondió la duquesa con tono vago—. Debo confesar que la mayoría son muy bonitas. Y que sus vestidos, también. Se visten todas en París. Ya quisiera yo hacer lo mismo.

—Dicen que cuando los americanos buenos mueren, van a París —murmuró sir Thomas.

—¿Sí? ¿Y los americanos malos adónde van? —preguntó la duquesa.

—Se quedan en América —aseguró lord Henry.

Sir Thomas frunció el ceño.

—Temo que su sobrino esté predispuesto contra ese gran país —dijo a lady Agatha—. Lo he recorrido en trenes puestos a mi disposición por los gobernantes que, en estas ocasiones, son muy atentos, y le aseguro que es una enseñanza esa visita.

—¿Pero es necesario para nuestra educación que visitemos Chicago? —preguntó quejosamente míster Erskine—. Espero poco del viaje.

Sir Thomas levantó las manos.

—Míster Erskine de Treadley se preocupa poco del mundo. A nosotros, los hombres prácticos, nos gusta ver las cosas por nuestros propios ojos, en vez de leer lo que se cuenta de ellas. Los americanos son un pueblo muy interesante. Son completamente razonables. Creo que ese es su rasgo distintivo. Sí, míster Erskine, un pueblo completamente razonable; le aseguro que no hay inutilidades entre los americanos.

—¡Qué horror! —exclamó lord Henry—. Puedo admitir la fuerza bruta, pero la razón bruta es insoportable. Hay algo injusto en su imperio. Anula la inteligencia.

—No le comprendo a usted —dijo sir Thomas con la cara muy colorada.

—Yo sí comprendo —murmuró míster Erskine con una sonrisa.

—Las paradojas están bien a su modo… —observó el barón.

—¿Era una paradoja? —preguntó míster Erskine—. No lo creo. En todo caso el camino de la paradoja es el de la verdad. Para probar la realidad hay que verla sobra la cuerda floja. Cuando las verdades se vuelven acróbatas podemos juzgarlas.

—¡Dios mío! —dijo lady Agatha—¡Cómo hablan ustedes los hombres!… Estoy segura de que no podré comprenderles nunca. ¡Oh!, Harry, estoy muy enfadada contigo. ¿Por qué no procuras persuadir a tu encantador míster Dorian Gray para que no abandone a los pobres del East End? Te aseguro que se le apreciaría. Gustaría mucho su talento.

—Quiero que toque el piano para mí solo —exclamó lord Henry sonriendo, y al mirar hacia el extremo de la mesa sorprendió una mirada brillante que le respondía.

—Pero son tan desgraciados en Witechapel —prosiguió lady Agatha.

—Puedo simpatizar con todo, menos con el sufrimiento —dijo lord Henry alzándose de hombros—. Con eso no puedo simpatizar. Es demasiado feo, demasiado horrible, demasiado aflictivo. Hay algo terriblemente enfermizo en la piedad moderna. Uno puede emocionarse con los colores, con la belleza, con la alegría de vivir. Cuanto menos se hable de las llagas sociales, mejor.

—Sin embargo, el East End plantea un importante problema —dijo gravemente sir Thomas con una inclinación de cabeza.

—Exacto —respondió el joven lord—. El problema de la esclavitud, e intentamos solucionarlo divirtiendo a los esclavos.

El político miró con ansiedad.

—¿Qué cambios propone usted entonces? —preguntó.

Lord Henry se echó a reír.

—No deseo cambiar nada, excepto la temperatura, en Inglaterra —respondió—. Estoy completamente satisfecho de mi papel, que es el de la contemplación filosófica. Pero como el siglo diecinueve camina hacia la bancarrota con su exagerado derroche de simpatía, me atrevo a proponer un llamamiento a la ciencia para que nos vuelva al buen camino. El mérito de las emociones está en extraviarnos, y el mérito de la ciencia, en no conmovernos.

—Pero tenemos tan graves responsabilidades... —expuso tímidamente la señora Vandeleur.

—Terriblemente graves —repitió lady Agatha.

Lord Henry miró a míster Erskine.

—La humanidad se dedica demasiado a lo serio: es el pecado original del mundo. Si los hombres de las cavernas hubieran sabido reír, la Historia sería muy diferente.

—Consuela oírle a usted —murmuró la duquesa—. Me sentía siempre un poco culpable cuando venía a ver a su querida tía, porque no tengo ningún interés por el East End. Desde ahora seré capaz de mirarla a la cara sin ruborizarme.

—Ruborizarse es distinguidísimo, duquesa —observó lord Henry.

—Únicamente cuando se es joven —respondió—, pero cuando una vieja como yo se ruboriza, es muy mala señal. ¡Ah, lord Henry, desearía con toda mi alma que usted me enseñara a ser joven otra vez!

Él reflexionó un momento.

—¿Puede usted recordar algún grave pecado que haya cometido en sus primeros años? —preguntó mirándola por encima de la mesa.

—Me temo que un gran número.

—¡Pues bien, cométalos usted de nuevo! —dijo gravemente—. Para volver a ser joven no tiene uno más que empezar otra vez sus locuras.

—Es una teoría deliciosa. Será necesario que la ponga en práctica.

—Una teoría peligrosa —pronunció Sir Tomás entre dientes.

Lady Agatha movió la cabeza, pero no pudo por menos de sonreír. Míster Erskine escuchaba.

—Sí —continuó lord Henry—, es uno de los grandes secretos de la vida. Hoy día, muchas personas mueren de una especie de buen juicio y cautela, descubriendo demasiado tarde que las únicas cosas que añoran son sus propios errores.

Corrió la risa alrededor de la mesa.

Jugaba con la idea, la lanzaba al aire, la transformaba, la dejaba escapar para volver a cogerla al vuelo; la irisaba con su imaginación, poniéndole alas por medio de paradojas. El elogio de la locura se elevó en sus labios hasta una filosofía, una filosofía rejuvenecida, sirviéndose de la musa loca del placer, vestida de fantasía, con la túnica manchada de vino y engalanada de hiedra, danzando como una bacante sobre las colinas de la vida y mofándose del craso Sileno por su sobriedad. Los hechos huían ante ella como ninfas atemorizadas. Sus blancos pies pisaban el enorme lagar donde el sabio Omar está sentado; una oleada de purpúreas burbujas inundaba sus miembros desnudos, esparciéndose como una lava espumeante sobre los negros flancos de la cuba. Fue una improvisación extraordinaria. Sintió que los ojos de Dorian Gray estaban fijos en él, y la conciencia de que entre su auditorio se hallaba un ser a quien deseaba fascinar, parecía aguzar su ingenio y añadir más colores aún a su imaginación. Estuvo brillante, fantástico, inspirado. Logró arrebatar a su auditorio, que oyó hasta el final aquel solo de flauta. Dorian Gray no había dejado de mirarle, como si estuviera bajo un hechizo; sucediéndose las sonrisas sobre sus labios y tornándose más grave la sorpresa en sus sombríos ojos.

Al fin, la realidad con librea moderna hizo su entrada en el comedor, en forma de criado, y vino a anunciar a la duquesa que su coche la esperaba. Se retorció las manos con una cómica desesperación.

—¡Qué fastidio! —exclamó—. Tengo que irme; debo recoger a mi marido en el club para ir a un mitin absurdo que debe presidir en los *Willi's Room*. Si llego con retraso se pondrá furioso seguramente, y no puedo tener una escena con este sombrero. Es demasiado frágil. La menor palabra le destrozaría. No, tengo que irme, querida Agatha. Hasta la vista, lord Henry, es usted delicioso y terriblemente desmoralizador. No sé qué decir de sus ideas. Es necesario que venga usted a comer a nuestra casa. El martes, por ejemplo, ¿está usted libre el martes?

—Por usted dejaría yo a todo el mundo, duquesa —dijo lord Henry, haciendo una reverencia.

—¡Ah! ¡Qué amable! —exclamó ella— No se olvide de venir.

Y salió majestuosamente seguida de lady Agatha y de otras señoras.

Cuando lord Henry se hubo sentado de nuevo, míster Erskine dio la vuelta a la mesa, y, cogiendo una silla de su lado, le colocó la mano sobre el brazo.

—Habla usted como un libro —dijo—, ¿por qué no escribe?

—Me gusta demasiado leer los de los demás, para pensar

en escribirlos yo, señor Erskine. Me agradaría escribir una novela que fuese tan adorable y tan irreal como un tapiz de Persia. Desgraciadamente, no hay en Inglaterra público literario más que para los periódicos, las biblias y las enciclopedias. Los ingleses tienen menos sentido de lo que es belleza literaria que los otros pueblos del mundo.

—Temo que no tenga usted razón —respondió míster Erskine—; yo mismo tuve una ambición literaria, aunque la abandoné hace ya mucho tiempo. Y ahora, mi joven y querido amigo, si me permite que le llame así, ¿puedo preguntarle si cree usted realmente todo lo que nos ha dicho almorzando?

—Me he olvidado en absoluto de lo que he dicho —replicó lord Henry sonriendo—. ¿Era muy malo?

—Muy malo, ciertamente. Le considero a usted en extremo peligroso, y si le sucediese algo a nuestra buena duquesa le miraríamos a usted todos como primer responsable. Pero me agradaría hablar de la vida con usted. La generación a que pertenezco es aburrida. El día que se encuentre cansado de la vida de Londres, véngase a Treadley, y me expondrá su filosofía del placer, bebiendo un admirable Borgoña que tengo la dicha de poseer.

—Encantado. Una visita a Treadley es un gran honor. El anfitrión es perfecto y la biblioteca, perfecta también.

—Completará usted el conjunto —respondió el viejo caballero con un saludo cortés—. Y ahora, es necesario que me despida de su excelente tía. Me esperan en el Atheneum. Es la hora en que dormimos.

—¿Todos ustedes, míster Erskine?

—Cuarenta de nosotros en cuarenta sillones. Trabajamos en una academia literaria inglesa.

Lord Henry sonrió y se levantó.

—Me voy al parque —dijo.

Cuando iba a salir, Dorian Gray le tocó en el hombro.

—Déjeme usted que le acompañe —murmuró.

—Pero creí que usted había prometido a Basil Hallward ir a verle.

—Prefiero acompañarle a usted: sí, siento que es necesario que le acompañe; ¿Quiere usted? Y prométame estar hablando todo el tiempo. Nadie habla tan maravillosamente como usted.

—¡Ah! He hablado bastante por hoy —dijo lord Henry, sonriendo—. Lo único que deseo ahora es contemplar la vida. Puede usted venir conmigo; la contemplaremos juntos si quiere.

CAPÍTULO IV

Una tarde del mes siguiente, a primera hora, Dorian Gray estaba sentado en un lujoso sillón, en la pequeña biblioteca de la casa de lord Henry, situada en Mayfair. Era, en su género, una agradable estancia, con sus altos zócalos de roble aceituna, su friso, su techo amarillo claro, realzado con molduras, y su tapiz de Persia, color ladrillo, de largas franjas de seda. Sobre una bonita mesa de madera pulimentada, una estatuilla de Clodion, al lado de un ejemplar de *Les cent nouvelles* [Las cien novelas], encuadernado para Margarita de Valois por Clovis Eve, y sembrado de margaritas de oro que aquella reina había escogido como emblema. En grandes vasos azules de China, tulipanes de colores diversos estaban alineados sobre la repisa de la chimenea. La luz color albaricoque de un día de verano londinense entraba a raudales a través de los pequeños cristales emplomados de los ventanales.

Lord Henry no habla llegado todavía. Llegaba siempre con retraso y lo hacía por principio, pues opinaba que la puntualidad era un robo de tiempo. Así pues, el adolescente parecía contrariado, hojeando con ademán distraído una edición ilustrada de *Manon Lescaut,* que se había encontrado encima de uno de los estantes de la biblioteca. El tic-tac monótono del reloj Luis XIV le exasperaba. Estuvo a punto de irse una o dos veces.

Por fin percibió un ruido de pasos, y la puerta se abrió.

—¡Con qué retraso llega usted, Harry! —murmuró.

—Siento que no sea Harry, míster Gray —respondió una voz clara.

Alzó vivamente los ojos y se levantó.

—Le pido a usted perdón. Creía...

—Creía usted que era mi marido. Y sólo soy su mujer. Es necesario que me presente por mí misma. Le conozco a usted muy bien por sus fotografías. Creo que mi marido tiene lo menos diecisiete.

—No son diecisiete, lady Henry.

—Bueno, dieciocho entonces. Y le vi a usted con él la otra noche en la ópera.

Reía nerviosamente al hablarle, y le miraba con sus ojos azules, un poco vagos. Era una mujer singular, cuyos vestidos parecían concebidos en un acceso de rabia y puestos en medio de una tempestad.

Mantenía habitualmente una aventura con algún hombre, y como su amor no era nunca correspondido, había conservado todas sus ilusiones. Intentaba ser original, pero sólo llegaba a ser desordenada. Se llamaba Victoria, y tenía la inveterada costumbre de ir a la iglesia.

—Fue en *Lohengrin,* lady Henry, según creo.

—Sí, fue en el amado *Lohengrin.* Amo a Wagner más que a nadie. Es tan ruidoso, que puede una hablar todo el tiempo sin que los demás la entiendan. Es una gran ventaja. ¿No le parece, míster Gray?

La misma risa aguda y nerviosa se desgranó nuevamente en sus labios finos, y se puso a jugar con un largo cortapapeles de concha.

Dorian sonrió, moviendo la cabeza.

—Temo no ser de esa opinión, lady Henry; jamás hablo mientras oigo música, por lo menos cuando es buena. Sólo si se oye música mala está uno en el deber de ahogarla con el rumor de una conversación.

—¡Ah! He aquí una idea de Harry, ¿no es verdad, míster Gray? Me entero siempre de sus opiniones por sus amigos, es el único medio que tengo de conocerlas. Pero no crea usted que no me gusta la música buena. La adoro; pero me da miedo. Me vuelve demasiado romántica. Siento una profunda veneración por los pianistas. Adoraba a dos a la vez, como me decía Harry. No sé quiénes eran. Quizás unos extranjeros. Todos lo son, y hasta los que han nacido en Inglaterra se vuelven extranjeros enseguida, ¿no es verdad? Es muy hábil por su parte y significa un homenaje al arte hacerle cosmopolita. Pero no ha venido nunca a mis reuniones, míster Gray. Tiene usted que venir. No siempre puedo mostrar orquídeas, pero no escatimo nada con tal de tener extranjeros. ¡Hacen tan pintoresco un salón! ¡Aquí está Harry! Harry, venía a preguntarte una cosa, ya no sé qué, y me he encontrado aquí a míster Gray. Hemos tenido una conversación divertidísima sobre música. Tenemos las mismas opiniones. ¡No! Creo que nuestras opiniones son completamente diferentes, pero ha estado verdaderamente amable. Me siento muy complacida de haberle visto.

—Encantado, querida, encantado por completo —dijo lord Henry, arqueando sus cejas negras y bien dibujadas y mirándoles a ambos con una sonrisa divertida—. Siento llegar tan retrasado, Dorian; he estado en Wardour Street buscando una pieza de brocado antiguo, y he tenido que regatearla. Hoy día todo el mundo sabe el precio de las cosas pero nadie conoce su valor.

—Tengo que irme —exclamó lady Harry, rompiendo el silencio con una carcajada intempestiva—. He prometido acompañar a la duquesa en su coche. Hasta la vista, míster Gray, hasta la vista, Harry. Comerás fuera, supongo. Yo también. Quizás nos encontremos en casa de lady Thornbury.

—Creo que sí, querida —dijo lord Harry, cerrando la puerta detrás de ella, que, como un ave del paraíso que hubiese pasado la noche fuera, bajo la lluvia, huyó, dejando un sutil perfume de tarta de almendras. Entonces lord Henry encendió un cigarrillo y se dejó caer sobre el diván.

—No se case usted nunca con una mujer de cabellos rojizos, Dorian —dijo después de dar algunas bocanadas.

—¿Por qué, Harry?

—Porque son demasiado sentimentales.

—Pero si a mí me gustan las personas sentimentales.

—No se case usted nunca, Dorian. Los hombres se casan por cansancio, las mujeres, por curiosidad. Ambos quedan chasqueados.

—No creo que me case, Harry. Estoy demasiado enamorado. Este es uno de sus aforismos. Lo pongo en práctica, como todo lo que usted dice.

—¿De quién está usted enamorado? —preguntó lord Henry después de una pausa.

—De una actriz —dijo Dorian Gray, enrojeciendo.

Lord Henry se alzó de hombros:

—Es un *debut* más bien vulgar.

—No diría usted eso si la hubiera visto, Harry.

—¿Quién es?

—Se llama Sibyl Vane.

—No la he oído nunca nombrar.

—Ni nadie. Pero algún día se hablará de ella. Es genial.

—Querido amigo, ninguna mujer es genial. Las mujeres son un sexo decorativo. No tienen nunca nada que decir, pero lo dicen de una manera encantadora. Las mujeres representan el triunfo de la materia sobre la inteligencia, así como los hombres representan el triunfo de la inteligencia sobre las costumbres.

—Harry, ¿cómo puede usted decir eso?

—Mi querido Dorian, eso es completamente cierto. Estudio en este momento a la mujer, y tengo la obligación de conocerlas. El tema es menos abstracto de lo que creía. Estimo, en suma, que no hay más que dos clases de mujeres: las que no se pintan y las que se pintan. Las mujeres que no se pintan son muy útiles: si quiere usted adquirir fama de respetabilidad no tiene más que invitarlas a cenar. Las otras son encantadoras. Cometen, sin embargo, una falta. Se pintan para intentar rejuvenecerse. Nuestras abuelas se pintaban para parecer más distinguidas. El *rouge* y el *sprit* [el colorete y el ánimo] iban de la mano. Hoy todo eso se acabó. Mientras una mujer puede parecer diez años más joven que su propia hija, está completamente satisfecha. En cuanto a la conversación, no hay más que cinco mujeres en Londres que valga la pena que se las hable, y dos de ellas no pueden ser admitidas entre personas respetables. A propósito, hábleme de ese talento. ¿Cuánto hace que la conoce usted?

—¡Ah, Harry! Sus teorías me espantan.

—No haga usted caso. ¿Cuánto hace que la conoce?

—Desde hace tres semanas

—¿Y cómo la encontró?

—Se lo diré, Harry; pero no tiene usted que burlarse de mí. Después de todo, ello no habría sucedido si no le hubiese conocido a usted. Me ha llenado usted de un ardiente deseo de saberlo todo en la vida. Durante varios días después de nuestro encuentro algo nuevo parecía circular por mis venas. Cuando correteaba por Hyde Park, o cuando bajaba por Piccadilly, miraba a todos los transeúntes, imaginándome con una curiosidad loca qué clase de existencia llevarían. Algunos me fascinaban. Otros me llenaban de terror. Había como un exquisito veneno en el aire. Me apasionaban esas sensaciones. Pues bien, una noche, a eso de las siete, decidí salir en busca de aventuras. Tenía la seguridad de que nuestro gris y monstruoso Londres, con sus millones de habitantes, sus sórdidos pecadores y sus pecados espléndidos, como usted dice, debía tenerme reservado algo. Me imaginaba mil cosas. El simple peligro me producía una especie de alegría. Recordé todo lo que usted me dijo durante aquella maravillosa noche en que comimos juntos por primera vez, a propósito de la tusca de la Belleza, que es el verdadero secreto de la vida. No sé muy bien lo que esperaba, pero me dirigí hacia el Este, y bien pronto me perdí en un laberinto de callejuelas negras y hostiles plazoletas de pelado césped. A eso de las ocho y media pasé por delante de un absurdo teatrillo, resplandeciente con sus focos de gas y sus carteles multicolores. Un judío repugnante, que llevaba el chaleco más asombroso que he visto en mi vida, estaba situado a la entrada, fumando un cigarro asqueroso. Tenía unos rizos grasientos y un enorme diamante brillaba sobre el plastrón moteado de su camisa. "¿Quiere usted un palco, milord?", me dijo en cuanto me vio, quitándose el sombrero con un servilismo enfático. Había algo en él, Harry, que me divirtió. Era un verdadero monstruo. Se reirá usted de mí, ya lo sé; pero lo cierto es que entré y que pagué una guinea por aquel palco. Hoy día no podría decir cómo sucedió aquello, y sin embargo, si no me hubiese sucedido, querido Harry, si no me hubiese sucedido, me habría perdido la novela más magnífica de toda mi vida... Veo que se ríe. Está mal en usted.

—No me río, Dorian; por lo menos, no me río de usted; pero no debe decir "la novela más magnífica de toda mi vida". Debe usted decir la primera novela de mi vida. Siempre será usted amado, y siempre estará enamorado. Una gran pasión es el privilegio de la gente que no tiene nada que hacer. Es la única ocupación de las clases ociosas de un país. No tenga cuidado. Le aguardan dichas exquisitas. Esto no es más que el comienzo.

—¿Cree usted que soy frívolo? —exclamó Dorian Gray contrariado.

—No, le creo muy profundo.

—¿Qué quiere decir?

—Hijo mío, los que no aman más que una vez en su vida son los verdaderos frívolos. Lo que ellos llaman su lealtad y su fidelidad, lo llamo yo sopor de la costumbre o falta de imaginación. La fidelidad es a la vida sentimental lo que la consecuencia es a la vida intelectual, una declaración de impotencia, simplemente. ¡La felicidad! Algún día la analizaré. La pasión de la propiedad se halla en ella. Hay muchas cosas que abandonaríamos si no tuviésemos miedo de que otros pudiesen recogerlas. Pero no quiero interrumpirle a usted. Continúe su relato.

—Bien. Me encontré sentado en un horrible palco, frente a un vulgar telón de boca. Contemplé la sala. Estaba decorada de forma llamativa, con cuernos de la Abundancia y amorcillos; parecía una habitación arreglada para una boda de tercera clase. La galería y el patio de butacas estaban abarrotados de espectadores, pero las dos filas de preferencia, completamente vacías. Circulaban por la sala unas mujeres con naranjas y cervezas con jengibre. Comían muchísimas nueces.

—Debía de estar aquello como en los años gloriosos del drama inglés.

—Idéntico, supongo, y resultaba desconsolador. Empezaba a pensar en qué podría entretenerme, cuando vi el programa. ¿Qué cree usted que se representaba, Harry?

—Supongo que *El idiota*, o *El mundo inocente*. Nuestros abuelos se entretenían bastante con esa clase de obras. Cuanto más tiempo vivo, más firmemente creo que lo que era bueno para nuestros antecesores no lo es para nosotros. En arte como en política, *les grands-péres ont toujours tort"...* [Los abuelos nunca tienen razón].

—Aquel espectáculo era bastante escogido, aun para nosotros, Harry. Anunciaban *Romeo y Julieta*; debo confesar que me molestó un poco la idea de ver a Shakespeare representado en semejante lugar. Sin embargo, me sentí interesado, en cierto modo. Sea como fuere, decidí esperar al primer acto. Había una horrible orquesta dirigida por un joven hebreo sentado ante un piano desvencijado, por lo cual pensé marcharme; pero se levantó, por fin, el telón y comenzó la obra. Romeo era un caballero grueso, de edad madura, con las cejas pintadas con corcho quemado, una voz ronca de tragedia y de figura parecida a un barril de cerveza. Mercucio era casi tan malo. Trabajaba como esos cómicos que añaden a sus papeles las estupideces que se les ocurren, y parecía tener buenas relaciones con el patio de butacas. Ambos eran tan grotescos como los decorados, y uno creía estar en una barraca de feria. ¡Pero Julieta! Imagínese usted, Harry, una muchacha de diecisiete años apenas, con una carita de flor, una menuda cabeza griega de trenzas recogidas color castaño, unos ojos apasionados de reflejos violeta y unos labios como pétalos de rosa. Era la criatura más adorable que vi jamás en mi vida. Me dijo usted una vez que el sentimiento le dejaba a usted impasible; pero que la belleza, la simple belleza, podría llenar sus ojos de lágrimas. Le digo, Harry, que apenas pude ver a aquella muchacha a través de la neblina de lágrimas que ascendió de mi interior. ¡Y su voz! No he oído nunca una voz así. Hablaba muy bajo al principio, con hondo y suave tono, como si su palabra debiera resonar solamente en un oído. Luego alzó un poco más la voz, y el sonido parecía el de una flauta o el de un lejano oboe. En la escena del jardín tenía el trémulo éxtasis que se percibe precisamente antes de amanecer, cuando cantan los ruiseñores. Después, había momentos en que su voz poseía la ardiente pasión de los violines. Ya sabe usted la emoción que puede producir una voz. La voz de usted y la de Sibyl Vane son dos músicas que no olvidaré jamás. Cuando cierro los ojos, las oigo, y cada una de ellas dice algo diferente. No sé cuál de las dos seguir. ¿Por qué no iba a amarla? La amo, Harry. Lo es todo para mí en la vida. Noche tras noche voy a verla representar. Una noche es Rosalinda y a la siguiente es Imogenia. La he visto morir en la oscuridad de una tumba italiana, aspirando el veneno de sus amados labios. La he seguido errante por la selva de Ardenas, disfrazada de lindo muchacho con jubón y delicado gorro. Estaba loca, y se encontraba ante un rey culpable a quien llevaba ramas de ruda y al que daba hierbas amargas. Era inocente y las negras manos de los celos atenazaban su garganta como a una caña. La he visto en todas las épocas y con todos los trajes. Las mujeres vulgares no excitan nunca nuestra imaginación. Están limitadas a su siglo. Ningún hechizo puede transfigurarlas nunca. Se conoce su mente como se conocen sus sombreros. Se las puede encontrar siempre. No existe misterio en ellas. Guían su coche en el parque por la mañana y charlan tomando el té por la tarde. Sus sonrisas son estereotipadas y sus modales, de moda. Son completamente transparentes. ¡Pero una actriz! ¡Qué diferente es una actriz, Harry! ¿Por qué no me había dicho usted que el único ser digno de amor es una actriz?

—Porque he amado a muchas, Dorian.

—¡Oh, sí! Mujeres horribles de pelo teñido y caras pintadas.

—No hable usted con desprecio del pelo teñido y de las caras pintadas. Poseen a veces un encanto extraordinario —dijo lord Henry.

—Ahora preferiría no haberle hablado a usted de Sibyl Vane.

—No hubiera podido por menos de hacerlo, Dorian. Hasta el fin de su vida me lo contará usted todo.

—Sí, Harry, creo que es verdad. No puedo dejar de contárselo. Ejerce usted sobre mí una curiosa influencia. Si alguna vez cometiese un crimen, vendría a contárselo. Usted me comprendería.

—Las personas como usted —tenaces rayos de sol de la vida— no cometen crímenes, Dorian. Pero, de todos modos, le agradezco mucho la deferencia. Y ahora deme las cerillas como un buen muchacho... Gracias. Y dígame, ¿cuáles son actualmente sus relaciones con Sibyl Vane?

Dorian Gray se puso en pie, con las mejillas encendidas y los ojos llameantes.

—¡Harry! ¡Sibyl Vane es sagrada!

—Únicamente las cosas sagradas merecen tocarse, Dorian —dijo lord Henry con un tono de voz extrañamente conmovido—. Pero ¿por qué se molesta? Supongo que algún día será suya. Cuando se está enamorado, uno comienza siempre por engañarse a sí mismo y acaba siempre por engañar a los demás. Esto es lo que el mundo llama un amor romántico. De todos modos, supongo que la tratará usted.

—La trato, naturalmente. Desde la primera noche que fui al teatro, el horroroso y viejo judío estuvo rondando el palco y cuando terminó la representación se ofreció a llevarme al escenario y a presentármela. Me indigné con él, y le dije que Julieta había muerto hacía centenares de años y que su cuerpo yacía en un sepulcro de mármol en Verona. Comprendí por su mirada de confusa perplejidad que tenía la impresión de que yo había bebido demasiado champán, o algo así.

—No me sorprende.

—Entonces me preguntó si yo escribía en algún diario. Le contesté que no leía nunca ninguno. Pareció terriblemente desilusionado, y me confesó que todos los críticos dramáticos estaban confabulados contra él, y que todos se vendían.

—Sobre el primer punto nada puedo decir. Pero en cuanto al segundo, a juzgar por las apariencias, la mayoría no deben de costar muy caros.

—Bueno, pero quería decir que no estaban al alcance de sus medios —dijo Dorian riendo—. En aquel momento se apagaron las luces del teatro y tuve que marcharme. Quiso darme a probar unos cigarros que recomendaba con vehemencia. Los rechacé. A la noche siguiente volví, naturalmente, a aquel lugar. En cuanto me vio, me hizo una profunda reverencia y me aseguró que era un espléndido protector del arte. Era un bruto temible, a pesar de sentir una pasión extraordinaria por Shakespeare. Me dijo una vez, con un aire de orgullo, que sus cinco quiebras se debían enteramente al *Bardo,* como él le llamaba continuamente. Parecía ver en ello una distinción.

—Y era una distinción, mi querido Dorian, una gran distinción. Mucha gente quiebra por haber invertido demasiado en la prosa de la vida. Arruinarse por la poesía es un honor. Pero ¿cuándo ha hablado usted por primera vez a la señorita Sibyl Vane?

—La tercera noche. Desempeñaba el papel de Rosalinda. No acababa de decidirme. Le eché unas flores y me miró; o, al menos, eso me imaginé. El viejo judío insistía. Se mostró tan decidido a llevarme al escenario, que accedí. Es curioso en mí no querer conocerla, ¿verdad?

—No; yo creo que no.

—¿Por qué no, mi querido Harry?

—Otro día se lo diré. Ahora querría saber algo de la muchacha.

—¿De Sibyl? ¡Oh! Era tan tímida, tan encantadora. Como una niña. Sus ojos se abrían llenos de exquisita sorpresa cuando le hablé de su trabajo y parecía no darse cuenta de su poder. Creo que estábamos un poco nerviosos. El viejo judío gesticulaba en la puerta del polvoriento saloncillo, hablando de nosotros, que mientras tanto nos contemplábamos como chiquillos. Se empeña en llamarme *Milord* y tuve que asegurar a Sibyl que no era tal cosa. Ella me dijo simplemente: «Tiene usted más bien el aspecto de un príncipe. Quiero llamarle el Príncipe Encantador.»

—Palabra, Dorian; la señorita Sibyl sabe hacer un cumplido.

—No la comprende usted, Harry. Ella me miraba únicamente como a un personaje de teatro. No sabe nada de la vida. Vive con su madre, una mujer marchita y agotada que hacía de lady Capuleto la primera noche, con una especie de bata roja, y parecía haber gozado de mejores días.

—Conozco ese aspecto. Me deprime —murmuró lord Henry, examinando sus sortijas.

—El judío quería contarme su historia, pero le dije que no me interesaba.

—Hizo usted perfectamente bien. Hay algo infinitamente mezquino en las tragedias ajenas.

—Sibyl es lo único que me interesa. ¿Qué me importa su origen? Es absoluta y enteramente divina desde su cabecita a su diminuto pie. Todas las noches voy a verla trabajar, y cada noche está más maravillosa.

—Supongo que esta es la razón por la cual no cena ahora ya nunca conmigo. Pensé que tendría alguna curiosa aventura romántica entre manos. Y la tiene usted; pero no es lo que yo esperaba.

—Mi querido Harry, almorzamos o cenamos juntos todos los días y he ido con usted varias veces a la ópera —dijo Dorian abriendo sus azules ojos con asombro.

—¡Llega usted siempre tan terriblemente tarde!

—Bueno, no puedo dejar de ir a ver trabajar a Sibyl —exclamó—, aunque solo sea en un acto. Tengo hambre de su presencia, y cuando pienso en la maravillosa alma que se oculta en ese cuerpecito de marfil, me siento lleno de angustia.

—¿Puede usted cenar conmigo esta noche?

Movió negativamente la cabeza.

—Esta noche es Imogenia —respondió— y mañana por la noche será Julieta.

—¿Cuándo es Sibyl Vane?

—Nunca.

—Le felicito.

—¡Qué malo es usted! Ella es todas las grandes heroínas del mundo en una. Es más que una individualidad. Se ríe usted, pero ya le he dicho que es genial. La amo y necesito que ella me ame. ¡Usted, que conoce todos los secretos de la vida, dígame ahora qué hechizo he de emplear para que Sibyl Vane me ame! Quiero dar celos a Romeo. Quiero que todos los amantes difuntos de antaño nos oigan reír y se sientan entristecidos.

Quiero que una ráfaga de nuestra pasión remueva sus cenizas conscientemente y renueve sus penas. ¡Dios mío, Harry, cómo la adoro!

Iba y venía por la habitación mientras hablaba. Manchas rojas como de fiebre enrojecían sus mejillas. Estaba terriblemente excitado.

Lord Henry le observaba con un sutil sentimiento de placer. ¡Qué diferente era ahora del tímido y apocado muchacho que conoció en el estudio de Basil Hallward! Su carácter se desenvolvía como una flor, desplegándose en capullos de llama escarlata. Su alma había salido de su escondite, encontrándose con el Deseo.

—¿Y qué piensa hacer? —dijo por fin, lord Henry.

—Quisiera que viniesen conmigo usted y Basil a verla trabajar alguna noche. No tengo el menor miedo al resultado. Reconocerán ustedes seguramente su talento. Entonces la retiraremos de manos del judío. En la actualidad tiene un contrato por tres años (o más bien por dos años y ocho meses). Tendré que pagar algo, naturalmente. Cuando todo esté arreglado, alquilaré un teatro del West End y la aleccionaré oportunamente. Volverá loco a todo el mundo como a mí.

—Eso es imposible, mi querido amigo.

—Sí, ella lo hará. No solamente domina su profesión y posee un instinto artístico consumado, sino que también tiene personalidad, y usted me ha dicho a menudo que son las personalidades y no los principios los que agitan sus épocas.

—Bueno; ¿y qué noche iremos?

—Déjeme ver. Hoy es martes. ¡Mañana! Mañana hace Julieta.

—Muy bien. En el Bristol, a las ocho, y llevaré a Basil.

—No; permítame, Harry: a las ocho, no. A las seis y media. Tenemos que estar allí antes de que se levante el telón. Debemos verla en el primer acto, cuando se encuentra con Romeo.

—¡A las seis y media! ¡Vaya una hora! Iremos como a un vulgar té o a una lectura de novela inglesa. Pongamos a las siete. Ningún caballero cena antes de las siete. ¿Verá usted a Basil antes o tengo que escribirle?

—¡El bueno de Basil! Hace una semana que no le veo. Eso está muy mal en mí, porque me ha enviado mi retrato en un marco maravilloso, especialmente dibujado por él, y aun cuando estoy un poco celoso del cuadro, que es un mes más joven que yo, debo reconocer que me deleita. Quizá sea mejor que le escriba usted. No quiero verle solo. Me dice cosas que me aburren. Me da buenos consejos.

Lord Henry sonrió.

—A la gente le gusta mucho prodigar aquello que más necesita. Es lo que llamo el abismo de la generosidad.

—¡Oh! Basil es el mejor de mis camaradas, pero parece un poco filisteo. He descubierto eso después de conocerle a usted.

—Basil, amigo mío, pone todo su encanto en sus obras. La consecuencia es que no guarda para su vida más que sus prejuicios, sus principios y su sentido común. Los únicos artistas que he conocido y que eran personalmente deliciosos como artistas eran muy malos. Los buenos artistas existen simplemente en su producción y, en consecuencia, resultan completamente faltos de interés en sí mismos. Un gran poeta, un verdadero gran poeta, es el más prosaico de los seres. Pero los poetas inferiores son absolutamente fascinantes. Cuanto peor riman, más pintorescos parecen. El solo hecho de haber publicado un libro de sonetos de segundo orden hace a un hombre completamente irresistible. Vive la poesía que no pudo escribir. Los otros escriben la poesía que no se atreven a realizar.

—¿Sucede así realmente, Harry? —dijo Dorian Gray, perfumando un poco su pañuelo con un gran frasco de tapón de oro que había sobre la mesa—. Debe de ser así, ya que usted lo dice. Y ahora me voy. Imogenia me espera. No olvide usted lo de mañana. Adiós.

Una vez que hubo salido de la habitación, los pesados párpados de lord Henry se cerraron, y empezó a meditar. Ciertamente pocas personas le habían interesado tanto como Dorian Gray, y, sin embargo, la adoración del adolescente por otra persona no le atormentaba en absoluto ni le producía los menores celos. Le agradaba. Convertía al joven en un motivo de estudio más interesante. Siempre le dominó la afición a los métodos de las ciencias naturales, pero las materias corrientes de esas ciencias le habían parecido triviales y sin importancia. Y así empezó por disecarse a sí mismo y acabó por disecar a los demás. La vida humana le parecía lo único digno de investigación. En comparación con ella, lo demás no tenía ningún valor. Verdad es que todo aquel que observaba la vida y su extraño crisol de penas y alegrías, no podía soportar la máscara de vidrio del químico sobre su rostro, ni impedir que los vapores sulfurosos perturbasen su cerebro y poblasen su imaginación turbulenta de monstruosas fantasías y de infortunados sueños. Existían venenos tan sutiles que para conocer sus propiedades había que probar sus efectos. Y enfermedades tan extrañas que se necesitaba haberlas padecido para comprender su naturaleza. Y, sin embargo, ¡qué gran recompensa se recibía! ¡Qué maravilloso llegaba a ser el mundo entero! Conocer la extraña y violenta lógica de la pasión, la vida de emociones y las fases de la inteligencia, observar dónde se encuentran y dónde se separan, en qué punto vibran al unísono y en qué punto disuenan —¡qué deleite había en esto!—. ¿Qué importaba el precio? Nunca se podría pagar un precio demasiado elevado por semejante sensación. Tenía conciencia —y al pensar en esto brillaban de placer sus ojos de ágata oscura— de que a causa de ciertas palabras suyas, palabras musicales dichas con expresión musical, el alma de Dorian Gray se había inclinado hacia aquella pura muchacha, cayendo en adoración ante ella. El adolescente era en gran parte su propia creación. Le había hecho ser prematuro. Y esto ya era algo. La gente vulgar espera a que la vida le descubra sus secretos, pero a la minoría, al elegido, le son revelados sus misterios antes de que caiga el velo. A veces es por efecto del arte, y principalmente del arte literario, que se relaciona inmediatamente con las pasiones y la inteligencia. Pero de vez en cuando una personalidad compleja sustituía y asumía el puesto del arte, pues la vida produce maestras exactamente como la poesía, la escultura o la pintura.

Sí, el adolescente era precoz. Recogía su cosecha, a pesar

de estar en primavera. Poseía el empuje y la pasión de la juventud, pero empezaba a ser consciente de sí mismo. Era delicioso observarle. Con su bella cara y su alma bella hacía soñar. A qué inquietarse por el final de aquello si es que tenía un final. Era como una de esas graciosas figuras de un espectáculo cuyas alegrías nos son indiferentes, pero cuyas penas nos abren los sentidos a la belleza, y cuyas heridas parecen rosas rojas.

Alma y cuerpo, cuerpo y alma, ¡qué misteriosos son! Hay animalidad en el alma, y el cuerpo tiene momentos de espiritualidad. Los sentidos pueden purificarse y la inteligencia, degradarse. ¡Quién podrá decir dónde cesan los impulsos de la carne, o dónde comienzan los impulsos físicos! ¡Cuán superficiales son las arbitrarias definiciones de los vulgares psicólogos! Y, sin embargo, ¡qué difícil es decidir entre las pretensiones de las diversas escuelas! ¿Es el alma una sombra situada en la casa del pecado? ¿O está realmente el cuerpo en el alma, como pensaba Giordano Bruno? La separación del espíritu y de la materia era un misterio, como lo era asimismo la unión del espíritu con la materia.

Se empezaba a preguntar cómo podemos hacer de la psicología una ciencia tan absoluta que pueda revelarnos cada uno de los pequeños resortes de la vida. Realmente nos equivocamos siempre respecto a nosotros mismos y rara vez comprendemos a los demás. La experiencia no tiene valor ético. Los hombres dan únicamente nombre a sus errores. Los moralistas la han mirado por regla general como una especie de aviso, han reclamado para ella cierta eficacia ética en la formación del carácter, la han reverenciado como a algo que nos mostraba el camino a seguir y que nos enseñaba lo que había que evitar. Pero sucede que la experiencia no tiene poder motriz. Considerada como causa activa, es tan poca cosa como la conciencia misma. Lo único que se ha demostrado realmente es que nuestro porvenir podrá ser lo mismo que fue nuestro pasado, y que el pecado en el que incurrimos una vez, con repugnancia, lo cometeremos, muchas veces más, con alegría.

Seguía siendo evidente para él que el método experimental era el único por el cual podía llegarse casi a un análisis científico de las pasiones, y Dorian Gray era, ciertamente, un sujeto hecho para sus manos, y que parecía prometer ricos y fructuosos resultados.

Su repentina pasión por Sibyl Vane era un fenómeno psicológico de no poco interés. Indudablemente, entraba en ello una gran parte de curiosidad, la curiosidad y el deseo de nuevas experiencias; sin embargo, no era una pasión sencilla, sino más bien una pasión muy compleja.

Lo que había en ella de puro instinto sensual de pubertad fue transformándose por el trabajo de la imaginación y cambiado en algo que al mismo adolescente le parecía alejado de los sentidos, y que era por eso mucho más peligroso aún. Las pasiones sobre cuyo origen nos engañamos a nosotros mismos nos tiranizan con más fuerza. Nuestros más débiles impulsos son aquellos de los que tenemos conciencia. Sucede con frecuencia que pensando hacer una experiencia sobre los demás la hacemos realmente sobre nosotros mismos.

Estando lord Henry sentado y reflexionando sobre estas cosas, llamaron a la puerta; entró su criado y le recordó que era hora de vestirse para cenar. Se levantó y miró hacia la calle. El sol poniente incendiaba de escarlata y de oro las altas ventanas de las casas de enfrente. Los cristales refulgían como planchas de metal al rojo. Por encima, el cielo parecía una rosa marchita. Pensó en la fogosa y coloreada vida de su joven amigo y se preguntó cómo acabaría todo aquello.

Cuando regresó a su casa, alrededor de las doce y media de la noche, vio un telegrama sobre la mesa del vestíbulo. Lo abrió, era de Dorian Gray. Le notificaba que había dado palabra de casamiento a Sibyl Vane.

CAPÍTULO V

—¡Madre, madre, qué feliz soy! —suspiraba la joven, sepultando su cara en el regazo de la vieja de rasgos ajados y de aspecto cansado, que, de espaldas a la viva luz que entraba por la ventana, estaba sentada en el único sillón que había en el pobre cuarto de estar—. ¡Qué feliz soy! —repetía—. ¡Es preciso que usted también se sienta contenta!

La señora Vane se estremeció y puso sus manos flacas y blanqueadas con bismuto sobre la cabeza de su hija.

—¡Feliz! —dijo en un eco—. No soy feliz, Sibyl, más que cuando te veo trabajar. Sólo debes pensar en tu trabajo. El señor Isaacs ha sido muy bueno con nosotros y le debemos dinero.

La joven levantó la cabeza con enfado.

—¿Dinero, madre? —exclamó—. ¿Qué es eso del dinero? El amor vale más que el dinero.

—El señor Isaacs nos ha adelantado cincuenta libras para liquidar nuestras deudas y comprar un traje decente a James. No debes olvidar esto, Sibyl. Cincuenta libras son una gran suma. El señor Isaacs ha sido muy considerado.

—No es un caballero, madre, y no puedo aguantar el modo que tiene de hablarme —dijo la joven, levantándose y yendo hacia la ventana.

—No sé cómo hubiésemos podido arreglárnoslas sin él —contestó la vieja en tono quejoso.

Sibyl Vane movió la cabeza y se echó a reír.

—De aquí en adelante ya no tendremos necesidad de él, madre. El Príncipe Encantador se ocupa de nosotras.

Después se detuvo. Una turbación removió su sangre e

incendió sus mejillas. Una respiración anhelante entreabrió los pétalos de sus labios, que temblaron. Un viento cálido de pasión la recorrió, agitando los pliegues graciosos de su vestido.

—Le amo —dijo simplemente.

—¡Niña loca, niña loca! —fue la respuesta, acompañada con un gesto grotesco de los dedos, torcidos y llenos de joyas falsas, de la vieja.

Rió otra vez la muchacha. Había en su voz la alegría de un pájaro enjaulado. Sus ojos se apoderaron de la melodía y le hicieron eco con su brillo; después se cerraban un momento, como para ocultar su secreto. Cuando se abrieron, la neblina de un sueño había pasado por ellos.

La sabiduría de labios delgados le hablaba desde el viejo sillón, sugiriéndole esa prudencia inscrita en el libro de la cobardía con el nombre de sentido común. Ella no escuchaba. Era libre en la cárcel de su pasión. Su príncipe, el Príncipe Encantador, estaba con ella. Había recurrido a la memoria para reconstruirle. Enviaba su alma en busca suya, y él acudía. Sus besos quemaban de nuevo su boca. Sus párpados estaban templados por su aliento.

Entonces la Sabiduría cambió de método y habló de espionaje y de indagación. El joven podía ser rico. En cuyo caso era posible pensar en el matrimonio. Contra la concha de su oreja se rompían las olas de la astucia humana. Los dardos arteros la acribillaban. Vio que los labios finos se movían y sonrió.

De pronto sintió necesidad de hablar. El monólogo de la vieja la molestaba.

—¡Madre, madre! —exclamó—, ¿por qué me ama tanto? Yo sé por qué le amo. Le amo porque es tal como podía ser el propio Amor. Pero ¿qué ve en mí? No soy digna de él. Y, sin embargo, no sabría decir por qué, aun sintiéndome muy inferior a él, no me siento humilde. Estoy orgullosa, terriblemente orgullosa. Madre, ¿amaba usted tanto a mi padre como yo al Príncipe Encantador?

La vieja palideció bajo la ordinaria capa de polvo que cubría sus mejillas, y sus labios secos se distendieron en un espasmo doloroso. Sibyl se precipitó hacia ella, rodeó su cuello con sus brazos y la besó.

—Perdóneme, madre; sé que le causa pena hablar de mi padre. Pera le causa pena porque le quería usted mucho. No se ponga tan triste. Hoy soy tan feliz como lo era usted hace veinte años. ¡Ah! ¡Déjeme que lo sea siempre!

—Hija mía, eres demasiado joven para entregarte al amor. Además, ¿qué sabes de ese joven? Ignoras hasta su nombre. Todo esto es muy enojoso, y precisamente en el momento en que James va a partir hacia Australia, y cuando más preocupada estoy por eso, creo que debías mostrarte más considerada. No obstante, como ya he dicho antes, si es rico...

—¡Ah! ¡Madre, madre, déjeme ser feliz!

La señora Vane la contempló, y con uno de esos falsos gestos teatrales que con tanta frecuencia constituyen una especie de segunda naturaleza en los actores, estrechó a su hija en sus brazos. En aquel momento se abrió la puerta y un muchacho de pelo castaño y enmarañado entró en la habitación. Era rechoncho de figura, con los pies y las manos grandes y algo rudo en sus movimientos. No poseía la distinción innata de su hermana. Costaba trabajo adivinar el cercano parentesco que existía entre ellos. La señora Vane fijó en él sus ojos y acentuó su sonrisa. Elevaba mentalmente a su hijo a la dignidad de auditorio. Estaba segura de que el *tableau* [cuadro] era interesante.

—Debías guardar algunos besos para mí, Sibyl, creo yo —dijo el joven con un gruñido benévolo.

—¡Ah! Pero si no te gusta que te besen, Jim —exclamó—. Eres un terrible oso.

Y se puso a correr por la habitación, abrazándole. James Vane miró a su hermana con ternura.

—Quisiera que vinieses conmigo a dar una vuelta, Sibyl. Creo que no volveré a ver nunca este maldito Londres, y creo que no me hace falta.

—Hijo mío, no digas cosas tan atroces —murmuró la señora Vane, cogiendo, con un suspiro, un chillón traje de teatro y empezando a repasarlo.

Se sentía un poco desilusionada de que hubiese llegado tarde para unirse al grupo. Hubiera aumentado lo teatral y pintoresco de la situación.

—¿Por qué no, madre, si lo pienso así?

—Me apenas, hijo mío. Confío en que regreses de Australia con una buena posición. Creo que no hay sociedad en las colonias, al menos nada que pueda llamarse sociedad; por eso, una vez que hayas hecho fortuna, volverás a hacer valer tus derechos en Londres.

—¡La sociedad! —murmuró el joven—. No quiero saber nada de ella. Desearía hacer algún dinero para retirarlas del teatro a usted y a Sibyl. Lo odio.

—¡Oh, James! —dijo Sibyl, riendo—. ¡Qué cruel eres! Pero ¿vas a sacarme de paseo? ¡Eso me parece muy bien! Temía que tuvieses que ir a despedirte de algunos amigos tuyos, de Tom Hardy, que te regaló esa horrorosa pipa, o de Ned Langton, que se burla de ti cuando fumas en ella. Es amabilísimo por tu parte haberme reservado tu última tarde. ¿Adónde iremos? Vamos al Parque.

—Estoy muy desarreglado —contestó ceñudo—. Allí sólo va gente elegante.

—Tonterías, Jim —murmuró ella, cogiéndole cariñosamente de la manga.

Él vaciló un momento.

—Muy bien —dijo por fin—; pero no te entretengas mucho en vestirte.

Ella salió de la habitación bailando. Se le oía cantar al subir la escalera. Sus piececitos corretearon por el techo.

El joven recorrió la habitación dos o tres veces. Después se volvió hacia la figura inmóvil en su sillón.

—Madre, ¿están preparadas mis cosas? —preguntó.

—Sí, completamente preparadas, James —respondió ella con los ojos fijos en su labor.

Hacía algunos meses que no se sentía a gusto cuando se encontraba a solas con aquel hijo áspero y severo. Su íntima naturaleza se turbaba al encontrar sus ojos. Solía preguntarse si él no sospechaba algo. Como no le hacía ninguna observación, el silencio le resultó intolerable. Empezó a lamentarse. Las mujeres se defienden a sí mismas atacando.

—Creo que te satisfará tu vida en ultramar, James —dijo—. Acuérdate de que tú mismo la has escogido. Podías haber entrado en el bufete de un abogado. Los abogados son una clase muy respetable, y comen a menudo en el campo con las mejores familias.

—Odio las oficinas y odio a los empleados —replicó—. Pero tiene usted razón. He elegido yo mismo mi vida. Lo único que le digo es que vigile a Sibyl. No permita que le suceda ningún perjuicio. Madre, es preciso que la vigile usted.

—James, hablas de un modo raro. Naturalmente que vigilo a Sibyl.

—He oído que un señor va todas las noches al teatro y pasa para hablarle. ¿Está bien? ¿Qué hay de eso?

—Hablas de cosas que no comprendes, James. En nuestra profesión estamos acostumbradas a recibir grandes y muy satisfactorios homenajes. También en mi época recibí muchos ramos. Era cuando nuestro arte se comprendía de verdad. En cuanto a Sibyl, no puedo saber ahora si su amor es o no serio, pero es indudable que el joven en cuestión es un perfecto caballero. Está siempre muy cortés conmigo. Además, parece ser rico, y las flores que envía son deliciosas.

—Sin embargo, no sabe usted su nombre —dijo el joven con aspereza.

—No —respondió la madre con plácida expresión—. Todavía no ha dicho su verdadero nombre. Lo creo muy romántico por su parte. Probablemente será un miembro de la aristocracia.

James Vane se mordió el labio.

—Vigile usted a Sibyl, madre —exclamó—. Vigílela usted.

—Hijo mío, me desesperas. Sibyl está siempre bajo mi especial cuidado. Naturalmente, si ese caballero es rico, no hay razón alguna para que ella no contraiga matrimonio con él. Yo creo que es alguien de la aristocracia. Debo decir que tiene toda la apariencia. Podría ser un brillante enlace para Sibyl. Harían una pareja encantadora. Sus modales son muy notables. Todos lo han advertido.

El joven masculló unas palabras y se puso a teclear sobre los cristales de la ventana con sus bastos dedos. Iba a volverse para decir algo, cuando se abrió la puerta y entró Sibyl corriendo.

—¡Qué serios estáis los dos! —exclamó—. ¿Qué sucede?

—Nada —respondió él—. Creo que a veces conviene estar serios. Adiós, madre; quiero tener la comida a las cinco. Todo está empaquetado, menos mis camisas; así que no se preocupe usted.

—Adiós, hijo mío —contestó con un saludo teatral.

Estaba muy molesta por el tono adoptado con ella, y algo que vio en su mirada la había atemorizado.

—Béseme, madre —dijo la muchacha.

Sus floridos labios rozaron las mejillas marchitas de la vieja y las reanimaron.

—¡Hija mía, hija mía! —exclamó la señora Vane, mirando hacia el techo en busca de una galería imaginaria.

—Vamos, Sibyl —dijo el hermano, impaciente. Detestaba las afecciones maternas.

Salieron. Soplaba el viento ligeramente; bajaron por la triste Euston Road. Los transeúntes miraban con asombro a aquel huraño y recio joven, ordinario, con ropas raídas, que iba en compañía de una muchacha tan graciosa y de aspecto distinguido. Hacía el efecto de un vulgar jardinero paseando con una rosa.

Jim fruncía las cejas de vez en cuando al observar la mirada curiosa de algún extraño. Sentía esa molestia de ser mirado que aparece tardíamente en vida de los hombres célebres y que no abandona nunca al hombre vulgar. Sibyl, sin embargo, se mostraba completamente inconsciente del efecto que producía. Su amor temblaba en sonrisas sobre sus labios. Pensaba en el Príncipe Encantador, y para poder soñar con él más libremente, no hablaba, sino más bien dejaba salir las palabras en tropel, charlando del barco en que Jim iba a embarcar, al oro que seguramente descubriría y a la maravillosa heredera a quien salvaría la vida de los malvados *bushrangers* de camisas rojas. Porque no sería siempre marino o sobrecargo ni nada de lo que iba a ser. ¡Oh, no!, la vida de un marinero era terrible. ¡Enclaustrado en un espantoso barco, entre olas roncas y montañosas que intentan invadirlo todo, y un viento negro que tumba los palos y desgarra las velas en largas y silbantes tiras! Desembarcaría en Melbourne, saludaría cortésmente al capitán e iría inmediatamente a los yacimientos auríferos. Antes de una semana encontraría una gran pepita de oro puro, la mayor que se habría descubierto nunca, y la llevaría a la costa en un carromato custodiado por seis policías a caballo. Los *bushrangers* los atacarían tres veces y serían derrotados con enorme carnicería. O, mejor aún, no iría a los yacimientos. Eran unos sitios horribles en los que los hombres se intoxican, se matan en los bares y hablan muy mal. Sería un simpático colono, y una noche al volver a su casa, se encontraría con la bella heredera a quien un ladrón intentaría raptar, montado en un caballo negro; le daría caza y la salvaría. Naturalmente, ella se enamoraría de él y él de ella, y se casarían, volviendo a Londres, donde vivirían en una casa magnífica. Sí, le sucederían cosas deliciosas. Pero debía ser muy bueno, no estropear la salud y no tirar locamente su dinero. Sólo tenía un año más que él pero conocía la vida mucho más. Debía también escribirla en cada correo y decir sus oraciones todas las noches antes de dormirse. Dios, que era muy bueno y a quien ella rezaría, velaría por él. Al cabo de unos años regresaría muy rico y feliz.

El joven la escuchaba malhumorado y no contestaba nada. Sentía el desconsuelo de abandonar el hogar. Sin embargo, no era esto solo lo que le hacía estar triste e irritado. Por muy inexperto que fuese, tenía plena conciencia de los peligros de la profesión de Sibyl. Aquel joven elegante que le hacía el amor no le decía nada bueno. Era un caballero y le odiaba por eso, le odiaba por algún curioso instinto racial del cual ni él mismo podía comprender la razón y que por ello le dominaba más.

Conocía también la ligereza y la vanidad del carácter de su

madre y veía en ello un enorme peligro para Sibyl y para su felicidad. Los hijos empiezan por amar a sus padres; cuando envejecen los juzgan; algunas veces los perdonan. ¡Su madre! Guardaba en su mente algo que preguntarle, algo que ocultaba desde hacía muchos meses en silencio. Una frase casual que oyó en el teatro, una risa ahogada oída una noche cuando esperaba a la puerta del escenario, le habían sugerido una serie de pensamientos. Recordaba aquello como un latigazo en plena cara. Sus cejas se fruncieron en una contracción involuntaria y se mordió el labio inferior en un espasmo de dolor.

—No escuchas ni una palabra de lo que te estoy diciendo, Jim —exclamó Sibyl—, y eso que estoy haciendo los planes más deliciosos para tu porvenir. Di algo.

—¿Qué quieres que diga?

—¡Oh! Que serás un buen chico y que no nos olvidarás —respondió ella, sonriéndole. Él se encogió de hombros.

—Eres más capaz de olvidarme que yo de olvidarte a ti, Sibyl.

Ella se sonrojó.

—¿Qué quieres decir, Jim? —preguntó.

—Tienes un nuevo amigo, según he oído. ¿Quién es? ¿Por qué no me has hablado de él? No tiene buenas intenciones para ti.

—¡Basta, Jim! —exclamó ella—. No debes decir nada contra él. Le amo.

—¡Cómo! Y no sabes siquiera su nombre —respondió el joven—. ¿Quién es? Tengo derecho a saberlo.

—Se llama el Príncipe Encantador. ¿No te gusta ese nombre? ¡Oh tonto! Sólo con verle pensarías que es la persona más maravillosa del mundo. Algún día le verás cuando vuelvas de Australia. Le querrás mucho. Todos le quieren, y yo… le amo. Me gustaría que pudieses venir al teatro esta noche. Estará él y yo haré de Julieta. ¡Cómo trabajaré! Imagínate, Jim, ¡estar enamorada y hacer de Julieta! ¡Y tenerle sentado allí! ¡Representar para placer suyo! ¡Temo asustar al público, asustarle o esclavizarle! Estar enamorado es superarse uno mismo. El pobre y terrible señor Isaacs invocará al genio ante todos los vagos del bar. Me predicaba como un dogma; esta noche me anunciará como una revelación. Lo presiento. Y todo esto es solo obra suya, del Príncipe Encantador, mi maravilloso amante, mi dios dadivoso. Pero yo soy pobre a su lado. ¿Pobre? ¿Qué importa eso? Cuando la pobreza entra arteramente por la puerta, el amor penetra volando por la ventana. Deberían volver a escribir nuestros proverbios. Están hechos en invierno, y ahora estamos en verano; creo que es primavera para mí; una verdadera ronda de flores en cielos azules.

—Es un aristócrata —dijo el joven, malhumorado.

—¡Un príncipe! —exclamó ella musicalmente—. ¿Qué más quieres?

—Quiere hacer de ti una esclava.

—Me estremezco ante la idea de ser libre.

—Debes desconfiar de él.

—Verle es adorarle, conocerle es confiar en él.

—Sibyl, estás loca por él.

Ella se echó a reír y él le cogió del brazo.

—James querido, hablas como si fueses un centenario. Algún día tú mismo te enamorarás. Entonces sabrás lo que es eso. No pongas cara de mal humor. Realmente debías sentirte contento, pensando que, a pesar de marcharte, me dejas más feliz que antes. La vida ha sido para nosotros dos terriblemente dura y difícil. Pero ahora será diferente. Vas hacia un nuevo mundo, y yo he descubierto uno. Aquí hay dos sillas; sentémonos y miremos pasar a todo ese gran mundo.

Se sentaron en medio de una multitud de curiosos. Los macizos de tulipanes sobre el sendero parecían vibrantes anillos de fuego. Un polvo blanquecino flotaba en el aire palpitante. Las sombrillas de vivos colores iban y venían como monstruosas mariposas.

Hizo hablar a su hermano de sí mismo, de sus esperanzas y de sus proyectos. Hablaba lentamente y con esfuerzo. Cambiaron palabras como los jugadores cambian fichas. Sibyl se sentía oprimida no pudiendo comunicar su alegría. Una débil sonrisa esbozada sobre una boca melancólica era todo el eco que le era posible despertar. Al cabo de un tiempo, permaneció en silencio. De repente vio una cabellera dorada y unos labios risueños, y en un coche abierto pasó Dorian Gray en compañía de dos señoras.

Saltó sobre sus pies.

—¡Ese es! —gritó.

—¿Quién? —dijo James Vane.

—¡El Príncipe Encantador! —respondió ella, siguiendo al coche de caballos con los ojos.

Se levantó vivamente y la cogió del brazo con brusquedad.

—¡Señálamelo! ¿Cuál es? ¡Señálamelo! ¡Quiero verle! —exclamó.

Pero en aquel momento pasó en su coche, tirado por cuatro caballos, el duque de Berwick, y cuando volvió a quedar el espacio libre, el carruaje había desaparecido del parque.

—¡Se ha ido! —murmuró Sibyl tristemente—. Hubiese querido que le vieras.

—Y yo también, ¡porque tan cierto como que hay un Dios en el cielo, si te causa algún daño, le mataré!

Ella le miró con horror. Él repitió sus palabras, que cortaban el aire como un puñal. La gente de su alrededor empezó a observarlos con asombro. Una señora que estaba a su lado se reía con disimulo.

—Ven, Jim, ven —murmuró ella.

Y él la siguió como un perro entre la multitud. Se sentía satisfecho de lo que había dicho.

Cuando llegaron a la estatua de Aquiles ella se volvió hacia su hermano. La compasión que había en sus ojos se convirtió en sonrisa al llegar a sus labios. Movió la cabeza.

—Estás loco, Jim, completamente loco; tienes mal genio y eso es todo. ¿Cómo puedes decir cosas tan horribles? No sabes de lo que hablas. Eres sencillamente un celoso y un malpensado. ¡Ah! Quisiera que estuvieses enamorado. El amor hace buena a la gente, y lo que dices está mal.

—Tengo dieciséis años —respondió él— y sé lo que digo.

Madre no te presta ayuda. No sabe cómo hay que vigilarte. Ahora ya no quiero irme a Australia. Me dan ganas de mandarlo todo a paseo. Lo haría si no hubiese firmado mi contrato.

—No te pongas tan serio, Jim. Te pareces a uno de los héroes de esos estúpidos melodramas en los que le gusta tanto trabajar a nuestra madre. No quiero reñir contigo. Le he visto, y verle, ¡oh!, verle es la perfecta felicidad. No quiero reñir. Sé que no harás nunca daño a nadie a quien yo ame, ¿verdad?

—No, mientras le ames, me figuro —fue su amenazadora respuesta.

—¡Le amaré siempre! —exclamó ella.

—¿Y él?

—¡Él, siempre también!

—¡Hará bien!

Sibyl retrocedió temerosa. Después, riendo, le cogió del brazo. No era más que un niño.

En el Arco de Mármol subieron a un ómnibus que les dejó muy cerca de su mísera vivienda, en Euston Road. Eran más de las cinco y Sibyl tenía que dormir un par de horas antes de trabajar. Jim insistió en que no dejase de hacerlo. Quiso despedirse de ella en aquel mismo momento, mientras su madre estaba ausente. Seguramente ella haría una escena, y él detestaba toda clase de escenas.

Se separaron en el cuarto de Sibyl. En el corazón del joven anidaban los celos y un odio feroz y homicida contra aquel extraño que le parecía venía a colocarse entre los dos. Sin embargo, cuando ella le echó los brazos alrededor del cuello y sus dedos acariciaron sus cabellos, se ablandó y la besó con verdadero afecto. Sus ojos estaban llenos de lágrimas cuando bajó las escaleras.

Su madre le esperaba abajo. Refunfuñó por su tardanza al entrar. No la contestó y se sentó ante su pobre comida. Las moscas volaban alrededor de la mesa y se paseaban por el sucio mantel. A través del ruido de los ómnibus y el alboroto de los coches de la calle percibía el rumbido que consumía cada minuto que le quedaba.

Al cabo de un rato, apartó su plato y ocultó la cara entre sus manos. Le parecía que tenía derecho a saber. Su madre le miraba atemorizada. Las palabras caían de sus labios maquinalmente. Un pañuelo de encaje, rasgado, se enredaba entre sus dedos. Al sonar las seis se volvió y la miró. Sus ojos se encontraron. En los de ella había una ardiente súplica de perdón. Esto le enfureció.

—Madre, tengo que preguntarle una cosa —dijo.

Sus ojos vagaron por la habitación. Ella no respondió.

—Dígame usted la verdad. Tengo derecho a saberla. ¿Estaba usted casada con mi padre?

Lanzó ella un hondo suspiro. Era un suspiro de alivio. El momento terrible, el momento esperado con temor, día y noche, durante semanas y meses, había llegado, al fin, y, sin embargo, no sentía terror. En realidad, para ella era una contrariedad. La vulgar franqueza de la pregunta requería una respuesta directa. La situación no había sido encauzada gradualmente. Era cruda. Le parecía aquello un mal ensayo.

—No —le contestó, asombrada de la dura sencillez de la vida.

—¡Mi padre era entonces un bribón! —gritó el joven con los puños cerrados.

La señora Vane movió la cabeza.

—Yo sabía que no era libre. Nos amábamos mucho. Si hubiese vivido, habría ganado para nosotros. No hables mal de él, hijo mío. Era tu padre y era un caballero. Estaba muy bien relacionado.

De los labios del joven salió un juramento.

—A mí eso me es igual —exclamó—; pero no abandone usted a Sibyl… Es un caballero su pretendiente, o por lo menos él dice serlo. Supongo que también estará perfectamente relacionado.

Una sensación de atroz humillación invadió por un instante a la vieja. Bajó la cabeza. Y se secó los ojos con sus manos trémulas.

—Sibyl tiene una madre —murmuró—. Yo no la tenía.

El joven se enterneció. Fue hacia ella, e inclinándose, la besó.

—Siento haberla apenado preguntándole por mi padre —dijo—; pero no he podido evitarlo. Ahora debo marcharme. Adiós. No olvide usted que ahora ya no tiene más que una hija que vigilar; y créame, si ese hombre hace el menor daño a mi hermana, averiguaré quién es, le perseguiré y le mataré como a un perro. Lo juro.

La loca exageración de la amenaza, el apasionado ademán que la acompañó, las palabras melodramáticas, hicieron la vida más interesante para ella. Estaba familiarizada con aquel ambiente. Respiró con más libertad, y por primera vez, desde hacía muchos meses, admiró realmente a su hijo. Hubiera querido continuar la escena en aquel tono emocionante, pero él cortó en seco. Habían bajado el equipaje, y preparado las mantas. La criada de la patrona iba y venía. Tuvo que ajustar al cochero. Pasaban los minutos en vulgares detalles. Experimentando de nuevo una sensación de desencanto, la madre agitó por la ventana el pañuelo de encaje rojo cuando su hijo partió en el coche. Estaba convencida de que había perdido una gran oportunidad. Se consoló diciendo a Sibyl la desolación que sentiría en su vida, ahora que ya no tenía que vigilar más que a un hijo. Recordaba esta frase. Le había gustado. No dijo nada de la amenaza expresada tan intensa y dramáticamente. Tenía la sensación de que algún día reirían todos juntos.

CAPÍTULO VI

—¿Sabe usted la noticia, Basil? —dijo una noche lord Henry a Hallward al entrar en un saloncito reservado del hotel Bristol, en donde estaba preparada una cena para tres personas.

—No, Harry —respondió el artista, entregando su sombrero y su gabán al criado que se inclinaba—. ¿Qué es? Espero que nada de política. No me interesa. No hay, seguramente, una sola persona en la Cámara de los Comunes digna de ser pintada, aunque a muchas de ellas les está haciendo falta un pequeño blanqueo.

—Dorian Gray ha contraído compromiso matrimonial —dijo lord Henry, observándole al hablar.

Hallward se estremeció y frunció las cejas.

—¡Que Dorian Gray se casa! —exclamó—. ¡Imposible!

—Es lo más cierto del mundo.

—¿Con quién?

—Con una desconocida actriz o algo así.

—No puedo creerlo. ¡Él, tan sensato!

—Dorian es, en efecto, demasiado sensato para no hacer tonterías de vez en cuando, mi querido Basil.

—Casarse es una cosa que difícilmente se puede hacer de vez en cuando, Harry.

—Excepto en América —replicó lord Henry lánguidamente. Pero yo no he dicho que esté casado. He dicho que va a casarse. Hay una gran diferencia. Recuerdo perfectamente que estoy casado, pero no me acuerdo ya de haber sido novio. Me inclino a pensar que no he sido novio jamás.

—Pero piense en el rango de Dorian, en su posición, en su

fortuna. Sería absurdo por su parte el casarse con una persona de posición inferior.

—Si quiere usted que se case con esa muchacha, no tiene más que decírselo, Basil. Lo hará seguramente en el acto. Cada vez que un hombre hace una cosa claramente estúpida es siempre por los más nobles motivos.

—Espero que sea una buena muchacha, Harry. No me agradaría ver a Dorian ligado a una vil criatura que pudiera degradar su carácter y destruir su inteligencia.

—¡Oh! Es más que buena, es bella —murmuró lord Henry, paladeando una copa de vermut con naranja y *bitter*—. Dorian dice que es bella, y él no se equivoca en estas cosas. Su retrato, pintado por usted, ha aguzado su sensibilidad estimativa sobre la apariencia física de los demás. Ha producido, entre otros, ese excelente efecto. Le veremos esta noche si nuestro joven amigo no olvida la cita.

—¿Habla usted en serio?

—Completamente en serio, Basil. Nunca he estado más serio que en este momento.

—Pero ¿aprueba usted eso, Harry? —preguntó el pintor, paseando por la habitación y mordiéndose los labios—. No es posible que apruebe usted eso. Es un disparatado apasionamiento.

—Yo nunca apruebo ni desapruebo cosa alguna. Es adoptar una actitud absurda con la vida. No hemos sido enviados al mundo para pregonar nuestros prejuicios morales. No hago nunca el menor caso de lo que dice la gente vulgar, ni intervengo jamás en lo que hace la gente encantadora. Si una persona me fascina, cualquiera que sea el modo de expresión que elija, es absolutamente encantadora para mí. Dorian Gray se enamora de una bella muchacha que hace de Julieta y se propone casarse con ella. ¿Por qué no? Si se casase con Mesalina, no sería menos interesante. Ya sabe usted que no soy un defensor del matrimonio. La verdadera desilusión del matrimonio es que hace del que lo consuma un altruista. Y los altruistas son incoloros. Carecen de personalidad. Sin embargo, hay ciertos temperamentos a los cuales el matrimonio vuelve más complejos. Conservan su egoísmo y hasta lo aumentan. Se ven obligados a tener más de una vida. Llegan a estar más elevadamente organizados, y estar organizados más elevadamente es, a mi juicio, la finalidad de la vida del hombre. Además, cualquier experiencia posee un valor y, a pesar de todo cuanto se diga en contra del matrimonio, no es una experiencia despreciable. Espero que Dorian Gray haga de esa muchacha su esposa, la adorará apasionadamente durante seis meses, y después, repentinamente, se dejará seducir por cualquier otra. Será un maravilloso tema de estudio.

—Bien sabe usted que no piensa ni una sola palabra de todo eso, Harry, lo sabe usted. Si la vida de Dorian se echase a perder, nadie se quedaría tan desconsolado como usted. Es usted mucho mejor de lo que pretende ser en apariencia.

Lord Henry se echó a reír.

—La razón por la cual pensamos bien de los demás es que estamos espantados de nosotros mismos. La base del optimismo es el terror puramente. Creemos ser generosos porque gratificamos al prójimo con la posesión de aquellas virtudes que pueden beneficiarnos. Elogiamos a nuestro banquero con la esperanza de que sabrá hacer producir los fondos a él confiados, y encontramos buenas cualidades al ladrón de caminos que respeta nuestros bolsillos. Creo todo lo que he dicho. Siento el mayor desprecio por el optimismo. Ninguna vida está destrozada, a no ser aquella cuyo crecimiento se detiene. Si quiere viciar un carácter, no tiene más que intentar reformarle. En cuanto al matrimonio, es necio, naturalmente, ya que existen otros y más interesantes enlaces entre hombres y mujeres, que además tienen el encanto de ser de buen tono. Pero aquí está Dorian. Le podrá decir más que yo.

—Querido Harry, querido Basil, ¡deben ustedes felicitarme! —dijo el adolescente, quitándose su capa, forrada de seda, y estrechando las manos de sus amigos—. Nunca me he sentido tan feliz. Como todo lo verdaderamente delicioso, mi felicidad es repentina, claro es. Y, sin embargo, se me figura que es la única cosa que he buscado en mi vida.

Estaba sonrosado por la excitación y el placer y parecía extremadamente bello.

—Confío en que será usted siempre muy dichoso, Dorian —dijo Hallwar —, pero no le perdono el haberme dejado ignorar sus relaciones. Harry estaba enterado de ellas.

—Y yo no le perdono el llegar con retraso —interrumpió lord Henry, colocándole la mano sobre el hombro y sonriendo mientras hablaba—. Vamos, sentémonos y veamos lo que vale el nuevo *chef* y luego nos contará usted cómo ha sucedido la cosa.

—En realidad, no hay mucho que contar —exclamó Dorian, mientras se sentaba a la mesa—. He aquí simplemente lo sucedido. Al dejarle a usted anoche, Harry, me vestí y fui a cenar a ese pequeño restaurante italiano de la calle Rupert, al que usted me llevó, y después me dirigí, a eso de las ocho, al teatro. Sibyl actuaba de Rosalinda. Naturalmente, el decorado era terrible, y Orlando, absurdo. ¡Pero Sibyl! ¡Si la hubiesen visto! Cuando salió vestida con su traje de mozo estaba perfectamente maravillosa. Llevaba un jubón de terciopelo color crema, con unas mangas de tono canela, calzones marrón claro de cordones cruzados, un sombrerito verde delicioso coronado por una pluma de halcón, sostenida con un diamante y un capuchón con vueltas de un rojo subido. Nunca me había parecido tan exquisita. Tenía toda la gracia de esa figurita de Tanagra que tiene usted en su estudio, Basil. Sus cabellos, en torno a su cara, le daban el aspecto de una pálida rosa rodeada de hojas oscuras. En cuanto a su actuación…, bueno, ya la verán ustedes esta noche. Ha nacido artista, sencillamente. Yo permanecía en el palco a oscuras, totalmente hechizado. Me olvidé de que estaba en Londres, en el siglo diecinueve. Me hallaba muy lejos con mi amor, en una selva que ningún hombre ha visto jamás. Cuando bajó el telón, me acerqué y le hablé. Estando sentados juntos, brilló de repente en sus ojos una mirada que yo no había visto nunca antes. Le acerqué mis labios. Nos besamos. No puedo describirles lo que sentí en ese momento. Me pareció que toda mi vida se hallaba centralizada en un punto perfecto de felicidad, color de rosa. Se apoderó de ella un temblor, y vaciló como un blanco narciso. Después cayó de rodillas ante mí y me besó las manos. Comprendo que no debía contarles a ustedes todo esto, pero no puedo por menos de hacerlo. Nuestra promesa es, naturalmente, un secreto absoluto. Ni siquiera ella se lo ha dicho a su madre. No sé qué dirán mis tutores. Lord Radley se pondrá furioso, seguramente. ¡Me es igual! Antes de un año seré mayor de edad y entonces haré lo que me parezca. Basil, ¿he hecho bien en elegir mi amor en el seno de la poesía, y en hallar a mi mujer en los dramas de Shakespeare? Los labios a los que Shakespeare enseñó a hablar han susurrado su secreto en mi oído. He tenido los brazos de Rosalinda alrededor de mi cuello, y he besado a Julieta en la boca.

—Sí, Dorian, creo que ha hecho usted bien —dijo Hallward, pausadamente.

—¿La ha visto usted hoy? —preguntó lord Henry.

Dorian Gray movió la cabeza.

—La he dejado en la selva de Ardenas, y la encontraré en un huerto de Verona.

Lord Henry paladeaba su champaña con aire meditabundo.

—¿En qué preciso momento mencionó usted la palabra casamiento, Dorian? ¿Y qué le respondió ella? Quizá lo haya usted olvidado.

—Mi querido Harry, no he tratado esto como un asunto comercial, ni le he hecho ninguna promesa formal. Le dije que la amaba, y ella me contestó que no era digna de ser mi esposa. ¡Que no era digna! ¡Cómo! El mundo entero no es nada comparado con ella.

—Las mujeres son maravillosamente prácticas —murmuró lord Henry—, mucho más prácticas que nosotros. En semejantes situaciones nosotros nos olvidamos a menudo de hablar de matrimonio, y ellas nos lo recuerdan siempre.

Hallward le puso la mano sobre el brazo.

—Basta, Harry. Molesta usted a Dorian. Él no es como los demás hombres. No haría mal a nadie. Su carácter es demasiado delicado para eso.

Lord Henry miró por encima de la mesa.

—Yo no molesto nunca a Dorian —respondió—. Le he hecho esa pregunta por la mejor razón posible, por la única razón, en realidad, que disculpa cualquier pregunta, por simple curiosidad. Mi teoría es que siempre son las mujeres las que se declaran a nosotros, y no nosotros los que nos declaramos a ellas. Excepto, naturalmente, en la clase media. Pero la clase media no es moderna.

Dorian Gray sonrió, moviendo la cabeza.

—Es usted incorregible, Harry; pero no me importa. Es imposible enfadarse con usted. Cuando vea a Sibyl Vane comprenderá que el hombre que le hiciese algún mal sería un bestia, un bestia sin corazón. No acierto a comprender cómo algunos pueden afrentar al ser que aman. Amo a Sibyl Vane. Debo levantarla sobre un pedestal de oro, y ver al mundo reverenciar a la mujer que es mía. ¿Qué es el matrimonio? Un voto irrevocable. ¿Se burla usted de esto? ¡Ah! No se ría. Es un voto irrevocable que tengo que ejecutar. Su confianza me torna fiel, su fe me hará bueno. Cuando estoy con ella deploro todo lo que usted me ha enseñado. Me vuelvo diferente del que usted conoce. Me siento transformado, y el simple contacto de las manos de Sibyl Vane hace que me olvide de usted y de todas sus falsas, fascinadoras, venenosas y encantadoras teorías.

—¿Y cuáles son? —preguntó lord Henry, sirviéndose ensalada.

—¡Oh! Sus teorías sobre la vida, sus teorías sobre el amor, sus teorías sobre el placer. Todas sus teorías, en una palabra, Harry.

—El placer es la única cosa digna de tener una teoría —le respondió con su voz lenta y melodiosa—. Pero temo no poder reivindicarla como mía. Pertenece a la Naturaleza, y no a mí. El placer es lo distintivo de la Naturaleza, su señal de aprobación. Cuando somos dichosos, somos siempre buenos; pero cuando somos buenos no siempre somos dichosos.

—¡Ah! ¿Qué entiende usted por bueno? —preguntó Basil Hallward.

—Sí —repitió Dorian, recostándose en el respaldo de su silla y mirando a lord Henry por encima del gran ramo de irídeas de pétalos purpúreos, colocados en el centro de la mesa—. ¿Qué entiende usted por ser bueno, Harry?

—Ser bueno es estar en armonía consigo mismo —replicó acariciando con sus finos dedos pálidos el delgado tallo de su copa—. Y no serlo es verse forzado a estar en armonía con los demás. La propia vida, esta es la única cosa importante. En cuanto a las vidas ajenas, si se quiere ser un pedante o un puritano, puede uno extender sus miradas moralizadoras sobre ellas, pero no nos conciernen. Además, el individualismo es realmente el fin elevado. Todos creen que la moralidad moderna consiste en alistarse bajo la bandera de su propio tiempo. Yo considero que el solo hecho de alistarse bajo la bandera de su propio tiempo es un acto de la más escandalosa inmoralidad.

—Pero a veces, Harry, si uno vive simplemente para sí mismo, se paga un terrible precio por ello —sugirió el pintor.

—¡Bah! Todo son imposiciones hoy día. Supongo que la verdadera tragedia de los pobres está en que no pueden vivir más que en una constante renuncia de sí mismos. Los bellos pecados, como todas las cosas bellas, son el privilegio de los ricos.

—A menudo se paga no solo en dinero.

—¿De qué otra manera, Basil?

—Pues me imagino que en remordimientos, en sufrimientos, o teniendo conciencia de la propia infamia.

Lord Henry se encogió de hombros.

—Mi querido amigo, el arte medieval es encantador, pero las emociones medievales están caducas. Pueden servir para la ficción, naturalmente. Por eso las únicas cosas que puede utilizar la ficción son las que ya no pueden servirnos en la realidad. Créame, ningún hombre civilizado deplora nunca un placer y un bruto no sabrá jamás lo que es un placer.

—¡Yo sé lo que es placer! —exclamó Dorian Gray—. Es adorar a alguien.

—Eso es mejor, ciertamente, que ser adorado —respondió jugueteando con las frutas—. Ser adorado es una lata. Las mujeres nos tratan del mismo modo que la Humanidad trata a sus dioses. Nos adoran y están siempre molestándonos con alguna petición.

—A eso contestaré que, sea cual fuere eso que nos piden, ya nos lo han dado ellas antes —murmuró el joven gravemente—. Ellas han creado el Amor en nosotros, tienen derecho a pedirlo en reciprocidad.

—Eso es completamente cierto, Dorian —exclamó Hallward.

—Nada es completamente cierto nunca —dijo lord Harry.

—Esto lo es —interrumpió Dorian—. Admita usted, Harry, que las mujeres dan a los hombres el verdadero oro de sus vidas.

—Es posible —suspiró él—, pero quieren a su vez invariablemente, en reciprocidad, un pequeño cambio. Ahí está lo molesto. Las mujeres, como ha dicho un francés ingenioso, nos inspiran el deseo de ejecutar obras maestras y nos impiden siempre llevarlas a cabo.

—¡Es usted terrible, Harry! No sé por qué le quiero tanto.

—Me querrá usted siempre, Dorian —replicó—. ¿Un poco de café, amigos? Mozo, traiga café, *fine champagne* y unos cigarrillos. No; cigarrillos, no; tengo. Basil, no le permito fumar puros. Se contentará con un cigarrillo. Un cigarrillo es el modelo perfecto del perfecto placer. Es exquisito y le deja a uno satisfecho, pero no del todo. ¿Qué más se puede desear? Sí, Dorian, me querrá usted siempre. Represento para usted todos los pecados que no ha tenido usted nunca el valor de cometer.

—¡Qué tontería está usted diciendo, Harry! —exclamó el adolescente, encendiendo su cigarrillo en el dragón plateado vomitando fuego que el camarero había colocado sobre la mesa—. Vámonos al teatro. Cuando Sibyl salga a escena, concebirá un nuevo ideal de vida. Representará para usted algo que no ha conocido nunca.

—Lo he conocido todo —dijo lord Henry, con una mirada de cansancio—, pero estoy siempre dispuesto para una nueva emoción. Temo, sin embargo, que ya no existe tal cosa para mí. A pesar de lo cual, su maravillosa muchacha puede emocionarme. Adoro el teatro. Es mucho más real que la vida. Vámonos. Dorian, véngase conmigo. Lo siento mucho, Basil, pero mi Brougham no tiene más que dos asientos. Nos seguirá usted en un Hanson.

Se levantaron y se pusieron los abrigos, bebiendo de pie sus cafés. El pintor permanecía silencioso y preocupado. Un tedio infinito pesaba sobre él. No podía soportar aquel matrimonio, y, sin embargo, le parecía preferible a muchas otras cosas que hubieran podido suceder. Unos minutos después se encontraban abajo. Subió solo al coche, como estaba convenido, contemplando el centelleo de los faroles del pequeño Brougham que rodaba delante de él. Una extraña sensación de pérdida le invadió. Sintió que Dorian Gray no sería ya nunca tan suyo como antes. La vida se había alzado entre ellos… Sus ojos entristecidos ya no distinguieron las calles brillantes de luz. Cuando el coche se detuvo ante el teatro, le pareció que había envejecido unos años.

CAPÍTULO VII

Sucedió que, por casualidad, aquella noche la sala estaba llena de gente, y el gordo empresario judío que los recibió a la puerta estaba con una radiante y servil sonrisa de una oreja a otra. Los escoltó hasta su palco con una especie de pomposa humildad, agitando sus manos regordetas llenas de alhajas y hablando con su voz más retumbante. Dorian Gray sintió una aversión hacia él mayor que nunca. Venía a ver a Miranda y se encontraba con Calibán. Lord Henry, en cambio, parecía satisfecho. Por lo menos le demostró su consideración estrechando su mano y afirmándole que se sentía feliz al encontrar un hombre que había descubierto un verdadero talento y que se arruinaba por un poeta. Hallward se entretuvo a su vez en observar las caras del patio de butacas. El calor era terriblemente sofocante y la enorme lámpara parecía una monstruosa dalia de pétalos de fuego amarillo. Los jóvenes de las galerías se habían quitado sus chaquetas y sus chalecos y los apoyaban sobre las barandillas. Hablaban de uno a otro lado del teatro, y se repartían naranjas con unas chillonas muchachas, sentadas a su lado. Algunas mujeres se reían en el patio de butacas. Sus voces eran horriblemente agudas y disonantes. Llegaban del bar ruidos de tapones que saltaban.

—¡Vaya un sitio para ver a su divinidad! —dijo lord Henry.

—Sí —respondió Dorian Gray—. Aquí es donde la conocí, y ella es la cosa más divina de la vida. Se olvidará usted de todo cuando actúe. Cuando ella está en escena esa gente vulgar e inculta, de caras ordinarias y gestos brutales, se torna completamente diferente. Permanece en silencio, contemplándola. Ríe y llora cuando ella quiere. Arranca notas de ella como lo haría de un violín. La espiritualiza y uno siente entonces que esa gente tiene la misma carne y la misma sangre que uno.

—¡La misma carne y la misma sangre que uno! ¡Oh, no lo creo! —exclamó lord Henry, que examinaba a los ocupantes de las galerías con sus gemelos.

—No le haga caso, Dorian —dijo el pintor—. Yo comprendo lo que quiere usted decir, y creo en esta muchacha. Quienquiera que sea la persona que usted ame tiene que ser maravillosa, y la muchacha que le ha producido la impresión que nos ha descrito debe de ser bella y noble. Espiritualizar a sus contemporáneos es algo digno. Si esa muchacha puede prestar su alma a aquellos que han vivido sin ella, si puede crear un sentido de belleza en gentes cuya vida ha sido sórdida y fea, si puede despojarlos de su egoísmo y facilitarles lágrimas para unas penas que no son de ellos, es digna de la adoración del mundo. Este matrimonio es completamente justo. Al principio no lo creí así, pero ahora lo admito. Los dioses han hecho a Sibyl Vane para usted. Sin ella usted hubiera sido incompleto.

—Gracias, Basil —respondió Dorian Gray, estrechándole la mano—. Sabía que usted me comprendería. Harry es tan cínico, que me aterra. Ahí está la orquesta. Es espantosa, pero no dura más que cinco minutos. Después se levantará el telón, y verán ustedes a la muchacha a quien voy a dar toda mi vida, a la que he dado cuanto hay de bueno en mí.

Un cuarto de hora más tarde, entre una tempestad extraordinaria de aplausos, Sibyl Vane se adelantó en el escenario. Sí, era ciertamente adorable a la vista, una de las criaturas más adorables, pensaba lord Henry, que viera nunca. Había algo de la gacela en su gracia tímida y en sus ojos estremecidos. Un ligero rubor, como el reflejo de una rosa en un espejo de plata, subió a sus mejillas al ver la multitud entusiasta que llenaba el teatro. Retrocedió unos pasos y sus labios parecieron temblar. Basil Hallward se puso en pie y empezó a aplaudir. Inmóvil, como en un sueño, Dorian Gray la contemplaba. Lord Henry, examinándola con sus gemelos, murmuraba: «¡Encantadora! ¡Encantadora!»

La escena representaba una sala del palacio de Capuleto, y

Romeo, con sus ropas de peregrino, entraba con Mercucio y sus otros amigos. La orquesta preludió algunos compases, y empezó la danza. En medio del tropel de actores desgarbados, ramplonamente vestidos, Sibyl Vane se movía como un ser de esencia superior. Su cuerpo se inclinaba en la danza como se inclina una planta sobre el agua. Las curvas de su pecho eran las de un lirio blanco. Sus manos parecían hechas de marfil tibio. Se mostraba, sin embargo, curiosamente inconsciente. No tenía ni un gesto de alegría cuando sus ojos se fijaban en Romeo. Las pocas palabras que debía decir:

> "Buen peregrino, sois demasiado severo con vuestra mano, que sólo ha dado pruebas de una respetuosa emoción. Las santas tienen manos que pueden tocar los peregrinos, y es un sagrado beso este contacto..."

y el breve diálogo siguiente, fueron dichos de un modo enteramente artificial. La voz era exquisita; pero, en cuanto a la entonación, absolutamente falsa. No había ardor. Toda la vida del verso desaparecía. No se llegaba a sentir la pasión.

Dorian Gray palideció al observarlo. Estaba asombrado, anhelante. Ninguno de sus amigos se atrevía a decirle nada. Les parecía sin ningún talento aquella muchacha. Estaban completamente desilusionados.

Sin embargo, sabían que la escena del balcón en el segundo acto era la prueba decisiva para las actrices que hacían el papel de Julieta. Esperaban aquello. Si fracasaba allí, es que no valía nada.

Estaba encantadora cuando apareció en el claro de luna. Esto era innegable. Pero la inseguridad de su interpretación fue insoportable, y empeoró a medida que avanzaba. Sus gestos resultaban absurdamente artificiales. Enfatizaba, más de lo permitido, lo que tenía que recitar. El hermoso pasaje:

> "Tú sabes que el velo de la noche está sobre mi faz;
> si no, verías que el rubor colorea mi mejilla
> pensando en las palabras que esta noche me oíste pronunciar...

fue declamado con la penosa precisión de una alumna ense-
ñada a recitar por cualquier profesor de declamación de segundo orden. Cuando se inclinó sobre el balcón y tuvo que
decir los admirables versos:

> "Aunque seas la causa de mi alegría,
> las dichas de la cita esta noche no puedo gozar,
> es demasiado brusco, demasiado repentino e imprevisto;
> demasiado parecido al relámpago que ha cesado de ser
> antes de que pueda decirse: «Brilla». ¡Buenas noches, amado!
> Este capullo de amor abierto por el aura estival
> será una bella flor en nuestra cita próxima…"

los dijo como si no tuvieran para ella ningún significado. No
era azoramiento, al contrario, parecía completamente dueña de
sí misma. Era, simplemente, arte malo. Un completo fracaso.

Hasta los oyentes vulgares e incultos del patio de butacas y
de las galerías perdían todo interés por la obra. Empezaron a
moverse, a hablar alto y a silbar. El empresario judío, en pie,
detrás del anfiteatro principal, pateaba y juraba de rabia. La única persona tranquila era la joven.

Cuando acabó el segundo acto, le sucedió una tempestad
de silbidos, y lord Henry se levantó y se puso el abrigo.

—Es bellísima, Dorian —dijo—, pero no sabe representar.
Vámonos.

—Quiero ver la obra hasta el final —respondió el joven con
voz ronca y amarga—. Lamento muchísimo haberles hecho perder la velada, Harry. Les pido perdón a los dos.

—Mi querido Dorian, la señorita Vane debe estar indispuesta
—interrumpió Hallward—. Vendremos a verla otra noche.

—Deseo que así sea —prosiguió—; pero a mí me parece
simplemente insensible y fría. Está completamente cambiada.
Anoche era una gran artista Esta noche es tan solo una actriz
vulgar y mediocre.

—No hable usted así de lo que ama, Dorian. El amor es mucho más maravilloso que el arte.

—Ambos son simplemente formas de imitación —observó

lord Henry—. Pero vámonos, Dorian; no debe usted permanecer aquí más tiempo. No es bueno para el espíritu ver representar mal. Además, supongo que usted no desea que su mujer trabaje. Por tanto, ¿qué le importa a usted que haga el papel de Julieta como una muñeca de madera? Es verdaderamente adorable, y si sabe de la vida tan poco como del arte escénico, será una experiencia deliciosa. No hay más que dos clases de personas verdaderamente fascinadoras: las que lo saben absolutamente todo y las que no saben absolutamente nada ¡Por el cielo, mi querido amigo, no ponga usted una cara tan trágica! El secreto de la perenne juventud consiste en no tener nunca una emoción que siente mal. Véngase al club con Basil y conmigo. Fumaremos unos cigarrillos y beberemos por la belleza de Sibyl Vane. Es bella ¿Qué más puede usted desear?

—¡Váyase, Harry! —exclamó el joven—. Quiero estar solo. Basil, váyase también. ¡Ah! ¿No ven ustedes que mi corazón va a estallar?

Se le llenaron los ojos de lágrimas abrasadoras, le temblaron sus labios y, precipitándose al fondo del palco, se apoyó en la pared, escondiendo la cara en sus manos.

—Vámonos, Basil —dijo lord Henry, con una extraña ternura en la voz; y los dos jóvenes salieron juntos.

Instantes después se encendieron las candilejas y se alzó el telón para el tercer acto. Dorian Gray volvió a sentarse en su sitio. Estaba pálido, desdeñoso e indiferente. La acción se arrastraba interminable. La mitad del público había desfilado con fuerte ruido de pisadas y riendo. Aquello era un completo fiasco. El último acto fue representado ante las localidades casi vacías. Bajó el telón entre risas contenidas y algunas protestas.

En cuanto terminó aquello, Dorian Gray se lanzó por detrás del escenario al salón de actores. Encontró sola a la joven, con una mirada de triunfo en su rostro. Brillaban sus ojos, con exquisito fulgor. Una especie de resplandor la envolvía. Sus labios entreabiertos sonreían a un misterioso secreto que sólo ella conocía.

Al entrar él, le miró, y una expresión de infinita alegría la invadió.

—¡Qué mal he trabajado esta noche, Dorian! —exclamó.

—¡Horriblemente! —respondió él, contemplándola con estupefacción—. ¡Horriblemente! Ha sido espantoso. ¿Estás enferma? ¡No puedes hacerte idea de cómo ha sido! No tienes idea de lo que he sufrido.

La muchacha sonrió.

—Dorian —contestó, recalcando su nombre con una lenta voz musical, como si fuera más dulce que la miel para los pétalos rojos de su boca—. Dorian, debías haber comprendido. Pero lo comprendes ahora, ¿verdad?

—¿Comprender el qué? —preguntó, airado.

—El motivo de haberlo hecho tan mal esta noche. El motivo por el cual no volveré ya nunca a trabajar bien.

Él se encogió de hombros.

—Supongo que estás enferma. Cuando te sientas enferma no debías trabajar. Resultas ridícula. Se han aburrido mis amigos y me he aburrido yo.

Ella no parecía escucharle. Estaba transfigurada de alegría. Un éxtasis de felicidad la dominaba.

—¡Dorian, Dorian! —exclamó—. Antes de conocerte, la única realidad de mi vida era el teatro. Vivía solamente para el teatro. Creía que todo aquello era verdad. Era Rosalinda una noche, y otra, Porcia. La alegría de Beatriz era mi alegría, y las penas de Cordelia eran también mis penas. Creía en todo y las personas vulgares que trabajaban conmigo me parecían divinidades. Los decorados eran mi mundo. No conocía más que sombras, y las creía realidades. Viniste tú, ¡oh mi bello amor!, y libertaste mi alma de su cárcel. Me enseñaste lo que era verdaderamente la realidad. Esta noche, por primera vez en mi vida, noté la villanía de lo que hasta entonces había representado. Esta noche por primera vez, me di cuenta de que Romeo era horroroso y viejo y que iba pintado; de que el rayo de luna en el vergel era falso; de lo vulgares que eran los decorados; de que las palabras que tenía yo que decir eran falsas, no eran mis palabras, y de que no era aquello lo que debía decir. Me has revelado algo más elevado, algo de lo que todo arte es solo un reflejo. Me has hecho comprender lo que es realmente el amor. ¡Amor mío! ¡Amor mío! ¡Príncipe Encantador! ¡Príncipe de mi vida! Estoy asqueada de las sombras. Eres para mí más que todo cuanto pueda ser nunca todo arte. ¿Qué tengo yo que ver con los fantoches de un drama? Al llegar esta noche, no pude comprender cómo me había desprendido de eso. Creí que iba a estar maravillosa y noté que no podía hacer nada. De repente, se hizo la luz en mi alma y lo comprendí todo. Este conocimiento fue para mí exquisito. Los oí silbar, y sonreí. ¿Podían ellos comprender un amor como el nuestro? Llévame contigo, Dorian; llévame donde podamos estar solos. ¡Odio la escena! Puedo fingir una pasión que no siento, pero no puedo fingir eso que me abrasa como el fuego. ¡Oh Dorian, Dorian! ¿Comprendes ahora lo que esto significa? Si pudiera fingirlo, sería una profanación, porque, para mí, representar es estar enamorada. Tú me lo has hecho ver.

Él se dejó caer sobre el sofá, y volvió la cabeza.

—¡Has matado mi amor! —murmuró.

Le miró con admiración, y se echó a reír. No dijo nada. Se acercó a él y le acarició el pelo. Se arrodilló y le besó las manos. Él las retiró, conmovido por un estremecimiento. Se incorporó de un salto y fue hacia la puerta.

—¡Sí! —exclamó— ¡Has matado mi amor! ¡Excitabas mi imaginación, ahora no puedes siquiera excitar mi curiosidad! ¡Ya no me haces ningún efecto! Te amaba porque eras maravillosa; porque tenías talento e inteligencia; porque realizabas los sueños de los grandes poetas, y dabas forma y cuerpo a las sombras del arte. Y lo has malogrado todo. Eres inepta y estúpida. ¡Dios mío! ¡Qué loco fui al amarte! ¡Qué insensato! Ahora ya no eres nada para mí. No quiero volverte a ver más. No quiero pensar más en ti. No quiero volver a pronunciar nunca tu nombre. No sabes lo que eras para mí antes. Antes… ¡Oh, no quiero pensar más en ello! ¡Quisiera no haberte visto nunca! Has echado a perder la pasión romántica de mi vida. ¡Qué poco conoces el amor si dices que corrompe tu arte! Sin tu arte no eres nada. Te hubiera hecho famosa, espléndida, magnífica. El mundo te habría reverenciado y hubieses llevado mi nombre. ¿Qué eres ahora? Una actriz de tercer orden con una cara bonita.

La muchacha palidecía y temblaba. Juntó las manos, y con voz que parecía ahogarla:

—¿Hablas en serio, Dorian? —murmuró—. Estás representando.

—¡Representando! Eso se queda para ti. Para ti, que lo haces tan bien —contestó él amargamente.

Sibyl se levantó, y con una expresión lastimera de dolor en el rostro, fue hacia él. Le puso la mano sobre el brazo y le miró a los ojos. Él la rechazó.

—¡No me toques! —exclamó.

Lanzó ella un sofocado gemido, y, arrojándose a sus pies, permaneció allí como una flor pisoteada.

—¡Dorian, Dorian, no me abandones! —susurró—. Siento tanto no haber trabajado bien… Pensaba en ti todo el tiempo. Pero procuraré, sí, procuraré… Sentí este amor por ti tan repentinamente… Creo que lo habría ignorado siempre si no me hubieses besado, si no nos hubiésemos besado. Bésame otra vez, amor mío. No te separes de mí. No podré soportarlo. ¡Oh, no me abandones! Mi hermano… No, no importa. No quería él decir eso. Bromeaba… Pero tú, ¡oh!, ¿no puedes perdonarme por esta noche? Trabajaré con toda mi alma y procuraré mejorar. No seas cruel conmigo, porque te amo más que a nadie en el mundo. Después de todo, es la primera vez que te desagrado. Tienes toda la razón, Dorian. Hubiera podido superarme como artista. Fue una locura por mi parte; y, sin embargo, no he podido evitarlo. ¡Oh, no me abandones, no me abandones!

Una oleada de sollozos apasionados la sofocó. Se desplomó en el suelo como una cosa herida, y Dorian Gray la contemplaba con sus bellos ojos, plegados sus labios por un exquisito desdén. Siempre hay algo ridículo en las emociones de las personas que ha dejado uno de amar. Sibyl Vane le parecía absurdamente melodramática. Sus lágrimas y sus sollozos le aburrían.

—Me voy —dijo, al fin, con voz tranquila y clara—. No quiero ser cruel, pero no puedo volver a verte. Me has desilusionado.

Ella lloraba silenciosamente, y no le contestó; pero se acercó a él arrastrándose. Sus pequeñas manos se extendieron como las de un ciego, y parecieron buscarle. Él giró sobre sus talones y salió del cuarto. Unos instantes después estaba fuera del teatro.

Apenas supo por dónde fue. Recordó confusamente haber vagado por calles mal alumbradas y haber pasado por debajo de bóvedas sombrías y por delante de casas hostiles. Unas mujeres de voces roncas y de risas ásperas le llamaron. Se cruzó con borrachos vacilantes, blasfemando y parloteando para sí mismos como simios monstruosos. Criaturas grotescas se apretujaban sobre los escalones de las puertas, y oyó chillidos y juramentos en oscuros patios.

Al amanecer se encontró delante del Covent Garden. Las tinieblas se disipaban y, coloreado con tenues claridades, el cielo adquirió unos matices perlados. Pesadas carretas, cargadas de lirios tempranos, pasaron lentas y ruidosas por las relucientes y solitarias calles. Flotaba en el aire el perfume de las flores, y su belleza pareció consolarle un poco de su dolor. Entró en un mercado, y estuvo contemplando a los hombres que descargaban sus vehículos. Un carretero de blusa blanca le ofreció unas cerezas. Le dio las gracias, asombrado de que no quisiera aceptar ningún dinero, se las comió distraídamente. Cogidas aquella noche, la frescura de la luna las había penetrado. Una larga hilera de mozos, llevando cestos de tulipanes listados y de rosas amarillas y rojas, desfiló ante él entre los montones de legumbres verde jade. Bajo el pórtico de columnas grisáceas vagaba un tropel de muchachas sin nada a la cabeza, esperando a que terminasen las subastas. Otras retozaban alrededor de las puertas abiertas de los bares en la plaza. Los pesados caballos de los carruajes se escurrían y pateaban sobre los adoquines desiguales, haciendo sonar sus cascabeles y arreos. Algunos cocheros dormían sobre montones de sacos. Unos pichones de cuellos irisados y patas sonrosadas revoloteaban picoteando granos.

Transcurrido un rato, llamó a un coche y se hizo conducir a su casa. Se detuvo un momento en los escalones de la puerta, mirando en torno suyo la plazoleta silenciosa y blanquecina, los balcones cerrados y las claras persianas. El cielo era ahora de un ópalo puro, y los tejados de las casas relucían como plata. De una chimenea de enfrente se elevaba una tenue espiral de humo. Se rizó como una cinta violeta en el aire nacarado.

En la enorme linterna dorada, veneciana, arrancada de algunas góndolas de los Dux, que colgaba del techo del gran vestíbulo de entrada, de zócalos de roble, refulgían todavía tres haces de luz vacilantes, parecían finos pétalos de llamas azules bordeadas de luz. Los apagó, y, después de haber tirado su sombrero y su abrigo sobre la mesa, cruzó la biblioteca y empujó la puerta de su dormitorio, una gran habitación octogonal situada en el piso bajo, que, en su afán creciente de lujo, había hecho adornar y revestir con unos curiosos tapices Renacimiento, descubiertos en un deshabitado desván de Selby Royal.

Cuando daba la vuelta al picaporte, sus ojos cayeron sobre su retrato pintado por Basil Hallward. Se estremeció de asombro. Entró en su habitación algo desconcertado. Al desabrocharse el primer botón, pareció titubear. Finalmente, volvió sobre sus pasos, se detuvo ante el retrato y lo examinó. A la escasa luz que atravesaba las cortinas de seda color crema, la cara le pareció ligeramente cambiada. La expresión era diferente. Hubiérase dicho que había un toque de crueldad en la boca ¡Era realmente extraño!

Se volvió, y, yendo hacia el balcón, descorrió las cortinas. La brillante claridad inundó la habitación y barrió las sombras fantásticas a los rincones oscuros, donde permanecían trémulas. Pero la extraña expresión que había notado en la cara del retrato parecía subsistir allí, más perceptible aún. La palpitante y viva luz mostraba líneas de crueldad en torno a la boca tan claramente como si él mismo, después de haber realizado algún acto terrible, las sorprendiese sobre su cara ante un espejo.

Retrocedió, y, cogiendo de la mesa un espejo ovalado, enmarcado por unos amorcillos de marfil, uno de los numerosos regalos de lord Henry, se apresuró a contemplarse en sus bruñidas profundidades. Ninguna línea parecida afeaba sus rojos labios. ¿Qué significaba aquello?

Se restregó los ojos, se acercó más aún al cuadro y lo examinó de nuevo. No lo había tocado nadie, y, sin embargo, era indudable que la expresión había cambiado. ¡No soñaba! La cosa era horriblemente visible.

Se desplomó sobre un sillón y se puso a reflexionar. De pronto, le vino a la memoria lo que había dicho en el estudio de Basil Hallward el día en que quedó terminado el retrato. Sí; lo recordaba perfectamente. Había expresado un loco deseo de permanecer siempre joven y de que el retrato envejeciera; de que su propia belleza no quedara mancillada nunca, y de que la faz de aquel lienzo soportase el peso de sus pasiones y de sus pecados; que la imagen pintada pudiera verse estigmatizada con las líneas de los dolores y de los pensamientos, y él pudiese conservar, mientras tanto, la delicada lozanía y gentileza de su hasta entonces consciente adolescencia.

¡Su anhelo no podía ser atendido! ¡Tales cosas son imposibles! Pensar en ellas solamente era monstruoso. Y, no obstante, el retrato estaba ante él, con aquel rasgo de crueldad en la boca.

¡Crueldad! ¿Había sido cruel? La culpa era de la muchacha, no suya. La había soñado gran artista; le dio su amor por creerla superior. Le desilusionó mostrándose superficial e indigna. Y, sin embargo, un sentimiento de pena infinita le invadió, viéndola en su imaginación tendida a sus pies, sollozante como un niño pequeño. Recordó con cuánta insensibilidad la miró. ¿Por qué obró así? ¿Por qué tenía un alma semejante? Pero él también había sufrido. Durante las tres horas terribles hasta que acabó la obra había vivido siglos de dolor, eternidades sobre eternidades de tortura. Su vida bien valía la de ella. Si él la había herido, ella le había destrozado su existencia. Además, las mujeres están mejor constituidas que los hombres para soportar penas. Viven de sus emociones. No piensan más que en ellas.

Cuando eligen amantes, es sencillamente para tener a alguien a quien poder armar escándalos. Lord Henry lo había dicho, y lord Henry conocía a las mujeres. ¿Por qué tenía él que inquietarse de Sibyl Vane? No era nada suyo.

Pero ¿y el retrato? ¿Qué pensar de aquello? Poseía el secreto de su vida y revelaba su historia. Le había enseñado a amar su propia belleza. ¿Iba también a enseñarle a detestar su propia alma? ¿Debía volver a mirarlo?

¡No! Era simplemente una ilusión de sus sentidos ofuscados. La horrible noche que acababa de pasar había originado fantasmas. De pronto, esa nube roja que hace enloquecer a los hombres cayó sobre su cerebro. El retrato no había cambiado. Era una necedad pensarlo. Sin embargo, lo estaba contemplando, con su bello rostro ajado y su cruel sonrisa. Su clara cabellera resplandecía a la luz matinal. Sus ojos azules chocaron con los suyos. Un sentimiento de piedad infinita, no hacia él mismo, sino por su imagen pintada, le sobrecogió. Estaba ya alterada, y se alteraría más. Su oro perdería el brillo. Las rosas rojas y blancas se marchitarían. Cada pecado que cometiese añadiría una mácula más a las otras y destruiría su belleza. Pero no, él no pecaría.

El retrato, cambiado o no, sería para él el emblema visible de su conciencia. Resistiría a la tentación. No volvería a ver nunca más a lord Henry; no volvería, de todos modos, a escuchar aquellas sutiles y perniciosas teorías que despertaron en él, por primera vez, en el jardín de Basil Hallward, la pasión por cosas imposibles.

Volvería a Sibyl Vane; le pediría perdón; se casaría con ella, procurando amarla de nuevo. Sí; aquel era su deber. Ella había sufrido más que él. ¡Pobre criatura! Fue egoísta y cruel con ella. Volvería a ejercer sobre él la fascinación de antes. Los dos juntos serían dichosos de nuevo. Su vida con ella sería bella y pura.

Se levantó del sillón, y corrió un amplio biombo delante del retrato, estremeciéndose todavía al mirarlo. ¡Qué horrible! murmuró para sí mismo, yendo a abrir la puerta del balcón. Cuando estuvo afuera, andando sobre la hierba, respiró profundamente. El aire fresco de la mañana pareció disipar todas sus sombrías pasiones. Sólo pensaba en Sibyl. Un eco apagado de su amor llegó hasta él. Repitió su nombre y volvió a repetirlo. Los pájaros que cantaban en el jardín empapado de rocío parecían hablar de ella a las flores.

CAPÍTULO VIII

Hacía ya un rato que habían dado las doce cuando se despertó. Su criado había entrado varias veces de puntillas en el cuarto, a ver si se movía, preguntándose cuál sería la causa de que su juvenil amo durmiese hasta tan tarde. Finalmente, sonó el timbre, y Víctor apareció calladamente con una taza de té y un montón de cartas sobre una bandeja de antigua porcelana de Sèvres; descorrió las cortinas de raso aceitunado, forradas de azul brillante, colgadas delante de las tres altas ventanas.

—Bien ha dormido, *monsieur,* esta mañana —dijo, sonriendo.

—¿Qué hora es, Víctor? —preguntó Dorian Gray, soñoliento.

—La una y cuarto, *monsieur.*

¡Qué tarde! Se sentó en la cama y, después de beber un poco de té, ojeó sus cartas. Una de ellas era de lord Henry, y la habían llevado a mano aquella mañana. Titubeó un momento y la puso a un lado. Abrió las otras distraídamente. Contenían la colección habitual de tarjetas, invitaciones a comidas, entradas para exposiciones particulares, programas de conciertos de caridad y cosas por el estilo, de esas que llueven sobre un joven elegante durante la temporada. Se encontró con una crecida factura por un juego de tocador de plata repujada, que no había tenido aún valor de enviar a sus tutores, personas chapadas a la antigua, y que no comprendían que viviéramos en una época en que las cosas innecesarias son las únicas necesarias; había también varias corteses esquelas de los prestamistas de la calle de Jermyn, que se ofrecían a adelantarle cualquier cantidad en cuanto se lo avisase y con intereses muy razonables.

Diez minutos después se levantó, se puso una primorosa bata de cachemir bordada en seda y pasó al cuarto de baño, de suelo de ónice. El agua fría le reanimó después de su largo sueño. Pareció haberse olvidado de todo cuanto le había pasado. Una confusa sensación de haber tomado parte en alguna extraña tragedia cruzó por él una o dos veces; pero había en ella la irrealidad de un sueño.

En cuanto estuvo vestido, entró en la biblioteca y se sentó ante un ligero almuerzo a la francesa, servido sobre una mesa cerca del balcón abierto. Hacía un día exquisito. El aire cálido parecía cargado de aromas picantes. Entró una abeja y zumbó alrededor del búcaro azul dragón, lleno de rosas de un amarillo azufre, colocado ante él. Se sintió completamente feliz.

De pronto, sus ojos cayeron sobre el biombo que había puesto delante del retrato, y se estremeció.

—¿Tiene frío, *monsieur?*—preguntó el criado, sirviendo una tortilla—. ¿Cierro la ventana?

Dorian movió la cabeza.

—No tengo frío —murmuró.

¿Sería verdad? ¿El retrato había cambiado en realidad? ¿O era simplemente efecto de su propia imaginación, que le hizo ver una expresión de maldad allí donde había una expresión de alegría? ¿Un lienzo no podía alterarse? La cosa era absurda. Sería como un cuento para contar algún día a Basil. Le haría sonreír.

Y, sin embargo, ¡qué vivo era el recuerdo de todo aquello! Primeramente en la penumbra, y luego, después, a plena luz, él había visto aquel toque de crueldad en torno a los labios crispados. Casi llegó a temer que el criado abandonase el cuarto. Sabía que, en cuanto se viese solo, se pondría a examinar el retrato. Lo temía con certeza. Cuando el criado, después de traer el café y los cigarrillos, se dispuso a marcharse, él sintió un deseo violento de decirle que se quedase. En cuanto se cerró la puerta, le llamó. El criado permanecía en pie esperando sus órdenes. Dorian le miró un instante.

—No estoy para nadie, Víctor —dijo con un suspiro.

El sirviente se inclinó, y se fue.

Entonces se levantó de la mesa, encendió un cigarrillo y se dejó caer sobre los lujosos almohadones de un diván, colocado frente al biombo. Un biombo antiguo hecho con cuero dorado español, estampado y labrado según un modelo Luis XIV, muy florido. Lo examinaba con curiosidad, preguntándose si habría ocultado antes, alguna vez, el secreto de la vida de un hombre.

¿Debía quitarlo, después de todo? ¿Por qué no dejarlo allí? ¿Qué importaba saberlo? Si aquello resultaba cierto, era terrible. Y si no lo era, ¿por que preocuparse? Pero ¿y si por alguna fatal casualidad unos ojos ajenos espiaban desde allí detrás y descubrían el horrible cambio? ¿Qué iba él a hacer si Basil Hallward venía a visitarle y quería ver su propio cuadro? Basil querría verlo, seguramente. No, era necesario examinar aquello inmediatamente. Cualquier cosa era mejor que aquella espantosa incertidumbre.

Se levantó y cerró las dos puertas. Por lo menos, estaría solo mientras contemplase la máscara de su vergüenza. Entonces recogió el biombo y se contempló a sí mismo cara a cara. ¡Era completamente cierto! ¡El retrato había cambiado!

Como a menudo recordó después, y siempre con extrañeza, ocurrió que estuvo examinando el retrato con un sentimiento de interés casi científico. Que hubiese tenido lugar un cambio semejante, le parecía increíble. Y, sin embargo, era cierto. ¿Existían sutiles afinidades entre los átomos químicos, estructurados en formas y colores sobre el lienzo, y el alma que éste contenía? ¿Podía ser que realizasen lo que aquel alma había pensado; que lo que ella soñó lo convirtieran en realidad? ¿O había en aquello alguna otra y más terrible razón? Se estremeció, sintiendo espanto; volvió al diván y se dejó caer allí mirando el retrato, temblando de horror.

Aquel objeto, sin embargo, había ejercido cierta influencia sobre él. Se daba cuenta de lo injusto y cruel que había sido con Sibyl Vane. Todavía no era demasiado tarde para reparar aquello. Ella podía ser aún su esposa. Su amor egoísta e irreal cedería a una influencia más elevada, y se transformaría en una noble pasión, y su retrato, pintado por Basil Hallward, le serviría de guía toda la vida; sería para él lo que es la santidad para algunos, la conciencia para otros, y el temor a Dios para todos nosotros. Hay opios para el remordimiento, narcóticos que pueden acallar el sentido moral hasta dormirlo. Pero aquello era un símbolo visible de la degradación del pecado. Era un signo siempre presente de la ruina a que llevan los hombres a sus almas.

Sonaron las tres, luego las cuatro, y la media resonó con su doble campaneo, pero Dorian Gray no se movía. Procuraba reunir los hilos escarlata de su vida y trenzarlos conforme a un modelo, hallando su camino a través del laberinto pletórico de pasión por el cual vagaba. No sabía qué hacer ni qué pensar. Finalmente, fue hacia la mesa y escribió una carta apasionada a la joven a quien había amado, implorando su perdón y acusándose de locura. Llenó hojas y hojas de ardientes palabras de pesar y de ardientes palabras de dolor.

Existe una especie de voluptuosidad en hacerse reproches. Cuando nos censuramos, sentimos que ningún otro tiene derecho a hacerlo. Es la confesión, y no el sacerdote, quien nos da la absolución. Cuando Dorian terminó su carta se sintió perdonado. De pronto, llamaron a la puerta, y oyó afuera la voz de lord Henry.

—Amigo mío, necesito verle. Déjeme entrar. No puedo soportar una reclusión así.

No contestó al principio, y siguió completamente inmóvil. Llamaron, sin embargo, de nuevo, y luego con más fuerza. ¿No era mejor dejar entrar a lord Henry y explicarle la nueva vida que iba a llevar; romper con él si era necesario, separarse si era inevitable? Se levantó, corrió el biombo apresuradamente delante del retrato y abrió la puerta.

—Estoy enfadado conmigo mismo por esta insistencia, Dorian —dijo lord Henry al entrar—. Pero no debe usted pensar demasiado en ello.

—¿Se refiere usted a Sibyl Vane? —preguntó el joven.

—Naturalmente —contestó lord Henry, acomodándose en un sillón y quitándose despacio sus guantes—. Es terrible, desde cierto punto de vista, pero no tiene usted la culpa. Dígame, ¿fue usted a verla después, al terminar la obra?

—Sí.

—Estaba seguro. ¿Tuvo usted una escena con ella?

—Estuve brutal, Harry, perfectamente brutal. Pero todo ha quedado arreglado ahora. No lamento lo sucedido. Me ha enseñado a conocerme mejor.

—¡Ah, Dorian, me alegra que lo tome usted así! Temía encontrarle sumido en remordimiento y arrancándose sus finos y rizosos cabellos.

—Se acabó todo eso —dijo Dorian, moviendo la cabeza y sonriendo—. Ahora soy completamente feliz. Empiezo a saber lo que es la conciencia. No es lo que usted me había dicho. Es la cosa más divina que hay en nosotros. No se burle más de ella, Harry, al menos delante de mí. Necesito ser bueno. No puedo soportar la idea de tener un alma fea.

—¡Encantadora base artística para la moral, Dorian! Le felicito por ello. Pero ¿por qué va usted a empezar?

—Por casarme con Sibyl Vane.

—¡Casarse con Sibyl Vane! —exclamó lord Henry levantándose y mirándole con asombro y perplejidad—. Pero mi querido Dorian…

—Sí, Harry, sé lo que va usted a decir. Algo terrible contra el matrimonio. No lo diga. No vuelva usted a decirme nunca semejantes cosas. He pedido a Sibyl hace dos días que se casase conmigo. Y no quiero faltar a mi palabra. ¡Va a ser mi esposa!

—¡Su esposa! ¡Dorian!… ¿No ha recibido usted mi carta? Le he escrito esta mañana y le envié la carta con mi criado.

—¿Su carta? ¡Oh, sí! Ahora recuerdo. Aún no la he leído, Harry. Temía encontrar en ella algo que no me gustase. Destroza usted la vida con sus epigramas.

—¿Entonces no sabe usted nada?

—¿Qué quiere usted decir?

Lord Henry cruzó la habitación, y, sentándose al lado de Dorian Gray, le cogió ambas manos con las suyas y estrechándoselas apretadamente, dijo:

—Dorian, mi carta, no se asuste usted, le anunciaba que Sibyl Vane había muerto.

Un grito de dolor se escapó de los labios del joven, que se puso en pie de un salto, desprendiendo sus manos de las de lord Henry.

—¡Muerta! ¡Sibyl muerta! ¡No es verdad! ¡Es una horrible mentira! ¿Cómo se atreve usted a decir eso?

—Es completamente cierto, Dorian —dijo gravemente lord Henry—. Viene en todos los diarios de la mañana. Le escribí a usted para decirle que no recibiese a nadie hasta mi llegada. Se abrirá una investigación, naturalmente, y usted no debe estar mezclado en eso. Cosas como esta ponen de moda a un hombre en París. ¡Pero en Londres la gente tiene tantos prejuicios! Aquí no se debe nunca comenzar por un escándalo. Eso se reserva para dar interés a la vejez. Supongo que no saben su nombre en el teatro. Si es así, todo va bien. ¿No le vio a usted nadie alrededor de su cuarto? Este es un punto importante.

Dorian no contestó nada durante unos instantes. Estaba aturdido por el terror. Por último, balbució con voz sofocada:

—Harry, ¿habla usted de una investigación? ¿Qué quiere usted decir con eso? Sibyl se ha… ¡Oh, Harry, no puedo resistirlo! Hable usted pronto. Dígamelo todo en seguida.

—Para mí es indudable que no se trata de un accidente, Dorian, aunque haya que presentarlo así al público. Parece ser que cuando ella iba a salir del teatro con su madre, a eso de las doce y media, poco más o menos, dijo que se había olvidado algo arriba. La esperaron un rato, pero ella no bajaba. Y, finalmente, la hallaron muerta, tendida en el suelo de su camerino. Había ingerido algo por equivocación, algo terrible que se usa en los teatros. No sé lo que era, pero debía de contener ácido prúsico o albayalde. Me imagino que sería ácido prúsico, pues parece que murió instantáneamente.

—¡Harry, Harry, es horrible! —exclamó el joven.

—Sí, es verdaderamente trágico, en efecto, pero es necesario que no le mezclen a usted en ello. He visto en el *Standard* que tenía diecisiete años. Yo hubiera creído que era aún más joven. Parecía tan infantil y apenas sabía trabajar. Dorian, que esto no altere sus nervios. Véngase a cenar conmigo, y después iremos a la Ópera. Esta noche canta la Patti, y todo el mundo estará allí. Irá usted al palco de mi hermana. Estarán con ella algunas mujeres bonitas.

—Así es que he matado a Sibyl Vane —murmuró Dorian Gray—. La he matado tan ciertamente como si hubiese cortado su delicada garganta con un cuchillo. Y a pesar de ello, las rosas no son menos adorables, los pájaros cantarán tan felices en mi jardín, y esta noche comeré con usted y luego iré a la Ópera, y después, seguramente, a cenar a cualquier sitio. ¡Qué extraordinariamente dramática es la vida! Si hubiera leído todo esto en un libro, creo que me habría hecho llorar. De un modo u otro, ahora que está sucediendo, que me sucede a mí, me parece demasiado asombroso para llorar. Aquí está la primera carta de amor apasionada que he visto en mi vida. Extraño es que esta mi primera carta de amor apasionada esté dirigida a una muchacha muerta. ¿Pueden sentir, me pregunto, esos seres blancos y silenciosos que llamamos los muertos? ¡Sibyl! ¿Puede ella sentir, saber, escuchar? ¡Oh Harry, cómo la amaba! Me parece que hace ya años de todo esto. Ella lo era todo para mí. Llegó esa noche espantosa —¿era realmente la última noche?— en que trabajó tan mal, y mi corazón casi se deshizo. Ella me lo explicó todo. Fue terriblemente conmovedor, pero yo ni me emocioné. La creía superficial. Sucedió de repente algo que me aterrorizó. No puedo decirle el qué, pero fue terrible. Quise volver a ella. Sentí que me había portado mal. Y ahora está muerta. ¡Dios mío! ¡Dios mío! Harry, ¿qué debo hacer? Usted no sabe en qué peligro estoy, y no tengo a nadie que me guíe. Ella ha hecho eso por mí. No tenía derecho a matarse. Ha sido egoísta.

—Mi querido Dorian —respondió lord Henry, cogiendo un cigarrillo de su pitillera y sacando su cerillera dorada—, el único medio de que dispone una mujer para poder reformar a un hombre es aburrirle tan completamente, que él pierda todo interés posible por la vida. Si usted se hubiera casado con esa muchacha, habría sido desgraciado. Naturalmente, usted la hubiera tratado con bondad. Uno siempre puede ser bueno con las personas que no le importan. Pero ella hubiera descubierto que usted le era completamente indiferente. Y cuando una mujer descubre eso en su marido, se pinta atrozmente, o usa sombreros muy elegantes que paga el marido de otra. No digo nada de adulterio, que hubiera sido despreciable, y que yo, naturalmente, no admito; pero le aseguro que, de todas maneras, hubiera sido un completo desastre.

—Es posible —murmuró el joven, paseando por la habitación y horriblemente pálido—. Pero yo creí que ese era mi deber. No es culpa mía si esta terrible tragedia me ha impedido hacer lo que era justo. Recuerdo que me dijo usted una vez que pesaba una fatalidad sobre las buenas resoluciones; se tomaban siempre demasiado tarde. La mía, realmente, lo fue.

—Las buenas resoluciones son vanos intentos para estorbar las leyes científicas. Su origen es pura vanidad. Su resultado, absolutamente *nihil*. Nos proporcionan, de vez en cuando, algunas de esas fastuosas emociones estériles que tienen cierto encanto para el débil. Esto es cuanto puede decirse de ellas. Son simplemente cheques que girase un hombre contra un Banco donde no tuviera cuenta

—¡Harry! —exclamó Dorian Gray, yendo a sentarse a su lado—, ¿por qué no puedo sentir esta tragedia tanto como quisiera? ¿No es que no tenga corazón, verdad?

—Ha cometido usted demasiadas locuras durante los últimos quince días para que le sea permitido designarse así, Dorian —respondió lord Henry con su dulce y melancólica sonrisa.

El joven frunció las cejas.

—No me agrada esa explicación, Harry —replicó—; pero me satisface que no me crea usted sin corazón. No soy bueno. Sé que no lo soy. Y, sin embargo, he de reconocer que no me afecta esto como debiera. Me parece que es simplemente como el epílogo maravilloso de un drama maravilloso. Tiene toda la belleza terrible de una tragedia griega, una tragedia en la que tuve gran parte, pero por la cual no fui herido.

—Es una cuestión interesante —dijo lord Henry, que encontraba un placer exquisito en actuar sobre el egoísmo inconsciente del joven—; una cuestión extraordinariamente interesante. Me imagino que la verdadera explicación es ésta. Sucede a veces que las verdaderas tragedias de la vida ocurren de una manera tan poco artística, que nos hieren por su cruda violencia, por su incoherencia absoluta, su absurda necesidad de significar algo, su entera carencia de estilo. Nos afectan lo mismo que la vulgaridad. Nos dan una impresión de pura fuerza bruta y nos rebelamos contra eso. A veces, sin embargo, una tragedia que posee elementos artísticos de belleza atraviesa nuestras vidas. Si estos elementos de belleza son reales, despierta íntegra y simplemente en nosotros el sentido del efecto dramático. Nos encontramos de pronto, no ya actores, sino espectadores de la obra. O más bien somos ambas cosas. Nos observamos a nosotros mismos y el simple prodigio del espectáculo nos subyuga. En este caso, ¿qué es lo que ha sucedido en realidad? Alguien se ha matado por amor hacia usted. Deseo que no me suceda nunca semejante lance. Me habría hecho amar el amor para toda mi vida. Las mujeres que me han adorado (no han sido muchas, pero ha habido algunas) han insistido siempre en vivir cuando hacía mucho tiempo que había dejado de gustarlas, o ellas de gustarme a mí. Se han puesto gordas y aburridas, y cuando me las encuentro, inician inmediatamente los recuerdos. ¡Esta terrible memoria de las mujeres! ¡Qué cosa más aterradora! ¡Y qué absoluto estancamiento intelectual revela! Se puede conservar el color de la vida, pero no se deben recordar nunca los detalles. Los detalles son siempre vulgares.

—Sembraré adormideras en mi jardín —suspiró Dorian.

—No hay necesidad —replicó su compañero—. La vida tiene siempre adormideras en sus manos. Naturalmente, de vez en cuando se estacionan las cosas. Una vez no llevé más que violetas durante toda una temporada, como forma artística de ir de luto, por una pasión romántica que no quería morir. Finalmente, sin embargo, murió. He olvidado lo que la mató. Creo que fue su proposición de sacrificar el mundo entero por mí. Siempre es un momento terrible. Le llena a uno del terror de la eternidad. Bueno, ¿querrá usted creerlo? Hace una semana, en casa de lady Hampshire me encontré sentado durante la cena al lado de la dama en cuestión, que insistió en que volviésemos a empezar aquello, desenterrando el pasado y haciendo surgir el futuro. Yo había sepultado mi pasión en un lecho de asfódelos. Ella quería exhumarla, y me aseguró que había destrozado su vida. Me inclino a afirmar que comió enormemente, así es que no sentí ansiedad alguna. Pero ¡qué falta de gusto mostró! El único encanto del pasado está en que es el pasado, pero las mujeres no saben nunca cuándo ha bajado el telón. Quieren siempre un sexto acto, y proponen continuar el espectáculo cuando ha desaparecido por completo el interés de la obra. Si se les permitiese obrar a su antojo, toda comedia tendría un final trágico, y toda tragedia concluiría en una farsa. Son encantadoramente artificiales, pero no tienen ningún sentido del arte. Es usted más afortunado que yo. Le aseguro, Dorian, que ninguna de las mujeres que he conocido habría hecho por mí lo que Sibyl Vane ha hecho por usted. Las mujeres vulgares se consuelan siempre ellas mismas. Algunas lo hacen llevando colores sentimentales. No deposite usted nunca su confianza en una mujer que use el malva, cualquiera que sea su edad, o en una mujer de treinta y cinco años aficionada a las cintas rosa. Eso quiere decir siempre que tienen una historia. Otras encuentran un gran consuelo en descubrir repentinamente las buenas cualidades de sus maridos. Hacen ostentación de su felicidad conyugal en nuestra propia cara, como si eso fuera el más fascinante de los pecados. La religión consuela a algunas. Sus misterios poseen el encanto de un *flirt*, me dijo una vez una dama; y lo comprendo enteramente. Además, nada envanece tanto como revelar que es uno pecador. La conciencia hace de nosotros unos egoístas. Sí; realmente son infinitos los consuelos que las mujeres encuentran en la vida moderna. Claro está que no he mencionado el más importante.

—¿Cuál es, Harry? —dijo el joven con indiferencia.

—¡Oh! El consuelo evidente: elegir algún otro admirador cuando se pierde el que se tenía. En la buena sociedad, esto rejuvenece siempre a una mujer. Pero, realmente, Dorian, ¡qué diferente debía de ser Sibyl Vane de las mujeres conocidas! Hay algo completamente bello en su muerte. Me satisface vivir en un siglo en que suceden tales milagros. Nos hacen creer en la realidad de las cosas con que jugamos, como el sentimentalismo, la pasión y el amor.

—Fui terriblemente cruel con ella. Olvida usted esto.

—Temo que las mujeres aprecian la crueldad, la absoluta crueldad, más que ninguna otra cosa Tienen admirables instintos primitivos. Las hemos emancipado, pero ellas siguen siendo esclavas, buscando dueño, a pesar de todo. Les gusta estar dominadas. Estoy seguro de que estuvo usted espléndido. No le he visto nunca verdadera y completamente colérico, pero me imagino lo delicioso que estaría usted. Y, después de todo, me dijo usted algo anteayer que entonces me pareció simplemente fantástico, pero que ahora creo absolutamente cierto, y que me da la clave de todo.

—¿Qué era, Harry?

—Me dijo usted que Sibyl Vane representaba para usted todas las heroínas románticas, que era una noche Desdémona y otra Ofelia; que moría como Julieta, y que resucitaba como Imogenia.

—Ya no volverá a resucitar ahora —murmuró el joven, escondiendo la cara entre sus manos.

—No; ya no volverá a resucitar nunca. Ha representado su último papel. Pero debe usted pensar, ante esa muerte solitaria, en ese recargado camerino, en un extraño fragmento lúgubre de alguna tragedia jacobina, o en una maravillosa escena de Webster, de Ford o de Cyril Tourneur. Realmente, esa muchacha no ha vivido nunca, ni ha muerto tampoco nunca. Fue para usted siempre un sueño, como ese fantasma que vaga por los dramas de Shakespeare, haciéndolos más adorables con su presencia, como una caña a través de la cual pasase la música de Shakespeare, más rica en alegría y sonoridad. En el momento en que tuvo contacto con la vida real, la destrozó y ella quedó destrozada, y así murió. Lleve usted luto por Ofelia, si quiere. Póngase ceniza en la frente porque Cordelia ha sido estrangulada, clame usted contra el cielo porque la hija de Brabantio ha muerto. Pero no derrame usted sus lágrimas sobre Sibyl Vane. Ella era menos real que aquellas.

Hubo un silencio. El crepúsculo oscurecía la habitación. Silenciosamente, y con sus pies de plata, las sombras se deslizaban en el jardín. Los colores de las cosas se desvanecían perezosamente.

Al cabo de un rato, Dorian Gray alzó los ojos.

—Me ha explicado usted a mí mismo, Harry —murmuró con un suspiro de alivio—. Yo sentía todo eso que usted ha dicho, pero en cierto modo estaba aterrado y no me atrevía a expresármelo a mí mismo ¡Qué bien me conoce usted! Pero no volveremos a hablar de lo sucedido. Ha sido una experiencia maravillosa. Eso es todo. Me pregunto si la vida me reservará todavía algo tan maravilloso.

—La vida le reserva a usted todo, Dorian. No hay nada que no sea usted capaz de hacer con su belleza extraordinaria.

—Pero tiene usted que pensar, Harry, en que me volveré grotesco, viejo y arrugado ¿Y entonces?

—¡Ah! Entonces —dijo lord Harry, levantándose—, entonces, mi querido Dorian, tendrá usted que luchar por sus triunfos. Ahora se los traen a usted. Usted tiene que conservar su bello aspecto. Vivimos en una época que lee demasiado para ser sabia, y que piensa demasiado para ser bella No podemos prescindir de usted. Y ahora, lo mejor que puede hacer es vestirse e ir al club. Vamos más bien retrasados.

—Creo que me reuniré con usted en la Ópera, Harry. Me siento demasiado cansado para comer. ¿Qué número es el del palco de su hermana?

—Creo que el veintisiete. Está en la primera fila de palcos. Verá usted su nombre en la puerta. Pero siento mucho que no venga usted a cenar.

—No me siento bien para ir —dijo Dorian con indolencia—. Pero le estoy muy agradecido por todo cuanto me ha dicho. Es usted mi mejor amigo. Nadie me ha comprendido nunca como usted.

—Estamos sólo al principio de nuestra amistad, Dorian —respondió lord Henry, estrechándole la mano—. Adiós. Espero verle a usted antes de las nueve y media. Acuérdese de que canta la Patti.

En cuanto se cerró la puerta detrás de él, Dorian Gray tocó el timbre, y, al cabo de unos minutos, apareció Víctor con las luces, y cerró las persianas. Dorian se impacientaba, queriendo verse fuera ya. Le parecía que el criado se entretenía interminablemente.

En cuanto salió, se precipitó hacia el biombo y lo apartó. No; nada había cambiado de nuevo en el retrato. Supo la noticia de la muerte de Sibyl Vane antes que él mismo. Y tenía conocimiento de los sucesos de la vida en cuanto ocurrían. La maligna crueldad que estropeaba las finas líneas de la boca apareció, sin duda, en el mismo momento en que la muchacha había ingerido el veneno. ¿O era indiferente a las consecuencias? ¿Conocía sencillamente lo que sucedía en el alma? Se extrañaba, esperando ver algún día el cambio ante sus propios ojos, y esta idea le agitó con un estremecimiento.

Pobre Sibyl! ¡Qué novela fue todo aquello! A menudo ella había fingido la muerte en escena. Luego, la muerte misma la alcanzó, llevándosela consigo. ¿Cómo habría representado aquella última escena terrible? ¿Le habría maldecido al morir? No; ella había muerto por amor a él, y el amor desde ahora sería para él un sacramento. Lo expió todo con el sacrificio de su vida. No quería volver a pensar en lo que ella le hizo sufrir durante aquella horrible noche en el teatro. Cuando pensase en ella, lo haría como en una maravillosa figura trágica enviada al escenario del mundo para enseñar la suprema realidad del amor. ¿Una maravillosa figura trágica? Se le llenaron los ojos de lágrimas al recordar su aspecto infantil, sus caprichosas y atractivas maneras y su tímida y temblorosa gracia. Las enjugó apresuradamente, y contempló de nuevo el retrato. Sintió que había llegado el momento de hacer su elección. ¿O su elección estaba ya hecha? Sí; la vida había decidido por él —la vida y la infinita curiosidad que él sentía por ella—. Eterna juventud, pasión infinita, placeres sutiles y secretos, alegrías ardientes y pecados más ardientes aún..., iba a poseer todas estas cosas. El retrato asumiría el peso de su vergüenza, esto era todo.

Una sensación de pena le sobrecogió al pensar en la profanación que sufriría su bella cara pintada en el lienzo. Una vez, travesura infantil de Narciso, él había besado, o fingido besar aquellos labios pintados que ahora le sonreían tan cruelmente. Mañana tras mañana se había sentado delante del retrato, maravillado de su belleza, casi enamorado de ella, como le pareció a veces. ¿Se alteraría ahora a cada tentación que cediese? ¿Degeneraría aquello en una cosa monstruosa y repugnante que tendría que esconder en una habitación cerrada con llave, alejada de la luz del sol que acarició tantas veces el oro brillante de la maravilla de su pelo? ¡Qué pena! ¡Qué pena!

Pensó por un momento en rezar para que cesase la horrible afinidad que existía entre él y el retrato. Un ruego la engendró; quizá un ruego podría hacerla inmutable. Y, sin embargo, quien conociese algo de la vida, ¿renunciaría a la oportunidad de permanecer siempre joven, por muy fantástica que esta oportunidad pudiera ser o por funestas que fueran las consecuencias que pudiera ella acarrear? Además, ¿aquello dependía realmente de su voluntad? ¿Era, en verdad, su ruego el que produjo aquella sustitución? ¿No podría explicarse todo ello con alguna curiosa razón científica? Si el pensamiento pudiera ejercer su influencia sobre un organismo vivo, ¿no podría ejercer también una influencia sobre las cosas muertas e inorgánicas? Es más, ¿no podrían las cosas exteriores a nosotros mismos, sin pensamiento o deseo consciente, vibrar al unísono de nuestros humores y pasiones, ya que el átomo llama al átomo por un amor secreto de extraña unidad? Pero la razón no tenía importancia. No provocaría ya nunca con el ruego a un poder tan terrible. Si la pintura iba a alterarse, se alteraría. Esto era todo. ¿Por qué investigar demasiado minuciosamente aquello? Porque existiría un verdadero placer en vigilarlo. Seguiría a su espíritu en sus meandros secretos. Aquel retrato sería para él el más mágico de los espejos. Del mismo modo que le había revelado su propio cuerpo, le revelaría su propia alma. Y cuando para el retrato llegase el invierno, él seguiría aún en el lindero tembloroso de la primavera con el verano. Cuando la sangre fuese desapareciendo de su cara y dejara detrás una máscara lívida, como enyesada, de ojos inexpresivos, él conservaría el esplendor de la adolescencia. Ninguna floración de su lozanía se marchitaría nunca. El pulso de su vida no se debilitaría jamás. Como los dioses de los griegos, él sería fuerte, alígero y alegre. ¿Qué podía importarle lo que sucediese a la imagen pintada sobre el lienzo? El se salvaría. Esto era todo.

Sonriendo, volvió a colocar el biombo en la posición que tenía delante del retrato y pasó a su dormitorio, donde ya le esperaba su criado. Una hora después estaba en la Ópera, y lord Henry se apoyaba sobre el respaldo de su butaca.

CAPÍTULO IX

A la mañana siguiente, mientras desayunaba, entró Basil Hallward en la habitación.

—Me alegro mucho de encontrarle, Dorian —dijo gravemente—. Vine anoche y me dijeron que estaba usted en la Ópera. Claro que sabía que esto era imposible, pero me hubiese gustado encontrar unas líneas suyas diciéndome adónde iba realmente. He pasado una noche terrible, temiendo casi que una tragedia fuera seguida de otra. Debía haberme telegrafiado en cuanto lo supo. Lo he leído todo, por casualidad, en la última edición del *Globo*, repartido en el club. Vine aquí inmediatamente, y sentí muchísimo no encontrarle. No puedo decirle lo que me destroza el corazón todo esto. Sé lo que usted debe sufrir. Pero ¿dónde estaba usted? ¿Ha ido a ver a la madre de la muchacha? Pensé por un momento buscarle allí. Venían las señas en el diario. Es por algún sitio de Euston Road, ¿verdad? Pero temí meterme en un dolor que no podía aliviar. ¡Pobre mujer! ¡En qué estado debe hallarse! Y, además, ¡su única hija! ¿Qué decía ella de todo esto?

—Mi querido Basil, ¡yo qué sé! —murmuró Dorian Gray, bebiendo a sorbitos un vino amarillo pálido en una copa de Venecia, delicadamente sembrada de doradas burbujas, y pareciendo atrozmente aburrido—. Asistí a la Ópera. Debía usted haber ido. Conocí a lady Gwendolen, la hermana de Harry. Estuve en su palco. Es perfectamente encantadora, y la Patti cantó divinamente. No hable usted de cosas horribles. Si no se habla de una cosa, es como si no hubiese sucedido nunca. Es, simplemente, la expresión, como dice Harry, la que da realidad a las cosas. Puedo recordar que no era ella el único vástago de esa mujer. Tiene un hijo, muchacho encantador, según creo. Pero no trabaja en el teatro. Y ahora, hábleme de usted y de lo que está pintando.

—¿Estuvo usted en la Ópera? —dijo Hallward, hablando lentamente, con un leve acento de tristeza en su voz—. ¿Estuvo usted en la Ópera mientras Sibyl Vane yacía muerta en una sórdida vivienda? ¿Y puede usted hablarme de otras mujeres encantadoras, y de la Patti, que cantaba divinamente, antes de que la muchacha que usted amaba tuviera siquiera la quietud de una tumba para descansar? ¡Cómo!

—¡Basta, Basil! ¡No quiero escuchar! —exclamó Dorian, poniéndose en pie—. No me hable usted de esas cosas. Lo hecho, hecho está. El pasado es el pasado.

—¿Llama usted el pasado a ayer?

—¿Qué importa el lapso de tiempo transcurrido? La gente superficial es la única que necesita años para desembarazarse de una emoción. Un hombre dueño de sí mismo puede poner fin a una pena con tanta facilidad como puede inventar un placer. No quiero estar a merced de mis emociones. Quiero experimentarlas, gozarlas y dominarlas.

—¡Dorian, esto es horrible! Algo le ha transformado por completo. Parece usted el mismo maravilloso joven que, día tras día, acostumbraba venir a mi estudio a posar para su retrato, pero entonces usted era sencillo, natural y cariñoso. Era usted la criatura menos viciada del mundo entero. Ahora, no sé lo que ha pasado en usted. Habla como si no tuviese corazón ni piedad. Todo es la influencia de Harry. Bien lo veo.

El joven enrojeció, y, yendo hacia la ventana, estuvo unos minutos contemplando el verde brillante y soleado jardín.

—Le debo mucho a Harry, Basil —dijo por último—, más que a usted. Usted únicamente me ha enseñado a ser vanidoso.

—Bien, y me veo, o me veré algún día, castigado por ello.

—No sé lo que quiere usted decir, Basil —exclamó volviéndose—. No sé lo que usted quiere. ¿Qué es lo que quiere?

—Quiero al Dorian Gray que solía yo pintar —replicó el artista tristemente.

—Basil —dijo el joven yendo hacia él y poniéndole la mano sobre el hombro—, llega usted demasiado tarde. Ayer, cuando oí que Sibyl Vane se había suicidado…

—Suicidado! ¡Dios santo! ¿Está usted seguro? —exclamó Hallward, mirándole con una expresión de horror.

—¡Mi querido Basil! ¿No pensará usted que fue un accidente vulgar? Claro que se suicidó.

El mayor de los dos hombres hundió su cara entre las manos.

—¡Qué espantoso! —murmuró al mismo tiempo que un estremecimiento de horror recorría su cuerpo.

—No —dijo Dorian Gray—, esto no tiene nada de espantoso. Es una de las grandes tragedias románticas de la época. Por regla general, los actores llevan la vida más vulgar. Son buenos maridos, esposas fieles o algo aburrido. Ya me entiende usted…, una virtud de la clase media y todo lo demás. ¡Qué diferente era Sibyl! Ha vivido su más bella tragedia. Fue siempre una heroína. La última noche que trabajó (la noche que ustedes la vieron), trabajó mal porque había conocido la realidad del amor. Cuando supo su irrealidad, murió como Julieta pudo haber muerto. Cruzó de nuevo la esfera del arte. Tiene algo de mártir. Su muerte posee toda la inutilidad patética del martirio, toda su dilapidada belleza. Pero, como le decía, no crea usted que no he sufrido. Si hubiese usted llegado ayer, en cierto momento (alrededor de las cinco y media, quizá, o las seis menos cuarto), me habría encontrado llorando. El mismo Harry, que estaba aquí, y que, en realidad, me trajo la noticia, no tenía idea de lo que yo estaba pasando. Sufrí inmensamente. Después, aquello pasó. No puedo repetir una emoción. Ni nadie, excepto los sentimentales. Y usted es terriblemente injusto, Basil. Viene usted aquí a consolarme. Lo cual es encantador por su parte. Me encuentra usted consolado y se pone furioso. ¡Qué simpático amigo! Me recuerda usted una historia que me contó Harry referente a cierto filántropo que derrochó veinte años de su vida en intentar reparar algún yerro o en modificar alguna ley injusta (no recuerdo exactamente lo que era). Finalmente, lo consiguió, y nada pudo superar a su desilusión. Ya no tenía absolutamente nada que hacer, casi se murió de *ennui* [tedio] y se volvió un misántropo empedernido. Y, además, mi querido y buen Basil, si quiere usted consolarme de verdad, enséñeme a olvidar lo sucedido, o a verlo desde el punto de vista artístico adecuado. ¿No fue Gautier quien solía escribir sobre la *consolation des arts?* Recuerdo haber espigado casualmente un día en su estudio, en un pequeño tomo encuadernado en vitela, esa frase deliciosa. O bien, ¿no seré como aquel muchacho de quien me hablaba usted cuando estuvimos juntos en Marlow, aquel muchacho que solía decir que el raso amarillo podía consolarnos de todas las miserias de la vida? Me gustan las cosas que pueden tocarse y manejarse. Los brocados antiguos, los bronces verdes, las lacas talladas, los marfiles cincelados de exquisitos, ricos y fastuosos contornos; hay mucho que aprender en todas esas cosas. Pero el temperamento artístico que crean o que, por lo menos, revelan es para mí aún más. Convertirse en el espectador de su propia vida, como dice Harry, es escapar de los sufrimientos de la vida. Sé que le asombra oírme hablar así. No ha comprendido usted cómo me he desarrollado. Era un colegial cuando usted me conoció, ahora soy un hombre. Tengo nuevas pasiones, nuevos pensamientos, nuevas ideas. Soy diferente, pero debe usted seguir queriéndome siempre. Tengo, en efecto, mucho cariño a Harry. Pero ya sé que es usted mejor que él. No es usted más fuerte (tiene usted demasiado miedo a la vida), pero usted es mejor. ¡Qué felices éramos juntos! No me abandone usted, Basil, y no riñamos. Soy como soy. No hay nada más que añadir.

El pintor se sentía extrañamente emocionado. Quería infinitamente al joven, y su personalidad había marcado la cúspide de su arte. No podía soportar la idea de seguir haciéndole reproches. Después de todo, probablemente su indiferencia era tan solo una disposición de ánimo pasajera. Había en él mucha bondad y mucha nobleza.

—Bueno, Dorian —dijo al fin, en una triste sonrisa—. A partir de hoy ya no volveré a hablarle de esa horrible cosa. Únicamente espero que su nombre no se vea mezclado en esto.

La investigación judicial va a tener lugar esta tarde. ¿Le han citado a usted?

Dorian negó con la cabeza y una expresión de molestia cruzó por su rostro al oír la palabra «investigación judicial». ¡Había algo tan brutal y tan vulgar en todo aquello!

—No saben mi nombre —contestó.

—Pero ella seguramente lo sabía.

—Mi nombre, solamente, y estoy completamente seguro de que no se lo ha revelado a nadie. Una vez me contó que todos tenían mucha curiosidad por saber quién era yo, y que les respondía invariablemente que mi nombre era el Príncipe Encantador. Era bonito en ella. Es preciso que me haga usted un dibujo de Sibyl, Basil. Quisiera tener de ella algo más que el recuerdo de algunos besos y de algunos trozos de palabras patéticas.

—Intentaré hacer algo, Dorian, si eso le agrada. Pero necesito que venga usted a posar otra vez. No puedo adelantar sin usted.

—Ya nunca podré posar para usted, Basil. ¡Es imposible! —exclamó, echándose hacia atrás.

El pintor le miró con asombro.

—¡Qué tontería, amigo mío! —exclamó—. ¿Quiere decir que lo que he hecho de usted no le gusta? ¿Dónde está? ¿Por qué ha corrido el biombo delante del retrato? Déjeme verlo. Es lo mejor que he hecho. Quite usted el biombo, Dorian. Es sencillamente una descortesía de su criado ocultar así mi obra. Al entrar sentí como si algo hubiese cambiado en la habitación.

—Mi criado no tiene nada que ver con ello, Basil. No creerá usted que le permito arreglar mi cuarto. Coloca mis flores algunas veces, y esto es todo. No; lo he hecho yo mismo. Le daba la luz con demasiada fuerza al retrato.

—¡Con demasiada fuerza! Seguramente que no, mi querido amigo. Está en un sitio admirable. Déjeme verlo.

Y Hallward se dirigió hacia el rincón del cuarto.

Un grito de terror se escapó de los labios de Dorian Gray, y se colocó precipitadamente entre el pintor y el retrato.

—Basil —dijo poniéndose muy pálido—, no debe usted verlo. No quiero que lo vea.

—¡Que no vea mi propia obra! No lo dice usted en serio. ¿Por qué no quiere que lo vea? —exclamó Hallward riendo.

—Si intenta usted verla, Basil, le doy mi palabra de honor de que no le vuelvo a hablar en toda la vida. Lo digo completamente en serio. No le doy ninguna explicación, y no debe usted pedírmela. Pero acuérdese de que si toca usted el biombo, ha terminado todo entre nosotros.

Hallward estaba estupefacto. Miró a Dorian Gray con enorme asombro. Nunca le había visto así antes. El joven estaba pálido de rabia. Sus manos estaban crispadas y sus pupilas parecían dos círculos de fuego azul. Temblaba todo él.

—¡Dorian!

—¡No me hable!

—Pero ¿qué sucede? Claro que no lo veré si usted no quiere —dijo con cierta frialdad, girando sobre sus talones y yendo hacia la ventana—. Pero, verdaderamente, me parece algo absurdo que no pueda ver mi propia obra, tanto más cuanto que voy a exponerla en París, en el otoño. Es probable que necesite darle antes otra mano de barniz, por lo cual tendré que verla algún día; ¿y por qué no hoy?

—¿Exponerla? ¿Quiere usted exponerla? —exclamó Dorian Gray; y una extraña sensación de terror le invadió.

¿El mundo entero iba a descubrir su secreto? ¿Bostezaría la gente ante el misterio de su vida? Aquello era imposible. Algo, no sabía el qué, debía ocurrir inmediatamente.

—Sí; supongo que no se opondrá usted. George Petit va a reunir mis mejores cuadros para una exposición especial en la calle de Sèze, que quiere inaugurar en la primera semana de octubre. El retrato estará fuera únicamente un mes. Creo que podrá usted prescindir de él fácilmente por ese tiempo. Seguramente usted estará fuera de la capital. Y si lo guarda usted siempre detrás del biombo, no le importará mucho.

Dorian Gray se pasó la mano por la frente, cubierta de sudor. Parecía estar al borde de un horrible peligro.

—Me dijo usted hace un mes que no lo expondría nunca —exclamó—. ¿Por qué ha cambiado de opinión? Ustedes los que presumen de consecuentes son tan caprichosos como los demás. La única diferencia está en que sus caprichos son más insensatos. No puede haberse olvidado de que me prometió muy solemnemente que nada en el mundo le induciría a enviar el retrato a ninguna exposición. Y exactamente lo mismo le dijo usted a Harry.

Se detuvo de pronto, y un relámpago pasó por sus ojos. Recordó que lord Henry le dijo una vez medio en serio, medio en broma: «Si quiere usted pasar un curioso cuarto de hora, haga que Basil le cuente por qué no quiere exponer su retrato. Me lo ha contado y ha sido una revelación para mí.» Sí, quizá Basil podía contarle también su secreto. Intentaría preguntárselo.

—Basil —dijo, acercándose mucho a él y mirándole fijamente a la cara—, cada uno tenemos un secreto. Déjeme conocer el suyo y le diré el mío. ¿Por qué se negaba usted a exponer mi retrato?

El pintor se estremeció sin querer.

—Dorian, si se lo dijese, perdería en su afecto y se reiría usted de mí. Y no podría yo soportar ni una cosa ni otra. Si quiere usted que no vuelva a mirar su retrato nunca más, lo haré gustoso. Podré siempre mirarle a usted. Si quiere usted que la mejor de mis obras esté oculta al mundo, lo acataré contento. Su amistad es para mí más querida que toda fama o reputación.

—No, Basil; tiene usted que decírmelo —insistió Dorian Gray—. Creo que tengo derecho a saberlo.

Su sensación de terror había desaparecido para dejar paso a la curiosidad. Estaba decidido a averiguar el secreto de Basil Hallward.

—Sentémonos, Dorian —dijo el pintor, turbado—. Sentémonos. Y conteste usted claramente a mi pregunta. ¿Ha observado usted en el retrato algo curioso, algo que probablemente no le haya llamado la atención al principio, pero que se le ha revelado repentinamente?

—¡Basil! —exclamó el joven, apretando los brazos del sillón con sus manos temblorosas y mirándole con ojos ardientes y espantados.

—Veo que lo ha notado usted. No hable. Espere hasta oír lo que tengo que decir. Dorian, desde el momento en que le conocí, su personalidad tuvo sobre mí la influencia más extraordinaria. Quedé dominado por usted en alma, cabeza y potencia. Usted se convirtió para mí en la visible encarnación de ese ideal invisible, cuyo recuerdo nos persigue a nosotros los artistas como un sueño exquisito. Sentí devoción hacia usted. Tuve celos de todos aquellos con quienes hablaba. Quise tenerlo todo para mí. Era feliz únicamente cuando estaba con usted. Cuando estaba lejos de mí, usted seguía estando presente en mi arte... Nunca, naturalmente, dejé que supiera nada de esto. Hubiera sido imposible. No lo habría comprendido, pues apenas lo comprendo yo. Supe solamente que había visto la perfección cara a cara, y el mundo se volvió maravilloso a mis ojos (demasiado maravilloso quizá), porque hay un peligro en estas locas adoraciones, el peligro de perderlas, no menor que el peligro de conservarlas... Pasaban las semanas, y yo me absorbía cada vez más en usted. Entonces aconteció un nuevo cambio. Le había dibujado a usted como a París, con delicada armadura; de Adonis, con capa de cazador y una bruñida jabalina. Coronado con pesadas flores de loto, usted iba sentado sobre la proa de la barca de Adriano, mirando al otro lado del Nilo verde y turbulento. Usted se había inclinado sobre el apacible estanque de una selva griega, contemplando en la plata de las aguas silenciosas la maravilla de su propio rostro. Y todo esto había sido lo que puede ser el arte: inconsciencia, ideal lejanía. Un día, día fatal en el que pienso algunas veces, decidí pintar un maravilloso retrato suyo, tal como es usted ahora, no con la indumentaria de los tiempos desaparecidos, sino con su propio traje y en su propia época. ¿Fue el realismo de la técnica, o la simple idea de su propia personalidad, presentándose así directamente, sin nieblas ni velos? No puedo decirlo. Pero sé que mientras trabajaba en ello, cada pincelada y cada capa de color me parecía que revelaban mi secreto. Me dominó el temor de que los demás pudiesen conocer mi idolatría. Sentí, Dorian, que había expresado demasiado, que había puesto demasiado de mí mismo en eso. Entonces fue cuando decidí no permitir que se expusiera el retrato. A usted le molestó un poco; pero entonces no se daba usted cuenta de lo que significaba para mí todo aquello. Harry, a quien se lo dije, se rió de mí. Pero no me importó. Cuando el cuadro estuvo terminado y me senté a solas frente a él, comprendí que tenía razón... Bien, unos días después de salir de mi estudio, en cuanto me vi libre de la intolerable fascinación de su presencia, me pareció que había sido una necedad creer haber visto otra cosa en ello, aparte de su extraordinaria belleza y de lo que yo podía pintar. Y aun ahora no puedo dejar de sentir el error que hay en pensar que la pasión experimentada en la creación pueda realmente mostrarse en la obra creada. El arte es siempre más abstracto de lo que imaginamos. La forma y el color nos hablan de forma y de color, y esto es todo. Muchas veces me parece que el arte suele ocultar al artista mucho más de lo que lo revela. Por eso cuando recibí esa oferta de París, decidí hacer de su retrato lo más destacado de mi exposición. No se me ocurrió nunca que usted me lo negase. Ahora veo que tiene razón. El retrato no puede enseñarse. No me guarde rencor, Dorian, por lo que acabo de contarle. Como decía Harry en una ocasión, está usted hecho para ser reverenciado.

Dorian Gray respiró ampliamente. Volvió el color a sus mejillas y una sonrisa se dibujó en sus labios. El peligro había pasado. Estaba salvado por el momento. No podía, sin embargo, dejar de sentir una piedad infinita por el pintor que acababa de hacerle tan extraña confesión, y se preguntaba admirado si él también se vería alguna vez tan dominado por la personalidad de un amigo. Lord Henry tenía el encanto de ser muy peligroso. Pero eso era todo. Era demasiado inteligente y demasiado cínico para ser verdaderamente amado. ¿Existiría alguna vez alguien por quien él llegase a sentir una idolatría tan extraña? ¿Sería esa una de las cosas que le reservaba la vida?

—Encuentro extraordinario, Dorian —dijo Hallward—, que usted haya podido ver eso en el retrato. ¿Lo ha visto usted realmente?

—Veía algo en él —respondió—, algo que me parecía muy curioso.

—Bueno, ¿ahora me deja usted verlo?

Dorian movió la cabeza.

—No me pida usted eso, Basil. No puedo ponerle a usted frente a ese retrato.

—¿Podrá algún día?

—Nunca.

—Bueno, quizá tenga usted razón. Y ahora, adiós, Dorian. Ha sido usted la única persona en mi vida que ha influido realmente sobre mi arte. Todo lo bueno que he hecho, a usted se lo debo. ¡Ah! No sabe usted lo que me cuesta decirle todo esto.

—Mi querido Basil —dijo Dorian—, ¿qué es lo que me ha dicho? Sencillamente, que sentía admirarme demasiado. No es ni siquiera un cumplido.

—No he intentado que lo fuera. Era una confesión. Y ahora, una vez hecha, me parece que me he desprendido de algo mío. Quizá uno no deba expresar nunca su adoración con palabras.

—Ha sido una confesión muy desilusionante.

—¡Hombre! ¿Qué esperaba usted, Dorian? ¿Ha visto usted algo más que eso en el retrato? No había nada más que ver.

—No; no había nada más que ver. ¿Por qué me lo pregunta? Pero no debe usted hablar de adoración. Es una necedad. Usted y yo somos amigos, Basil, y debemos siempre permanecer así.

—Tiene usted a Harry —dijo el pintor tristemente.

—¡Oh, Harry! —exclamó el joven con una carcajada—. Harry consume sus días diciendo cosas increíbles y sus noches haciendo cosas inverosímiles. Exactamente la clase de vida que me gustaría hacer. Pero no creo, sin embargo, que iría a buscar a Harry si me encontrara en un apuro. Acudiría a usted antes.

—¿Me servirá usted otra vez de modelo?

—¡Imposible!

—Perjudica mi vida de artista negándose, Dorian. Ningún hombre encuentra dos veces su ideal. Son escasos los que lo encuentran una.

—No puedo explicarle a usted esto, Basil, pero no debo servirle nunca más de modelo. Hay algo fatal en un retrato. Tiene una vida propia. Iré a tomar el té con usted. Será exactamente igual de agradable.

—Más agradable para usted, supongo —murmuró Hallward con sentimiento—. Y ahora, adiós. Lamento que no me deje ver otra vez el retrato. ¡Pero qué le vamos a hacer! Comprendo perfectamente lo que siente usted con él.

En cuanto salió del cuarto, Dorian se sonrió. ¡Pobre Basil! ¡Qué poco conocía la verdadera razón! Y qué extraño era que en vez de verse obligado a revelar su propio secreto hubiera logrado, casi por casualidad, arrancar el secreto de su amigo! Los absurdos accesos de celos del pintor, su ardiente devoción, sus extravagantes panegíricos, sus curiosas reticencias, todo lo comprendía ahora y se sentía apenado. Le parecía que podía haber algo trágico en una amistad tan llena de romanticismo.

Suspiró y tocó el timbre. El retrato debía estar oculto a toda costa. No podía correr por más tiempo el riesgo de descubrirlo otra vez. Había sido una locura suya dejarlo, ni por una hora, en una habitación a la que tenían acceso muchos de sus amigos.

CAPÍTULO X

Al entrar el criado le observó atentamente, preguntándose si aquel hombre no habría tenido la curiosidad de mirar detrás del biombo. El criado, completamente impasible, esperaba sus órdenes.

Dorian encendió un cigarrillo y fue hacia el espejo. Podía ver perfectamente el rostro de Víctor, que se reflejaba en él. Era una cara plácida de servilismo. No había nada que temer por ese lado. No obstante, pensó que sería bueno estar prevenido. Le dijo, en voz muy baja, que rogase al ama de llaves que viniese a hablar con él y que luego fuera a casa del fabricante de marcos para que le enviase inmediatamente dos de sus hombres. Le pareció que al salir, el criado dirigía sus ojos al biombo. ¿O acaso fuera un simple efecto de su imaginación?

Unos momentos después la señora Leaf, vestida con su traje de seda negra, con sus manos rugosas enguantadas con unos mitones a la moda antigua, entraba en la biblioteca. Le pidió la llave del salón de estudio.

—¿Del viejo salón de estudio, míster Dorian? —exclamó—. ¡Pero si está todo lleno de polvo. ¡Es preciso que mande ponerlo en orden y limpiarlo antes de que usted vaya. No está presentable para usted, señor; nada presentable.

—No necesito que esté en orden, Leaf. Me hace falta la llave, simplemente.

—Pero señor, si va usted se llenará de telarañas. ¡Como que no se ha abierto desde hace cinco años, desde que murió Su Señoría!

Al oír hablar de su abuelo se estremeció. Conservaba de él un recuerdo abominable.

—No importa —dijo—; únicamente quiero ver la habitación. Deme usted la llave.

—Aquí está la llave, señor —dijo la mujer buscando en su manojo nerviosamente—. Aquí está la llave. —Enseguida la sacó del llavero—. Pero ¿no pensará el señor vivir allá arriba? ¡Aquí está tan confortablemente!

—¡No, no! —exclamó con impaciencia—. Gracias, Leaf. Está muy bien.

Ella permaneció un momento hablando muy locuaz de algunos detalles de la casa. Dorian suspiró y le dijo que hiciera lo que mejor la pareciese. Se fue haciendo aparatosos gestos.

En cuanto cerró la puerta, Dorian se metió la llave en el bolsillo y echó una ojeada a su alrededor. Su mirada se detuvo sobre una gran colcha de raso rojo, adornada con gruesos bordados de oro, espléndido trabajo veneciano del siglo XVII que su abuelo había encontrado en un convento cerca de Bolonia. Sí, aquello podía servirle para envolver el horrible objeto. Quizás la tela había servido de paño mortuorio. Ahora se trataba de tapar una cosa que tenía corrupción propia, todavía peor que la corrupción de la muerte, una cosa capaz de engendrar horror, y que sin embargo, no moriría nunca. Lo que son los gusanos para el cadáver, sus pecados lo serían para la imagen pintada sobre el lienzo. La mancharían, la cubrirían de vergüenza y, sin embargo, la imagen duraría, permaneciendo siempre viva.

Enrojeció y sintió por un momento no haber dicho a Basil la verdadera razón por la cual deseaba ocultar el cuadro. Basil le hubiese ayudado a resistir la influencia de lord Harry y las influencias, aún más envenenadas, de su propio temperamento. El amor que le tenía, porque era realmente amor, no estaba compuesto más que de nobleza e intelectualidad. No era simple admiración física de la belleza que nace de los sentidos y que muere al acabarse éstos. Era un amor tal como lo habían conocido Miguel Ángel y Montaigne, y Winckelmann y el mismo Shakespeare. Si Basil hubiese podido salvarle, pero ya era demasiado tarde. El pasado podía borrarse. Las penas, las negativas o el olvido podrían hacerlo. Pero el porvenir era inevitable; existían en él pasiones que encontrarían una terrible salida, sueños que proyectarían sobre él la sombra de su perversa realidad.

Cogió del lecho el gran cobertor de seda y oro que le cubría, y echándoselo al brazo, fue al otro lado del biombo. ¿El retrato estaba más espantoso que antes? Le pareció que no había cambiado, y su aversión hacia él aumentó. Los cabellos de oro, los ojos azules y las rosas rojas en los labios, todo seguía allí. Tan sólo la expresión era diferente. Resultaba horrible con su crueldad. En comparación con todo lo que veía en él, de reproches y censuras, ¡qué superficiales eran las observaciones de Basil sobre Sibyl Vane! Su propia alma le contemplaba desde aquel lienzo y le juzgaba. Una expresión de dolor se extendió por su rostro, y echó el rico sudario sobre el cuadro.

En el mismo momento llamaron a la puerta, y no había hecho más que salir de aquel sitio cuando entró su criado.

—Ahí están esos hombres, *monsieur.*

Le pareció que debía alejar a aquel hombre enseguida. Era necesario que no supiese dónde iba a esconder la pintura. Era algo astuto, y sus ojos eran pérfidos e inquietos. Sentándose a su mesa escribió unas palabras a lord Henry, rogándole que le enviase algo para leer, y recordándole que debían verse a las ocho y cuarenta de la noche.

—Espere usted contestación —dijo entregándole la carta al criado—, y haga entrar a esos hombres.

Dos minutos después llamaron otra vez a la puerta, y míster Hubbard, en persona, el célebre fabricante de marcos de South Audley Street, entró con un ayudante joven, de aspecto vulgar. Míster Hubbard era un hombrecito muy remozado, de patillas rojas, cuya admiración por el arte se atenuaba grandemente ante la escasez pecuniaria de los artistas que trataban con él. Esperaba a que fuesen los clientes, pero hacía siempre una excepción en favor de Dorian Gray. Había en Dorian algo que seducía a todo el mundo. Sólo verle era una alegría.

—¿Qué puedo hacer para servirle, míster Gray? —dijo, frotándose las manos carnosas y moteadas de pecas—. He creído un deber reservarme el honor de preguntárselo. Precisamente tengo un cuadro bellísimo, un hallazgo que he hecho en una subasta. Es un florentino antiquísimo. Creo que proviene de Fonthill. Muy conveniente como asunto religioso, señor Gray.

—Siento mucho que se haya tomado usted la molestia de venir, míster Hubbard. Iré a ver esa tabla, aunque en estos momentos no sienta afición por el arte religioso; pero hoy, lo único que quería era subir un cuadro a lo más alto de la casa. Es bastante pesado y quería pedirle dos hombres.

—Nada de molestia, míster Gray. Encantado siempre de servirle. ¿Cuál es esa obra de arte?

—Hela aquí —respondió Dorian doblando el biombo—. Puede trasladarla tal como está, con su envoltura. Quiero que no se estropee al subirla.

—Eso es muy sencillo —dijo el ilustre fabricante de marcos, poniéndose, ayudado de su aprendiz, a descolgar el cuadro de las largas cadenas de cobre de donde pendía—. ¿Y dónde tenemos que llevarlo?

—Yo le enseño el camino, míster Hubbard, si quiere usted seguirme. O quizá sería mejor que fuese usted delante. Me temo que el techo no sea bastante alto; iremos por la escalera principal, que es más ancha.

Les abrió la puerta, atravesaron el hall y empezaron a subir. Las molduras del marco hacían muy voluminoso el cuadro, y de vez en cuando, a pesar de las obsequiosas protestas de míster Hubbard, que, como todos los tenderos, experimentaba una viva contrariedad viendo hacer algo útil a un hombre de mundo, Dorian les ayudaba un poco.

—Una verdadera carga, señor —dijo el hombre, jadeante y secándose la frente, cuando llegaron al último rellano.

—Creo que, en efecto, es muy pesada —murmuró Dorian abriendo la puerta de la habitación que debía encerrar el extraño secreto de su vida y ocultar su alma a los ojos de la Humanidad.

No había entrado en aquella estancia desde hacía más de cuatro años; sí, desde que le servía de salón de juego cuando era niño y de salón de estudio al poco tiempo. Era una habitación grande, bien proporcionada, que lord Kelso había hecho construir especialmente para su nieto, para aquel niño cuyo gran parecido con su madre y otros motivos le habían hecho odiar siempre y mantener alejado. Dorian vio que había cambiado poco. Sí, aquél era el ancho *cassone* [cofre] italiano, con sus molduras doradas empañadas y sus lienzos de pinturas fantásticas, en el cual se escondió tantas veces siendo niño. Estaban, asimismo, los estantes de madera, llenos de libros de clase, de hojas abarquilladas. Detrás colgaba de la pared el mismo tapiz flamenco, deshilachado, en el que un rey y una reina, deslucidos, jugaban al ajedrez, mientras una compañía de halconeros cabalgaba al fondo, llevando sus aves encapirotadas en sus puños enguantados. ¡Cómo volvía todo aquello a su memoria! Evocaba los minutos de su infancia solitaria, mientras miraba a su alrededor. Recordó la pureza inmaculada de su vida de niño, y le pareció horrible tener que esconder el retrato fatal en aquel sitio. ¡Qué poco se hubiese imaginado en aquellos días lejanos todo lo que la vida le reservaba!

Pero no existía en la casa otra habitación tan alejada de miradas indiscretas. Él tenía la llave; nadie más que él podía entrar. Bajo su sudario de seda, la cara pintada en el lienzo podría volverse bestial, hinchada, inmunda. ¿Qué importaba? Nadie la vería. Él tampoco querría mirarla... ¿Para qué vigilar la atroz corrupción de su alma? Conservaría su juventud, y era bastante. Y en definitiva ¿su carácter no podía embellecer? No veía ninguna razón para que el porvenir estuviese tan lleno de vergüenza... Algún amor podía atravesar su vida, purificarla y libertarla de aquellos pecados que ya rondaban en torno suyo en espíritu y en carne, de aquellos pecados extraños y no descritos a los que el misterio presta su encanto y sutileza. Quizás algún día la expresión cruel abandonase la boca escarlata y sensitiva, y entonces podría enseñar al mundo la obra maestra de Basil Hallward.

Pero no, aquello era imposible. Hora por hora y semana por semana, la imagen reproducida envejecería; podría escapar a la fealdad del vicio, pero la fealdad de la edad la acechaba. Las mejillas se hundirían, se arrugarían. Arrugas amarillentas ribetearían los ojos marchitos, marcándoles con horrible estigma. Los cabellos perderían su brillo; la boca, hundida y entreabierta, tomarían esa expresión grosera o ridícula que tiene la boca de los viejos. Tendría el cuello lleno de arrugas, las manos con gruesas venas azules, y el cuerpo doblado de aquel abuelo que había sido tan duro con él en su infancia. El cuadro debía estar oculto a las miradas. No era posible otra cosa.

—Haga usted el favor de meterlo, míster Hubbard —dijo trabajosamente, volviéndose—. Siento haberle retrasado tanto tiempo, pero pensaba en otra cosa.

—Agradezco poder descansar, míster Gray —dijo el fabricante, que jadeaba aún—. ¿Dónde hemos de ponerlo?

—¡Oh!, en cualquier sitio, aquí estará bien. No lo voy a colgar. Apóyelo simplemente contra la pared. Gracias.

—¿Se puede ver esa obra de arte, señor?

Dorian se estremeció.

—No le interesaría a usted, míster Hubbard —dijo, sin quitarle la vista de encima.

Estaba dispuesto a saltar sobre él y derribarle si hubiese intentado levantar el velo suntuoso que escondía el secreto de su vida.

—No quiero molestarle a usted más. Le quedo muy agradecido por la bondad que ha tenido viniendo a mi casa.

—De nada, de nada, míster Gray. ¡Dispuesto siempre a servirle!

Y míster Hubbard bajó rápidamente las escaleras, seguido de su aprendiz, que miraba a Dorian con una mezcla de asombro y temor pintada sobre sus rasgos groseros y desagradables. Jamás había visto una persona tan maravillosamente bella.

Cuando se apagó el ruido de sus pasos, Dorian cerró la puerta y se metió la llave en el bolsillo. Estaba salvado. Nadie podría mirar la horrible pintura. Nadie más que él vería su vergüenza.

Al volver a la biblioteca se dio cuenta de que eran las cinco y que el té estaba ya servido. Sobre una mesita de madera negra odorífera, delicadamente incrustada de nácar, un regalo de lady Radley, la mujer de su tutor, encantadora enferma profesional que pasaba los inviernos en El Cairo, había una carta de lord Henry, con un libro encuadernado en amarillo, de portada ligeramente raída y de cantos sucios. Un número de la tercera edición de *The St James's Gazette* estaba colocado sobre la bandeja del té. Víctor había vuelto, evidentemente. Se preguntó si no se habría encontrado a los hombres en el *hall,* cuando se iban, enterándose por ellos de lo que habían hecho. Seguramente notaría la ausencia del cuadro o ya la habría notado al traer el té. El biombo no estaba todavía colocado, y se notaba un vacío en la pared. Quizás le sorprendería una noche deslizándose a lo alto de la casa e intentando forzar la puerta de la habitación. Era horrible tener un espía en su propia casa. Había oído hablar de personas ricas explotadas toda su vida por un criado que leyó una carta, sorprendió una conversación, recogió una tarjeta con unas señas o encontró debajo de una almohada una flor marchita o un pedazo de encaje.

Suspiró, y después de haberse servido el té, abrió la carta de lord Henry. Este le decía únicamente que le enviaba el periódico y un libro que iba a interesarle, y que estaría en el club a las ocho y cuarto.

Abrió con negligencia *The St James's Gazette* y la echó un vistazo. Una señal con lápiz rojo llamó su atención en la quinta página. Leyó atentamente:

"Indagaciones sobre una actriz.— Esta mañana han sido practicadas unas indagaciones en Bell Taverne, Hoxton Road, por míster Danby, médico forense del distrito, sobre el fallecimiento de Sibyl Vane, joven actriz contratada recientemente en el Teatro Real Holborn. Se ha comprobado que murió por accidente. Una gran condolencia fue testimoniada a la madre de la difunta, muy afectada durante su declaración, y al doctor Birrel, que certificó la defunción de la joven."

Ofuscado rompió la hoja en dos pedazos y se puso a pasear por la habitación, pisoteando los pedazos del diario. ¡Qué espantoso era todo aquello! ¡Qué horrible y fea realidad creaban las cosas! Le molestó un poco que lord Henry le enviase el periódico. Era estúpido haberlo señalado con lápiz rojo. Víctor podía leerlo. Sabía bastante inglés. ¿Quizá lo habría leído ya y sospechaba algo? Después de todo, ¿qué podía importarle? ¿Qué relación podía existir entre Dorian Gray y la muerte de Sibyl Vane? No tenía nada que temer. Él no la había matado.

Su mirada cayó sobre el libro amarillo que lord Henry le enviaba. Se preguntó qué sería. Fue al velador octogonal de tonos perlinos, que le parecía siempre obra de unas abejas extrañas de Egipto trabajando en plata, y cogiendo el volumen se arrellanó en un sillón y empezó a hojearlo. Al cabo de un momento se enfrascó en él. Era el libro más extraño que había leído. Le pareció que a los sones delicados de unas flautas, exquisitamente vestidos, los pecados del mundo desfilaban ante él en mudo cortejo. Lo que confusamente soñó tomaba cuerpo a sus ojos; cosas que no imaginó nunca se le revelaban gradualmente.

Era una novela sin intriga, con un solo personaje, un simple estudio psicológico de un joven parisino que pasaba su vida intentando experimentar, en el siglo XIX, todas las pasiones y las maneras de pensar de otros siglos y resumir en él los estados de ánimo por los que pasó, amando, merced a su simple artificiosidad, esas renunciaciones que los hombres llamaron neciamente Virtudes, así como esas rebeliones naturales que los hombres sensatos llaman todavía Pecados. El estilo estaba curiosamente cincelado, vivo y oscuro a un mismo tiempo, lleno de argot y de arcaísmos, de expresiones técnicas y de frases trabajadas como el que caracteriza las obras de esos finos artistas de la escuela francesa denominados "los Simbolistas". Había metáforas tan monstruosas y tan sutiles de color como las orquídeas. La vida de los sentidos figuraba allí descrita en términos de filosofía mística. No sabía en algunos momentos si estaba leyendo los éxtasis espirituales de un santo de la Edad Media o las confesiones mórbidas de un pecador moderno. Era un libro envenenado. Pesados vapores de incienso se desprendían de sus páginas, oscureciendo el cerebro. La simple cadencia de las frases, la extraña monotonía de su música, toda llena de repeticiones complicadas y de movimientos sabiamente repetidos, evocaba en el ánimo del joven, a medida que se sucedían los capítulos, una especie de ensueño, un ensueño enfermizo que le dejaba inconsciente del atardecer y de la invasión de las sombras. Un cielo cárdeno, sin nubes, tachonado con una estrella solitaria, iluminaba las ventanas. A esta lívida claridad leyó hasta que le fue imposible. Por fin, después de que su criado le recordara varias veces lo tarde que era, se levantó, fue a la habitación de al lado a dejar el libro sobre la mesita florentina que tenía siempre cerca de la cama y se vistió para cenar.

Cerca de las nueve llegó al club, donde se encontró a lord Henry sentado, completamente solo, en el salón, y muy aburrido.

—Lo siento mucho, Harry —le dijo—, pero usted tiene la culpa. El libro que me envió me ha interesado de tal manera que he olvidado la hora.

—Sí, ya sabía yo que tenía que gustarle —replicó su comensal levantándose.

—No digo que me haya gustado; digo que me ha interesado: hay una gran diferencia.

—¡Ah! Ha descubierto usted eso —murmuró lord Henry.

Y pasaron al comedor.

CAPÍTULO XI

Por espacio de varios años, Dorian Gray no pudo librarse de la influencia de aquel libro; quizás sería más justo decir que no pensó nunca en librarse de ella. Hizo traer de París nueve ejemplares de margen grande de la primera edición y los mandó encuadernar en diferentes colores, de modo que pudiesen armonizar con su humor variable y con las diversas fantasías de su carácter, en el cual parecía perder por momentos toda intervención.

El héroe del libro, el joven y prodigioso parisino, en quien las influencias novelescas y científicas se confundían de modo tan extraño, se le antojó una imagen anticipada de sí mismo, y, en verdad, aquel libro parecía ser la historia de su propia vida, escrita antes de que él la viviese.

Desde cierto punto de vista, era más afortunado que el fantástico héroe de la novela. Nunca conoció —ni hubo razón para que conociese— aquel indefinible y grotesco horror de los espejos, de las superficies de metal bruñido, de las aguas tranquilas, que apareció tan pronto en la vida del joven parisino a consecuencia del declinar prematuro de una belleza que fue en otro tiempo tan notable.

Casi con una alegría cruel —quizá en toda alegría, como en todo placer, la crueldad tiene un lugar— leía la última parte del volumen, que contenía un análisis trágico y algo enfático de la tristeza y de la desesperación del que pierde lo que en los demás y en el mundo ha apreciado más. Porque la maravillosa belleza que tanto había fascinado a Basil Hallward, y con él a muchos más, no pareció nunca abandonarle. Hasta los que oyeron de él las cosas más insólitas, y aunque de vez

en cuando corriesen por Londres rumores extraños sobre su clase de vida, siendo tema de las conversaciones en los clubes,
cuando le veían, no podían creer en su deshonor. Tenía siempre la apariencia de un ser que se había librado de las manchas del mundo. Los hombres que hablaban groseramente entre
sí, enmudecían al verle. Algo había en la pureza de su rostro
que les hacía callar. Su simple presencia parecía traerles a la
memoria el recuerdo de la inocencia que ellos empañaron. Se
maravillaban de que un ser tan grácil y encantador hubiese podido librarse del influjo de una época tan sórdida y tan sensual a la vez.

A menudo, al volver a su casa de una de sus ausencias mis-
teriosas y prolongadas, que dieron nacimiento a tantas conjeturas entre aquellos que eran sus amigos, o que pensaban serlo,
subía de puntillas, allá arriba, a la habitación cerrada, abría la
puerta con una llave que no abandonaba nunca, y allí, con un
espejo en la mano, frente al cuadro de Basil Hallward, con-
frontaba el rostro viejo y maligno, pintado sobre la tela, con su
propio rostro, terso y juvenil, que le sonreía en el espejo. La agu-
deza del contraste aumentaba su sensación de placer. Se enamoró cada vez más de su propia belleza, y se interesó cada vez
más por la corrupción de su alma.

Examinaba minuciosamente, y a veces con terribles y monstruosas delicias, los estigmas atroces que deshonraban aquella
frente arrugada o que se retorcían alrededor de la boca gruesa y sensual, preguntándose cuáles eran más horribles, si las
señales del pecado o las de la edad. Colocaba sus blancas manos al lado de las manos rudas e hinchadas de la pintura, y sonreía. Se burlaba del cuerpo que se deformaba y de los débiles
miembros.

A veces, sin embargo, por la noche, cuando descansaba
despierto en su habitación impregnada de perfumes delicados,
o en la buhardilla sórdida del tabernucho de mala fama situado
cerca de los Docks, que acostumbraba a frecuentar, disfrazado y con un nombre falso, pensaba en la ruina que atraía sobre su alma, con una desesperación tan conmovedora como

puramente egoísta. Pero estos momentos eran raros. Esta curiosidad por la vida que lord Harry fue el primero en inculcarle cuando estaban sentados en el jardín de su amigo el pintor, parecía crecer con voluptuosidad. Cuanto más conocía, más quería conocer. Tenía apetitos devoradores, que se hacían más insaciables a medida que los satisfacía. Sin embargo, no abandonaba todas las relaciones con el mundo. Una vez o dos al mes, durante el invierno, y cada miércoles por la noche, hasta el final de la *season* [estación], abría a los invitados su espléndida casa y contrataba los músicos más célebres de aquel momento, para encantar a sus amistades con las maravillas de su arte.

Las comidas, en cuya organización le ayudaba lord Henry, eran muy señaladas, tanto por su escrupulosa selección y el rango de los que estaban invitados, como por el gusto exquisito mostrado en el adorno de la mesa, con sus sutiles combinaciones sinfónicas de flores exóticas, sus mantelerías bordadas, su vajilla antigua de plata y de oro.

Hubo muchos, entre los jóvenes, que vieron o creyeron ver en Dorian Gray la verdadera realización del ideal que habían soñado en otra época en Eton o en Oxford, el ideal en el que se unía algo de la cultura real del estudiante con la gracia, la distinción o las maneras perfectas de un hombre de mundo. Les parecía que era uno de aquellos de quienes habla Dante, uno de aquellos que intentan hacerse "perfectos por el culto de la Belleza". Como Gautier, era "aquel para quien existe el mundo visible".

Y ciertamente, la vida era para él la primera y más grande de las artes, aquella de la que las demás no eran sino preparación. La moda, por la cual lo que es realmente fantástico se torna un instante universal, y el dandismo, que, a su manera, es una tentativa que afirma el modernismo absoluto de la Belleza, tuvo, naturalmente, su fascinación para él. Su modo de vestir, las maneras particulares que de vez en cuando afectaba, ejercían una marcada influencia sobre los jóvenes elegantes de los bailes de Mayfair y de los ventanales de los clubes de Pall Mall, que imitaba en todo, y se ensayaban en reproducir el encanto accidental de su gracia; aunque fueran para él sólo afectaciones poco serias.

Porque, aun cuando estuviese dispuesto a aceptar la posición que se le ofrecía a su entrada en la vida, y encontrase un placer curioso en pensar que podría ser para el Londres de nuestros días lo que había sido en la Roma imperial de Nerón el autor del *Satiricón*, todavía, en el fondo de su corazón, deseaba ser algo más que un simple *arbiter elegantiarum*, consultado sobre la forma de una joya, el nudo de una corbata o el manejo de un bastón. Quería elaborar algún nuevo esquema de vida que tuviera su filosofía razonada, sus principios ordenados, y encontrase en la espiritualización de los sentidos su más alta idealización.

El culto de los sentidos ha sido, a menudo, y con mucha justicia, desdeñado, al verse los hombres instintivamente aterrorizados ante las pasiones y las sensaciones que parecen más fuertes que ellos, y que tienen conciencia de afrontar con modos de existencia organizados menos elevadamente. Pero a Dorian Gray le parecía que la verdadera naturaleza de los sentidos no había sido comprendida nunca, que los hombres permanecieron salvajes porque el mundo había querido tenerles hambrientos por la sumisión, o aniquilarles por el dolor, en vez de aspirar a hacerles los elementos de una nueva espiritualidad, de la que un instinto sutil de Belleza era la característica dominante. Cuando se imaginaba al hombre moviéndose en la historia, le acometía un sentimiento de derrota. ¡Cuántos fueron vencidos por un fin tan mezquino!

Podía existir, como profetizó lord Henry, un nuevo hedonismo que creara de nuevo la vida y la sacara de aquel grosero y modesto puritanismo, resucitado en nuestros días. Esto sería, seguramente, obra de la intelectualidad; no se aceptaría ninguna teoría, ningún sistema que implicase el sacrificio de un modo de experiencia pasional. Su fin era la experiencia misma, y no los frutos de la experiencia, cualesquiera que fuesen, dulces o amargos. No se tendría en consideración tampoco ni el ascetismo que trae la muerte de los sentidos ni el desarreglo vulgar que los embota, pero era preciso enseñar al hombre a concentrar su voluntad sobre los instantes de una vida que sólo es también un instante.

Habrá pocos entre nosotros que no se hayan despertado algunas veces antes del alba, o bien después de una de esas noches sin sueños que nos hacen casi enamorados de la muerte, o después de una de esas noches de horror y de alegría informe, cuando a través de las celdillas del cerebro se deslizan fantasmas más terribles que la misma realidad, animados con esa vida intensa propia de todo lo grotesco, y que presta al arte gótico su paciente vitalidad, ya que ese arte es, pudiera imaginarse, especialmente el arte de aquellos cuyo espíritu ha sido turbado por la enfermedad de la *revêrie* [del ensueño]. Gradualmente, unos dedos blancos trepan por los cortinajes, que parecen temblar. Bajo tenebrosas formas fantásticas, sombras mudas se esconden en los rincones de la habitación, y allí se agazapan. Afuera, es el despertar de los pájaros entre las hojas, el paso de los obreros dirigiéndose al trabajo, o los suspiros y los sollozos del viento que sopla de las colinas, vagando alrededor de la casa silenciosa, como si temiese despertar a los durmientes, que tendrían que llamar de nuevo al sueño en su cueva de púrpura. Velos y velos de fina gasa obscura se levantan, y poco a poco, las cosas recuperan sus formas y sus colores, y acechamos a la aurora rehaciendo el mundo en su antiguo molde. Los lívidos espejos hallan nuevamente su vida mímica. Las luces, apagadas, están donde las habíamos dejado, y al lado yace el libro a medio cortar que leíamos, o la costosa flor que llevábamos en el baile, o la carta que teníamos miedo de leer o que leíamos con demasiada frecuencia... Nada nos parece cambiado.

Fuera de las sombras irreales de la noche, resurge la vida real que conocimos. Nos es preciso recordar dónde la dejamos, y entonces se apodera de nosotros un terrible sentimiento de la continuidad necesaria de la energía en algún círculo fastidioso de costumbres estereotipadas, o quizás un salvaje desea que nuestros párpados se abran una mañana sobre un mundo que hubiese sido creado de nuevo en las tinieblas, para nuestro placer; un mundo en el cual las cosas tendrían nuevas formas y nuevos colores, que estaría cambiado, que tendría otros secretos; un mundo en el cual el pasado ocuparía poco o ningún lugar, ninguna supervivencia, aun bajo la forma consciente de obligación o de pesar, ya que el mismo recuerdo de las dichas tiene sus amarguras, y el recuerdo de los placeres, sus dolores.

Era la creación de mundos así lo que Dorian Gray creía uno de los pocos, quizás el único objeto de la vida; en su búsqueda de sensaciones, sería nuevo y delicioso, y poseería ese elemento de rareza tan esencial a la novela; adoptaría ciertos modos de pensamiento que sabía extraños a su naturaleza, se entregaría a sus capciosas influencias, y, habiendo apresado de esta manera sus colores y satisfecho su curiosidad intelectual, los abandonaría con esa escéptica indiferencia no incompatible con un verdadero entusiasmo de temperamento y que hasta es, según ciertos psicólogos modernos, una de sus condiciones necesarias.

Durante una temporada circuló el rumor de que iba a abrazar la religión católica romana; y ciertamente, el ritual romano había tenido siempre para él una gran atracción. El sacrificio cotidiano, más terriblemente real que todos los sacrificios del mundo antiguo, le atraía tanto por su soberbio desdén de la evidencia de los sentidos, como por la sencillez primitiva de sus elementos y el eterno *pathos* de la tragedia humana que intenta simbolizar. Se complacía en arrodillarse sobre las frías losas de mármol y contemplar al sacerdote en su rígida vestidura florida, apartando con sus blancas manos el velo del tabernáculo, o levantando el viril engastado con pedrerías que contiene la pálida hostia, que algunas veces se creería en verdad el *panis coelestis,* el pan de los ángeles, o revestido de los atributos de la Pasión de Cristo, partiendo la hostia en el cáliz y golpeándose el pecho por sus culpas. Los incensarios humeantes que unos niños vestidos de rojo balanceaban gravemente en el aire como grandes flores de oro, le seducían mucho. Al marcharse, solía contemplar admirado los confesonarios obscuros y se detenía ante la sombra de alguno escuchando a hombres y mujeres silabear a través de la rejilla desgastada, la historia verdadera de su vida.

Pero no cayó nunca en el error de detener su desenvolvimiento intelectual con la aceptación formal de una creencia o de un sistema, ni se engañó tomando por morada definitiva una posada conveniente tan sólo para una noche de estancia o para unas horas de una noche sin estrellas y de luna empañada. El misticismo, con su maravilloso poder de adornar con algo extraño las cosas vulgares y la antinomia sutil que parece acompañarle siempre, le conmovió durante algún tiempo. Y durante algún tiempo también, se inclinó por las doctrinas materialistas del darwinismo en Alemania, y encontró un extraño placer en colocar los pensamientos y las pasiones de los hombres en alguna célula perlina del cerebro o en algún nervio blanco del cuerpo, recreándose en la concepción de la dependencia absoluta del espíritu a ciertas condiciones físicas, mórbidas o sanas, normales o enfermizas. Pero, como se ha dicho ya, ninguna teoría sobre la vida le pareció ofrecer importancia comparada con la vida misma. Tenía honda conciencia de la esterilidad de la especulación intelectual cuando se separa de la acción y de la experiencia. Observó que los sentidos, así como el alma, tenían también sus misterios espirituales y manifiestos.

Se puso a estudiar los perfumes y los secretos de su confección, destilando él mismo óleos fuertemente perfumados o quemando gomas olorosas traídas de Oriente. Comprendió que no había ningún estado de ánimo que no tuviera su contrapartida en la vida sensorial e intentó descubrir sus verdaderas relaciones; así, el incienso le pareció el olor de los místicos, y el ámbar gris, el de los apasionados; la violeta evoca el recuerdo de los amores difuntos, el almizcle enloquece, y el champaña pervierte la imaginación. Intentó a menudo establecer una psicología de los perfumes y determinar las diversas influencias de las raíces dulce-olorosas de las flores cargadas de polen perfumado, de los bálsamos aromáticos, de las maderas de olor triste, del nardo indio, que hace enfermar; del hovenia, que enloquece a los hombres, y del áloe, del que se dice que expulsa la melancolía del alma.

Otras veces se dedicaba por entero a la música, y en una larga habitación enrejada, de techo bermellón y oro, de paredes de laca verde de olivo, daba extraños conciertos, en los que locas gitanas producían una ardiente música con citarillas, en los que graves tunecinos de tartanes gualdos arrancaban sonidos a las tirantes cuerdas de monstruosos laúdes, en tanto que unos negros burlones golpeaban con monotonía sobre tambores de cobre, y en los que, sentados en cuclillas sobre esteras escarlatas, unos indios delgados, cubiertos con turbantes, soplaban en largas pipas de cana o de bronce, encantando o simulando encantar a enormes serpientes de capuchón o a horribles víboras cornudas. Las ásperas desigualdades y los disonantes agudos de esta música bárbara le reanimaban cuando la gracia de Schubert, las tristezas bellas de Chopin y las celestes armonías de Beethoven no conseguían emocionarle. Recogió de todos los rincones del mundo los instrumentos más extraños que le fue posible encontrar, hasta en las tumbas de los pueblos muertos o entre las pocas tribus salvajes que han sobrevivido a la civilización del Oeste, y le gustaba tocarlos y probarlos. Poseía el misterioso *juruparis* de los indios de Río Negro, que no está permitido enseñar a las mujeres y que sólo pueden contemplar los jóvenes después de haber sido sometidos al ayuno y a la flagelación; los jarros de tierra de los peruanos, de los que sacan sones semejantes a chillidos agudos de pájaros; las flautas hechas con huesos humanos, como las que Alfonso de Ovalle oyó en Chile, y los verdes jaspes sonoros que se encuentran cerca de Cuzco y que dan una nota de singular dulzura. Tenía calabazas pintadas, llenas de piedras, que resonaban cuando se las sacudía; el largo clarín de los mejicanos, en el cual el músico no debe soplar, sino aspirar el aire; el áspero *ture* de las tribus del Amazona, en el que tocan los centinelas, encaramados todo el día en altísimos árboles, y que puede oírse, según dicen, a tres leguas de distancia; el *teponaztli*, con sus dos lengüetas vibrantes de madera, que se golpea con unos juncos untados de goma elástica sacada del jugo lechoso de las plantas; campanas de aztecas, llamadas *yotl*, reunidas en racimos, y un gran tambor cilíndrico cubierto de pieles de grandes serpientes, parecido al que vio Bernal Díaz cuando entró con Cortés en el templo mejicano, y de cuyo sonido doliente nos ha dejado una descripción tan brillante. El carácter fantástico de aquellos instrumentos le encantaba, y experimentó una extraña alegría al pensar que el Arte, como la Naturaleza, tenía sus monstruos, objetos de formas bestiales, de voces horrísonas. Sin embargo, al cabo de algún tiempo le aburrieron, e iba a su palco de la Ópera, solo o con lord Henry, a oír extasiado de dicha el "Tannhäuser", viendo en la obertura de esa obra maestra como el preludio de la tragedia de su propia alma.

En una ocasión le dio el capricho por las joyas y un día apareció en un baile disfrazado de Anne de Joyeuse, almirante de Francia, llevando un traje cubierto de quinientas sesenta perlas. Ese capricho le obsesionó durante varios años, y puede decirse que no le abandonó nunca. Pasaba a menudo días enteros ordenando y desordenando en sus estuches las piedras variadas que había reunido; por ejemplo, el crisoberilo verde olivo, que se vuelve rojo a la luz de la lámpara; la cimofana de hilos de plata; el peridoto color verde pistacho; los topacios rosas y amarillos; los rubíes de un escarlata arrebatado, con estrellas temblorosas de cuatro puntas; las piedras de cinamomo, de un rojo llama; las espinelas naranjas y violáceas, y las amatistas de capas alternas de rubí y de zafiro. Amaba el oro rojo de la piedra solar, la blancura perlina de la piedra de la luna y el partido arco iris del ópalo lechoso. Hizo traer de Amsterdam tres esmeraldas de extraordinario tamaño y de una riqueza incomparable de color, y tuvo una turquesa *de la vieille roche* [natural] que fue la envidia de todos los entendidos.

Descubrió asimismo maravillosas historias de pedrerías. En

la *Clericalis Disciplina,* de Alfonso, se habla de una serpiente que tenía los ojos de topacio, y en la historia novelesca de Alejandro se dice que el conquistador de Emacia encontró en el valle del Jordán unas serpientes "que llevaban sobre el dorso collares de esmeralda". Filóstrato cuenta que había una gema en el cerebro de un dragón que hacía que por la exhibición de letras de oro y de un traje de púrpura" se pudiese adormecer al monstruo y matarle. Según el gran alquimista Pedro Bonifacio, el diamante tornaba invisible a un hombre, y el ágata de las Indias le hacía elocuente. La cornalina apaciguaba la cólera, el jacinto provocaba el sueño y la amatista disipaba los vapores de la embriaguez. El granate hacía huir a los demonios y el hidrópicus tenía la propiedad de cambiar de color a la luna. La selenita aumentaba y disminuía de color con la luna, y el meloceus, que servía para descubrir a los ladrones, no podía empañarse más que con la sangre de una cabrita. Leonardus Camillus vio una piedra blanca, cogida en el cerebro de un sapo recién muerto, que era un antídoto seguro contra los venenos; el bezoar que se encontraba en el corazón de un antílope era un talismán contra la peste; según Demócrito, las piedras que se hallaban en los nidos de las aves de Arabia protegían a sus portadores de cualquier peligro que viniese del fuego.

El rey de Ceilán iba a caballo por la ciudad con un grueso rubí en la mano, para la ceremonia de su coronación. Las puertas del palacio del preste Juan estaban "hechas de sardónice, en la cual se hallaba incrustado el cuernecillo de un cerasto de Egipto, lo que hacía que ningún hombre que llevara veneno pudiese penetrar". En el frontón había "dos manzanas de oro, en las cuales estaban engastados dos rubíes", de manera que el oro relucía durante el día y los rubíes alumbraban de noche. En la extraña novela de Lodge "Una Margarita de América", se habla de que en la habitación de la reina podían verse "todas las mujeres castas del mundo, vestidas de plata, mirando a través de hermosos espejos de crisólitos, de rubíes, de zafiros y de esmeraldas verdes". Marco Polo vio a los habitantes de Zipango colocar perlas rosadas en la boca de los muertos. Un monstruo marino se enamoró de la perla que un buzo quitaba al rey Peroz, mató al ladrón, y lloró siete lunas la pérdida de la joya. Cuando los Hunos atrajeron al rey a un gran foso, se echó a volar —según nos cuenta Procopio— y no fue hallado nunca, aun cuando el emperador Anastasio ofreció quinientas toneladas de piezas de oro por él. El rey de Malabar enseñó a cierto veneciano un rosario de trescientas cuatro perlas, una por cada dios que adoraba.

Cuando el duque de Valentinois, hijo de Alejandro VI, visitó a Luis XII de Francia, su caballo estaba cubierto con hojas de oro, si se cree a Brantome, y su sombrero llevaba una doble fila de rubíes, que producían una brillante luz. Carlos de Inglaterra montaba a caballo, llevando unos estribos engastados con cuatrocientos veintiún diamantes. Ricardo II tenía un traje evaluado en treinta mil marcos, cubierto de rubíes balajes. Hall describe a Enrique VIII, camino de la Torre antes de su coronación, "llevando un jubón recamado de oro, el peto adornado de diamantes y otras ricas pedrerías, y alrededor del cuello un tahalí realzado de enormes rubíes morados". Los favoritos de Jacobo I lucían pendientes de esmeraldas engarzados con filigranas de oro. Eduardo II dio a Pedro Gaveston una armadura de oro rojizo sembrada de topacios, un collar de rosas de oro engastado con turquesas y un yelmo *parsemé* [cubierto] de perlas. Enrique II llevaba unos guantes adornados con pedrerías que le llegaban hasta el codo, y tenía un guante de alconero cosido con veinte rubíes y cincuenta y dos perlas. El sombrero ducal de Carlos el Temerario, último duque de Borgoña, estaba lleno de perlas piriformes y sembrado de zafiros.

¡Qué vida más exquisita la de antaño! ¡Qué magnificencia en la pompa y en el ornato! La simple lectura de aquellos fastos lujosos de tiempos desaparecidos maravillaba.

Luego dirigió su atención a los bordados, a los tapices, que sustituían a los frescos en los salones helados de las naciones del Norte. Al estudiar este tema —tuvo siempre una extraordinaria facilidad para concentrar totalmente su espíritu en lo que emprendía—, se entristeció pensando en la ruina que causaba el tiempo sobre las cosas bellas y prestigiosas. Él, sin embargo, se había librado. ¡Los veranos sucedían a los veranos, y los junquillos amarillos florecieron y murieron muchas veces, noches de horror repetían la historia de su vergüenza, y él no había cambiado. Ningún invierno ajó su rostro, ni empañó su pureza floral. ¡Qué diferencia con las cosas materiales! ¿Dónde estaban ahora? ¿Dónde estaba la bella vestidura color azafrán, por la cual los dioses combatieron a los gigantes, aquella vestidura que jóvenes morenas tejieron sólo para el placer de Atenea? ¿Dónde estaba el enorme *velarium* que tendió Nerón ante el Coliseo de Roma, aquella vela titánica de púrpura sobre la cual estaban representados los cielos estrellados y Apolo conduciendo su cuadriga, de blancos corceles con riendas de oro? Se detenía contemplando los curiosos lienzos traídos por el Sacerdote del Sol, sobre los cuales eran depositadas todas las golosinas y viandas para las fiestas; el sudario del rey Chilperico, bordado con trescientas abejas de oro; los vestidos fantásticos que indignaron al obispo de Pontus, en los que estaban representados "leones, panteras, osos, dogos, selvas, rocas, cazadores..., en una palabra, todo lo que un pintor puede copiar en la Naturaleza", y el traje que llevó una vez Carlos de Orleáns, cuyas mangas estaban adornadas con los versos de una canción que empezaba: *Madame, je suis tout joyeux* [Señora, estoy muy contento]. El acompañamiento musical de las palabras iba tejido con hilos de oro, y las notas, hechas de cuatro perlas, tenían la forma cuadrada del tiempo. Leyó la descripción del mobiliario de la estancia que prepararon en Reims para la reina Juana de Borgoña, "decorada con mil trescientos veintiún loros bordados y blasonados con las armas del rey, además de quinientas sesenta y una mariposas, cuyas alas llevaban las armas de la reina, todo ello de oro". Catalina de Médicis tenía un lecho fúnebre hecho para ella de terciopelo negro, sembrado de medias lunas y de soles. Sus cortinas eran de Damasco; sobre campo de oro y plata estaban bordadas coronas de follaje y guirnaldas; los bordes, franjeados de perlas; y la habita-

ción que contenía este lecho se hallaba rodeada de divisas re-
cortadas en terciopelo negro y colocadas sobre un fondo de plata. Luis XIV tenía en sus palacios unas cariátides vestidas de oro,
de quince pies de altura. El trono portátil de Sobiesky, rey de
Polonia, estaba hecho de brocado de oro de Esmirna, bordado
de turquesas, y llevaba encima los versículos del Corán. Sus so-
portes eran de plata sobredorada, de un trabajo maravilloso, con
profusión de medallones esmaltados y de pedrerías. Fue cogido cerca de Viena, en un campamento turco, y el estandarte de
Mahoma ondeó bajo los flecos temblorosos de su dosel.

Durante todo un año, Dorian se dedicó con pasión a acu-
mular los modelos más deliciosos que le fue posible descubrir
del arte textil y del bordado; se agenció las adorable museli-
nas de Delhi, finamente tejidas de palmas de oro sembradas
de alas iridiscentes de escarabajos; las gasas de Dacca, cuya
transparencia hace que se las conozca en Oriente como "aire
tejido", "agua corriente" o "rocío de la noche"; extrañas telas his-
toriadas de Java; tapices chinos amarillos sabiamente trabaja-
dos; libros encuadernados en raso leonado o en seda de un
azul brillante, con estampaciones de *fleurs de lys* [flores de lis],
pájaros y figuras; velos de *lacis* [encajes] hechos en punto de
Hungría; brocados sicilianos y rígidos terciopelos españoles;
bordados georgianos de puntas doradas y *Foukousas* japoneses de tonos verde-oro, llenos de pájaros de plumajes multicolores.

Sintió también un singular afán por los hábitos eclesiásti-
cos, como por todo lo que se relacionaba con el servicio de la
Iglesia. En largos cofres de cedro que bordeaban la galería oeste de su casa coleccionó raras y maravillosas muestras de lo
que son las vestiduras de la Prometida de Cristo, que debe vestirse de púrpura, de joyas y de paños finos, con lo que oculta
su cuerpo anémico por las maceraciones, enflaquecido por los
sufrimientos buscados, herido con las llagas que se infligió. Poseía una capa consistorial suntuosa, de seda carmesí de oro
adamascado, adornada con un dibujo figurando granadas de
oro, colocada sobre unas flores de seis pétalos, cuyos cantos

eran unas piñas incrustadas de perlas. Las franjas representaban escenas de la vida de la Virgen, y su coronación estaba bordada en los bordes con sedas de colores: era una obra italiana del siglo XV. Otra capa era de terciopelo verde, recamado de hojas de acanto reunidas, en las que se sujetaban blancas flores de largo tallo; los detalles estaban ejecutados con hilo de plata, y también había cuentas de vidrios de colores; figuraba sobre ella una cabeza de serafín, hecha con hilo de oro; los galones estaban tejidos con seda roja y oro, y sembrados de medallones de varios santos y mártires, y entre éstos San Sebastián. Tenía también casullas de seda color ámbar, brocados de oro y de seda azul, damascos de seda amarilla, telas de oro, en las que estaba representada la Pasión y la Crucifixión, bordados con leones, pavos reales y otros emblemas; dalmáticas de raso blanco y damasco de seda rosa, adornadas con tulipanes, delfines y *fleurs de lys* [flores de lis]; paños de altar de terciopelo escarlata y de lienzo azul; numerosos corporales, velos de cáliz y manípulos. Había algo que excitaba su imaginación al pensar en los usos místicos a que pudieron responder.

Porque aquellos tesoros, aquellas cosas que coleccionaba en su maravillosa casa, le servían para olvidar, para sustraerse, por algún tiempo, a ciertos terrores que no podía soportar. Sobre las paredes de la solitaria estancia cerrada, en la cual transcurrió toda su infancia, había colgado con sus propias manos el terrible retrato, cuyos rasgos variables le demostraban el envilecimiento efectivo de su vida, y delante había colocado, a modo de cortina, un palio de púrpura y oro. Pasaba semanas sin visitarla, intentando olvidar la terrible pintura, y, recobrando su ligereza de ánimo, su alegría maravillosa, se hundía de nuevo apasionadamente en la simple existencia. Después, algunas noches se deslizaba fuera de su casa, y se iba a los alrededores horribles de la Blue Gate Fields, y allí permanecía varios días, hasta que le echaban. A su vuelta se sentaba enfrente del cuadro, vomitando alternativamente injurias sobre su retrato y sobre sí mismo, aunque lleno, otras veces, de ese orgullo del individualismo, que es una semi-fascinación del pecado, y sonriendo con secreto placer a aquella sombra informe que aguantaba la carga que hubiese debido pertenecerle.

Al cabo de unos años empezó a resultarle imposible permanecer mucho tiempo fuera de Inglaterra y vendió la villa que compartía en Trouville con lord Henry, así como la casita de muros blancos que tenía en Argel, y en la que vivieron más de un invierno. No podía acostumbrarse a la idea de estar separado del cuadro que tenía tal participación en su vida, y se horrorizaba al pensar que durante su ausencia alguien podía entrar en la habitación, a pesar de las barras que hizo poner en la puerta.

Sin embargo, estaba persuadido de que el retrato no diría nada a nadie, aunque conservara, bajo la impureza y la fealdad de los rasgos, un visible parecido con él; pero ¿qué iba a revelar a quien le viese? Y además, si no era él quien lo había pintado, ¿qué podía importarle aquella villanía y aquella vergüenza de su imagen? ¿Le creerían aun cuando él lo confesase?

A pesar de todo, sentía temor. Algunas veces, cuando se hallaba en su casa de Nottinghamshire, rodeado de jóvenes elegantes de su clase, de quienes era jefe reconocido, asombrando al condado por su lujo desenfrenado y por la increíble fastuosidad de su manera de vivir, abandonaba de improviso a sus huéspedes y corría a la ciudad para asegurarse de que la puerta no había sido forzada y de que el cuadro estaba todavía. ¿Y si lo robaban? ¡Este pensamiento le llenaba de horror! El mundo conocería entonces su secreto. ¿No lo sospechaba ya?

Porque aunque fascinase a la mayoría de las personas, muchos le despreciaban. Casi fue rechazado en un club del West-End, en el cual su nobleza y su posición social le permitían ser socio por derecho propio, y se decía que una vez, al ser presentado en un salón del Churchill, el duque de Berwick y otro caballero se levantaron y salieron inmediatamente de una manera ostensible. Se contaron de él historias singulares una vez que cumplió los veinticinco años. Corrió de boca en boca que le habían visto disputando con marineros extranjeros en una taberna sospechosa de los alrededores de Whitechapel, que se entrevistaba a menudo con ladrones y falsificadores de monedas y que conocía los misterios de sus artes. Se hicieron notorias sus ausencias extraordinarias, y cuando reaparecía en sociedad, los hombres cuchicheaban en los rincones, o pasaban delante de él burlándose, o le miraban con ojos escrutadores y fríos como si estuviesen decididos a conocer su secreto.

No prestó ninguna atención a aquellas insolencias y faltas de consideración; por otro lado, sus maneras francas y apacibles, su encantadora sonrisa de niño y la gracia infinita de su maravillosa juventud parecían una réplica suficiente a las calumnias (así las llamaba la mayoría de la gente) que circulaban sobre su persona. Se notó, sin embargo, que los que figuraron como sus más íntimos amigos, parecían huirle ahora. Las mujeres que le habían adorado locamente, y que por él afrontaron la censura social, desafiándola, palidecían de vergüenza o de horror cuando Dorian Gray entraba en el salón donde ellas estaban.

Pero aquellos escándalos murmurados hicieron que aumentara para algunos su encanto extraño y peligroso. Su gran fortuna le sirvió de elemento de seguridad. La sociedad, la sociedad civilizada al menos, difícilmente cree algo malo de los que son ricos y hermosos. Se da cuenta instintivamente de que las maneras tienen más importancia que la moral, y a sus ojos, la respetabilidad más elevada es de menos valor que tener un buen jefe de cocina. Es un consuelo pobre proclamar irreprochable la vida privada de un individuo que le ha hecho a uno cenar mal o beber un vino discutible. Ni la práctica de las virtudes cardinales puede compensar unas *entrées* [entremeses] semifrías, como lo hizo notar lord Henry, hablando un día sobre este asunto, y hay mucho que decir respecto de esto, porque las reglas de la buena sociedad son, o podrían ser, las mismas que las del Arte. La forma es por completo esencial. Podrían tener la solemnidad de una ceremonia, así como su irrealidad, y podrían combinar el carácter insincero de una obra romántica con la gracia y la belleza que nos hacen deliciosas tales obras. ¿Acaso la insinceridad es una cosa tan terrible? Yo creo que no. Es simplemente un sistema con ayuda del cual podemos multiplicar nuestras personalidades.

Esta era, por lo menos, la opinión de Dorian Gray. Se asombraba de la psicología superficial, que consiste en concebir el "yo" en el hombre como una cosa simple, digna de confianza, y de cierta esencia. Para él, el hombre era un ser compuesto de miríadas de vidas, de miríadas de sensaciones, una criatura compleja y multiforme que llevaba en sí extrañas herencias de dudas y de pasiones, y cuya misma carne estaba infectada de las monstruosas enfermedades de la muerte. Le gustaba pasear por la fría y desnuda galería de cuadros de su casa de campo, contemplando los diversos retratos de aquellos cuya sangre corría por sus venas. Allí estaba Philip Herbert, del que Francis Osborne cuenta en sus *Memoires on the Reigns of Queen Elizabeth and King James,* "que fue el favorito de la Corte por su bellísima cara, que no conservó mucho tiempo…" ¿Era la vida del joven Herbert la que él continuaba algunas veces? ¿No se habría transmitido algún extraño germen de generación en generación hasta él? ¿No era algún residuo oculto de aquella gracia marchita el que le había hecho proferir en el estudio de Basil Hallward, súbitamente y casi sin motivo, aquel ruego loco que había cambiado su vida? Allí estaba, en jubón rojo, bordado de oro, envuelto en un manto cubierto de pedrerías, con la gorguera y los puños punteados de oro, Anthony Sherard, con una armadura de plata y cebellina a sus pies. ¿Cuál había sido el legado de tal hombre? ¿Le dejó este amante de Giovanna de Nápoles una herencia de pecado y de ignominia? ¿No eran simplemente sus propias acciones los sueños que aquel difunto no se había atrevido a realizar? Sobre un lienzo apagado sonreía lady Elizabeth Devereux con su cofia de gasa y el corpiño de perlas ajustado, y mangas con aberturas de raso color de rosa. Tenía una flor en su mano derecha, y su izquierda apretaba un collar esmaltado de blancas rosas de Damasco. Sobre la mesa, a su lado, una manzana y una mandolina. Había anchas rosetas verdes sobre sus zapatitos puntiagudos. Conocía su vida y las extrañas historias que se contaban de sus amantes. ¿Tendría él algo de ese temperamento? Sus grandes ojos, de pesados párpados, parecían observarle curiosamente. ¿Y aquel George Willoughby, de cabellos empolvados y lunares fantásticos? ¡Qué aire más perverso tenía! Su rostro era tostado y taciturno, y sus labios sensuales se alzaban con desdén. Sobre las manos amarillas y huesudas, cargadas de sortijas, caían unos puños de encaje precioso. Fue uno de los elegantes del siglo XVIII y amigo en la juventud de lord Ferrars. ¿Qué pensar de aquel segundo lord Beckenham, compañero del príncipe regente en sus días más apurados, y uno de los testigos de su matrimonio secreto con madame Fitzherbert? ¡Qué bello y altivo parecía con los cabellos castaños y su lánguida actitud! ¿Qué pasiones le había transmitido? El mundo le tachó de infame; figuraba en las orgías de Carlton House. La estrella de la Jarretera brillaba en su pecho. Al lado pendía el retrato de su mujer, pálida criatura de labios finísimos, vestida de negro. Esta sangre corría también por sus venas. ¡Qué curioso se le antojó todo aquello! ¡Y su madre, que se parecía a lady Hamilton, su madre, de labios húmedos, rojos como el vino! ¡Bien sabía lo que heredó de ella! Le transmitió su belleza y la pasión por la belleza de los demás. Sonreía en su vestido suelto de bacante, tenía hojas de parra en la cabellera, y un raudal de púrpura huía de la copa que sostenían sus dedos. La encarnación del cuadro se había apagado, pero los ojos permanecían maravillosos por su profundidad y por la brillantez del colorido. Parecían seguirle en su paseo.

Tenemos antepasados en literatura, como en nuestra propia raza, más cercanos quizás en tipo y temperamento, y muchos ejercen sobre nosotros una influencia más consciente. Algunas veces a Dorian Gray le parecía que la historia del mundo no era sino la de su vida, no como la había él vivido en acciones y hechos, sino como la creó en su imaginación, como fue en su cerebro, en sus pasiones. Se imaginaba que había conocido a todas aquellas extrañas y terribles figuras que pasaron por la escena del mundo, haciendo tan seductor el pecado y tan sutil el mal; le parecía que por misteriosos caminos, la vida de aquellos fue la suya.

El héroe de la maravillosa novela que influyó tanto en su vida, conocía por sí mismo aquellos sueños extraños. Cuenta en el capítulo VII cómo se sentó lo mismo que Tiberio, coronado de laurel para que el rayo no le alcanzase, en un jardín de Capri, leyendo los libros obscenos de Elefantina, mientras unos gnomos y unos pavos reales se contoneaban a su alrededor, y el tocador de flauta se reía del que incensaba. Como Calígula, bromeó en las cuadras con los palafreneros de camisas verdes, y comió en un pesebre de marfil con un caballo de frontal de piedras preciosas. Como Domiciano, se había paseado por galerías rodeadas de espejos de mármol, alucinados los ojos al pensar en el cuchillo que debía terminar sus días, enfermo de tedio, de ese *taedium vitae* que se apodera de aquellos a quienes la vida no ha negado nada. Contempló a través de una clara esmeralda, las sangrientas carnicerías del Circo, y en una litera de perlas y de púrpura, tirada por mulas con herraduras de plata, le condujeron por la Vía de las Granadas a la Casa de Oro, y oyó gritar a los hombres a su paso: "¡Nero Caesar!". Como Heliogábalo, se pintó la cara, hiló en la rueca entre las mujeres e hizo traer la Luna desde Cartago para unirla al Sol en unos esponsales místicos.

Dorian releía una y otra vez aquel capítulo fantástico y los dos siguientes, donde, como en un curioso tapiz o como con esmaltes hábilmente engastados, se describían las figuras terribles y bellas de aquellos que el Vicio, y la Sangre y el Tedio hicieron dementes o monstruosos: Filippo, duque de Milán, que mató a su esposa y pintó sus labios con un veneno escarlata para que su amante absorbiese la muerte al besar los restos que idolatró; Pietro Barbi, el Veneciano, llamado Pablo II, que vanidosamente quiso tomar el título de *Formosus*, y cuya tiara, evaluada en doscientos mil florines, fue el precio de un terrible pecado; ¡Gian Maria Visconti, que usaba lebreles para cazar hombres, y cuyo cadáver destrozado cubrió de rosas una ramera que le había amado. Y Borgia sobre su blanco corcel, galopando a su lado el Fratricida, con su manto teñido en la sangre de Perotto; Pietro Riario, el joven cardenal, arzobispo de Florencia, hijo y favorito de Sixto IV, cuya belleza sólo fue igualada por su desenfreno, y que recibió a Leonora de Aragón bajo un dosel de seda blanca y carmesí, cubierto de ninfas y centauros, acariciando a un adolescente que le servía en las fiestas como de Ganimedes o Hylas; Ezzelino, cuya melancolía no se curaba más que con el espectáculo de la muerte, y que sentía una pasión por la sangre como otros la tienen por el vino. Ezzelino —hijo del demonio, según se dijo—, que hizo trampas a su padre a los dados cuando le estaba jugando su alma! Y Giambattista Cibo, que adoptó por mofa el nombre de Inocente, en cuyas impuras venas fue inoculada, por un doctor judío, la sangre de tres adolescentes; Segismundo Malatesta, amante de Isotta y señor de Rímini, cuya efigie fue quemada en Roma como enemigo de Dios y de los hombres, que estranguló a Polyssena con una servilleta, dio a beber veneno a Ginebra de Este en una copa de esmeralda, y levantó una iglesia pagana para la adoración de Cristo, en honor de una pasión vergonzosa! Y aquel Carlos VI, que amó tan frenéticamente a la mujer de su hermano, a quien un leproso advirtió del crimen que iba a cometer; Carlos VI, cuya pasión demente sólo pudo ser refrendada por unos naipes sarracenos, en los que estaban pintadas imágenes del amor, de la Muerte y de la Locura. También evocaba, con su jubón adornado, su sombrero guarnecido de joyas y sus cabellos rizados como acantos, a Grifonetto Baglioni, que mató a Astorre y a su prometida, a Simonetto y a su paje, pero cuya gracia era tal, que cuando le hallaron moribundo en la plaza amarillenta de Perusa, los que le odiaban no pudieron por menos de llorarle, y Atalanta, que le habla maldecido, le bendijo!

¡Una horrible fascinación se desprendía de todos ellos! Se le aparecieron de noche, y turbaron su imaginación durante el día. El Renacimiento conoció extrañas maneras de envenenar: con un casco o con una antorcha encendida, con un guante bordado o con un abanico cubierto de diamantes, con una bola de perfume delicioso o con una cadena de ámbar... A Dorian Gray le había envenenado un libro! En ciertos momentos consideraba simplemente el Mal como un medio necesario para la realización de su concepto de la belleza.

CAPÍTULO XII

Era el 9 de noviembre, la víspera del día en que cumplía treinta y ocho años, como más tarde recordó a menudo.

Salía a eso de las once de casa de lord Henry, donde había cenado, e iba envuelto en gruesas pieles por ser la noche muy fría y brumosa. En la esquina de Grosvenor Square y de South Audley Street, un hombre pasó a su lado entre la niebla, andando muy de prisa, con el cuello de su gabán gris levantado. Llevaba una maleta en la mano. Dorian le reconoció. Era Basil Hallward. Un extraño sentimiento de miedo, que no pudo explicarse, se apoderó de él. Hizo como si no le conociera, y siguió rápidamente su camino en dirección a su casa.

Pero Hallward le había visto. Dorian observó que se detenía en la acera, llamándole. Un momento después apoyaba la mano sobre su brazo:

—¡Dorian! ¡Qué inesperada casualidad! Le he esperado a usted en su biblioteca hasta las diez. Compadecido del criado, rendido de cansancio, le dije al irme que se fuera a acostar. Marcho a París en el tren de las doce, y tenía verdadero deseo de verle antes de mi partida. Me pereció que era usted, o, por lo menos, su gabán de pieles, cuando nos hemos cruzado. Pero no estaba seguro. ¿No me reconoció?

—Hay mucha niebla, querido Basil; apenas podía reconocer Grosvenor Square. Creo que mi casa está por aquí, pero no sé dónde. Siento mucho que se marche usted, porque hace un siglo que no le veo. Pero supongo que volverá pronto.

—No; estaré fuera de Inglaterra durante seis meses, tengo intención de alquilar un estudio en París y aislarme hasta que termine un gran cuadro que proyecto. Sin embargo, no era de mí de quien quería hablarle. Ya estamos delante de su puerta. Permítame entrar un momento; tengo algo que decirle.

—Encantado. Pero, ¿no perderá su tren? —dijo Dorian Gray con indiferencia subiendo los escalones y abriendo la puerta con su llavín.

La luz del farol luchaba contra la niebla. Hallward sacó su reloj.

—Tengo tiempo suficiente —replicó—. El tren no sale hasta las doce y quince, y sólo son las once. Además, iba al club a buscarle cuando le encontré. Y como verá usted, no tengo que esperar por mi equipaje; lo he mandado por adelantado; no llevo conmigo más que esta maleta, y puedo ir con toda comodidad de aquí a la estación Victoria en veinte minutos.

Dorian le contempló sonriente.

—¡Vaya una indumentaria de viaje para un pintor elegante! ¡Una maleta americana y un gabán saco! Entre usted, porque la niebla va a invadir el vestíbulo. Y no olvide que no se debe hablar de cosas serias! No hay nada serio hoy día o, al menos, ya no puede serlo.

Hallward movió la cabeza mientras entraba y siguió a Dorian a la biblioteca. Un claro fuego de leños brillaba en la chimenea de campana. Las luces seguían encendidas, y una licorera holandesa de plata, unos sifones y unos largos vasos de cristal tallado estaban dispuestos sobre una mesita de marquetería.

—Ya ve usted que su criado me instaló como en mi casa, Dorian. Me dio cuanto necesitaba, incluso sus mejores cigarrillos de boquilla dorada. Es un hombre muy hospitalario y me gusta más que aquel francés que tenía usted antes. Por cierto, ¿qué ha sido de él?

Dorian se encogió de hombros.

—Creo que se ha casado con la doncella de lady Radley y que la ha establecido como modista inglesa. La *anglomanie* está muy de moda por allí, según parece. Es absurdo en los franceses, ¿verdad? Pero, después de todo, no era mal criado. No me gustó nunca, pero no tuve nunca de qué quejarme. Cree uno a veces cosas absurdas. Me era muy fiel y parecía muy apenado cuando se fue. ¿Otro brandy con soda? ¿Prefiere usted vino del Rhin con agua de seltz? Yo lo tomo siempre. Con seguridad lo hay en la habitación de al lado.

—Gracias, no quiero ya nada —dijo el pintor, quitándose el sombrero y el gabán y echándolos sobre la maleta que había colocado en un rincón—. Y ahora, mi querido amigo, quiero hablarle seriamente. No se ponga así, porque hace usted mi misión doblemente difícil.

—¿Qué es? —exclamó Dorian con su viveza acostumbrada, echándose sobre el sofá—. Supongo que no se tratará de mí. Estoy cansado de mí mismo esta noche. Quisiera estar en la piel de otro.

—A propósito, de usted era —respondió Hallward con voz grave y conmovida—. Es preciso que se lo diga. Le voy a ocupar media hora únicamente.

Dorian, lanzando un suspiro, encendió un cigarrillo y murmuró:

—¡Media hora!

—No es demasiado para interrogarle, Dorian, y hablo exclusivamente en interés suyo. Creo conveniente que se entere de las cosas horribles que se cuentan de usted en Londres.

—No deseo conocerlas. Me apasionan los escándalos de los demás pero los que me conciernen no me interesan nada. No tienen el mérito de la novedad.

—Deben interesarle, Dorian. Todo caballero está interesado por su buen nombre. No querrá que se hable de usted como de alguien envilecido y deshonrado. Es cierto que usted tiene categoría, fortuna y todo lo demás. Pero la categoría y la fortuna no lo son todo. Como comprenderá, yo no creo ninguno de esos rumores. Y además, no puedo creerlos en cuanto le veo a usted. El vicio se inscribe por sí mismo sobre el rostro de un hombre. No puede estar oculto. Se habla a veces de vicios secretos; no los hay. Si un hombre corrompido tiene un vicio, éste se ve claro en las líneas de su cara, en la caída de sus párpados o hasta en la forma de sus manos. Cierto individuo, no diré su nombre, pero usted le conoce, me fue a ver el año pasado para rogarme que le hiciese su retrato. Yo no le había visto jamás y no había oído decir nada de él todavía; después lo he sabido. Me ofreció un precio fabuloso y yo me negué. Había algo en el contorno de sus dedos que yo execraba. Ahora sé que eran perfectamente ciertas mis suposiciones: su vida es un horror. Pero de usted, Dorian, con ese rostro puro, resplandeciente, inocente, con esa maravillosa e inalterable juventud, de usted no puedo creer nada malo. Y sin embargo, le veo poquísimas veces; ya no va nunca por mi estudio, y cuando estoy lejos de usted, cuando oigo esas ignominiosas murmuraciones que circulan sobre su persona, ya no sé qué decir. ¿Por qué, Dorian, un hombre como el duque de Berwick abandona el salón del club en cuanto usted entra? ¿Por qué tantas personas en Londres no quieren venir a su casa ni invitarle a las suyas? Era usted amigo de lord Staveley. Le he visto en una comida la semana última. Su nombre, Dorian, fue pronunciado en el transcurso de la conversación a propósito de esas miniaturas que usted ha prestado a la exposición de Dudley. Staveley hizo un gesto despreciativo, y dijo que usted podría tener mucho gusto artístico, pero que era un hombre que no se podía presentar a ninguna muchacha honrada ni poner en presencia de ninguna mujer casta. Le recordé que era amigo suyo y le pregunté lo que quería decir. Me lo dijo. Me lo dijo en la cara, delante de todo el mundo. ¡Era horrible! ¿Por qué su amistad es tan fatal para los jóvenes? Ese pobre muchacho que servía en la Escolta y que se suicidó era muy amigo suyo. Sir Henry Ashton, que tuvo que marcharse de Inglaterra con su apellido deshonrado, era inseparable de usted. ¿Qué decir de Adrian Singleton y de su triste fin? ¿Qué decir del hijo único de lord Kent y de su carrera comprometida? Vi ayer al padre por Saint James Street. Me pareció abrumado de vergüenza y de dolor. ¿Qué decir asimismo del joven duque de Perth? ¿Qué vida lleva ahora? ¿Qué caballero le admitiría como amigo?

—Basta, Basil; habla usted de cosas que no sabe —dijo Dorian Gray, mordiéndose los labios y con un tono de infinito desprecio en la voz.

—¿Me pregunta usted por qué Berwick se va de un sitio cuando entro yo? Pues porque conozco toda su vida y no porque él conozca nada de la mía. Con una sangre como la que lleva en las venas, ¿qué importancia tiene lo que haga? ¿Me pregunta usted sobre Henry Ashton y sobre el joven Perth? ¿Acaso enseñé yo al uno sus vicios y al otro sus libertinajes? Si el hijo imbécil de Kent escoge su mujer en la calle, ¿qué tengo yo que ver con eso? Si Adrian Singleton firma cheques con los nombres de sus amigos, ¿soy yo su preceptor? Sé cómo se murmura en Inglaterra. Los burgueses hacen a los postres ostentación de sus prejuicios morales, y se comunican por lo bajo lo que ellos llaman el libertinaje de sus superiores, a fin de hacer creer que son del gran mundo y que están en la mejor armonía con aquellos que calumnian. En este país, basta que un hombre tenga distinción y cerebro para que cualquier mala lengua se ensañe con él. ¿Y qué clase de vida llevan esos individuos que se presentan como modelos de moralidad? Mi querido amigo, olvida usted que estamos en la patria de la hipocresía.

—¡Dorian! —exclamó Hallward—, eso es apartarse de la cuestión. Inglaterra es bastante ruin, ya lo sé, y la sociedad inglesa tiene toda la culpa. Precisamente por eso necesito saber que usted es intachable. Y no lo ha sido. Hay derecho para juzgar a un hombre por la influencia que tiene sobre sus amigos: los suyos parecen perder todo sentimiento de honor, de bondad, de pureza. Les inculca usted una locura de placer. Se han precipitado en abismos, y usted los ha dejado. Sí, les ha abandonado, y usted puede sonreír todavía como sonríe en este momento. Y hay algo peor. Sé que usted y Harry son inseparables, y por esa razón, ya que no por otra, no hubiera usted debido hacer del nombre de su hermana un objeto de burla.

—¡Tenga cuidado, Basil; va usted demasiado lejos! Es necesario que hable y es necesario que me escuche!

—¡Escúcheme usted! Cuando conoció a lady Gwendolen, ningún rumor escandaloso le había envuelto. ¿Hay hoy una sola mujer respetable en Londres que quiera dejarse ver con ella en coche por el Parque? ¡Ni sus mismos hijos pueden vivir con ella!

Luego hay raras historias: cuentan que se le ha visto a usted al amanecer salir furtivamente de casas infames y penetrar sigilosamente, disfrazado, en las más inmundas guaridas de Londres. ¿Son ciertas, pueden ser ciertas esas historias? Cuando las oí por primera vez me eché a reír. Ahora las oigo y me estremezco. ¿Qué es su casa de campo y cuál la vida que en ella se hace? Dorian, usted no sabe lo que se dice de su persona. No diré yo que no quiero sermonearle. Me acuerdo de Harry, afirmando una vez que cualquier hombre que se erigía en predicador, empezaba siempre por decir eso y se apresuraba enseguida a faltar a su palabra. Yo deseo sermonearle. Querría verle a usted llevar una vida que hiciera que el mundo le respetase. Quisiera que tuviese usted un nombre intachable y una reputación inequívoca. Quisiera que se desembarazase de esa gente repugnante con la que trata. No se encoja de hombros. No se quede tan tranquilo. Su influencia es grande; empléela en el bien y no en el mal. Dicen que corrompe usted a todos aquellos con quienes intima, y que basta que entre en una casa para que todas las infamias le sigan. No sé si es verdad o no. ¿Cómo voy a saberlo? Pero eso murmuran. Me han dado detalles por los cuales parece imposible dudar. Lord Gloucester era uno de mis íntimos amigos en Oxford. Me enseñó una carta que su mujer le había escrito moribunda y aislada en su villa de Menton. Su nombre estaba mezclado a la confesión más terrible que he leído. Le dije que aquello era absurdo, que le conocía a usted a fondo y que era incapaz de semejantes cosas. ¡Conocerle a usted! Querría conocerle. Pero para esto sería necesario que viese su alma.

—¡Ver mi alma! —murmuró Dorian Gray irguiéndose en el sofá y palideciendo de terror.

—Sí —respondió Hallward gravemente, con una profunda emoción en la voz—, ver su alma ¡Pero sólo Dios puede verla!

Una risa de amarga burla se desgranó en los labios del más joven de los dos hombres.

—¡Usted también la verá esta noche! —gritó, levantándose y cogiendo la lámpara—. Venga usted; es la obra de sus propias manos. ¿Por qué no iba a verla? Podrá contárselo a todo el mundo si quiere. Nadie le creerá. Y si le creen, me amarán todavía más. Conozco nuestra época mejor que usted, aunque usted discursee tan fastidiosamente. ¡Venga, le digo! Bastante ha perorado sobre la corrupción. ¡Ahora va a contemplarla cara a cara!

Se notaba como una locura orgullosa en cada palabra que profería. Golpeaba el suelo con el pie, siguiendo su habitual y pueril insolencia. Sintió una alegría espantosa al pensar que otro compartiría su secreto, y que el hombre que había pintado el cuadro, origen de su deshonra, estaría toda su vida abrumado por el horroroso recuerdo de lo que había hecho.

—Sí —continuó acercándose a él y mirando fijamente sus ojos severos—. ¡Voy a enseñarle mi alma! ¡Va a ver eso que sólo a Dios es dado contemplar, según usted!

Hallward retrocedió.

—¡Eso es una blasfemia, Dorian! —exclamó—. ¡No se deben decir tales cosas! Son horribles y no significan nada...

—¿Cree usted eso? —y rió de nuevo.

—Estoy seguro. Lo que le he dicho esta noche es por su bien. Ya sabe que siempre he sido para usted un fiel amigo.

—¡No se acerque usted!... Acabe lo que tenía que decir.

Una contracción dolorosa alteró los rasgos del pintor. Se detuvo un instante, y una ardiente compasión se apoderó de él. Después de todo, ¿qué derecho tenía a inmiscuirse en la vida de Dorian Gray? Si había hecho la décima parte de lo que decían, ¡cuánto debió sufrir! Entonces se levantó, fue hacia la chimenea y, colocándose delante del fuego contempló los leños encendidos, de ceniza blanca como escarcha, y la palpitación de las llamas.

—Estoy esperando, Basil —dijo el joven con voz dura y retumbante.

Se volvió.

—Lo que tengo que decir es esto—exclamó—. Es preciso que me dé una contestación a las horribles acusaciones dirigidas contra usted. Si me dice que son completamente falsas desde el principio hasta el fin, le creeré. ¡Desmiéntalas usted, Dorian, desmiéntalas! ¿No ve lo que va a ser de mí? ¡Dios mío! ¡No me diga usted que es malo y corrompido y está lleno de oprobio!

Dorian Gray sonrió; sus labios se arquearon con un gesto de satisfacción.

—Suba usted conmigo, Basil —dijo tranquilamente—; llevo un diario de mi vida día por día, y no sale nunca de la habitación donde lo escribo; se lo enseñaré si viene conmigo.

—Iré con usted si así lo desea, Dorian. Veo que he perdido mi tren. Esto no tiene importancia; saldré mañana. Pero no me pida usted que lea nada esta noche. No necesito más que una respuesta a mis dudas.

—Se la daré allá arriba: me es imposible dársela aquí. No es largo de leer.

CAPÍTULO XIII

Salió de la habitación y empezó a subir, seguido de Basil Hallward. Marchaban sin hacer ruido casi, como se anda instintivamente de noche. La lámpara proyectaba fantásticas sombras sobre la pared y en la escalera. Corrió un poco de viento que hizo crujir las ventanas.

Cuando llegaron al último descansillo, Dorian dejó la lámpara en el suelo, y cogiendo su llave, la hizo girar en la cerradura.

—¿Insiste usted en saber, Basil? —preguntó en voz baja.

—¡Sí!

—Me alegro infinito —respondió sonriente.

Después añadió con algo de brusquedad:

—Es usted el único hombre del mundo que tiene derecho a saber todo lo que me sucede. Ha ocupado más sitio en mi vida del que piensa.

Y cogiendo la lámpara abrió la puerta y entró. Una corriente de aire frío les envolvió, y la llama, vacilante un momento, tomó un tinte anaranjado oscuro. Se estremeció.

—Cierre usted la puerta detrás —murmuró colocando la lámpara encima de la mesa.

Hallward miró a su alrededor, profundamente asombrado. La habitación parecía no haber sido habitada desde hacía varios años. Un tapiz flamenco descolorido, un cuadro tapado con una tela, un viejo arcón italiano y una gran estantería vacía formaban todo el mobiliario, con una silla y una mesa. Al encender Dorian una vela medio consumida que había sobre la chimenea, vio que todo estaba lleno de polvo en aquella estancia y el tapiz hecho jirones. Un ratón huyó asustado detrás de las vigas. Se percibía un olor a humedad, a moho.

—¿De modo que usted cree que sólo Dios puede ver el alma, Basil? Descorra esa cortina y va usted a ver la mía!

Su voz era fría y cruel.

—¿Está usted loco, Dorian, o es que representa una farsa? —murmuró el pintor frunciendo las cejas.

—¿No se atreve usted? La quitaré yo mismo —dijo el joven arrancando la cortina de su varilla y tirándola al suelo.

Un grito de espanto salió de los labios del pintor cuando vio a la débil claridad de la vela la horrible cara, que parecía gesticular sobre el lienzo. Vio en aquella expresión algo que le llenó de repulsión y de terror. ¡Cielos! ¿Aquello podía ser su cara, la propia cara de Dorian Gray? Lo execrable, por mucho que fuera, no había corrompido aquella belleza maravillosa. Quedaba oro en la clarísima cabellera, y la boca, sensual, conservaba aún su color escarlata. Los ojos, hinchados, ostentaban algo de la pureza de su azul, y la curva elegante de su nariz, finamente dibujada, y del cuello, vigorosamente modelado, no habían desaparecido del todo. Sí, aquél era el mismo Dorian. Pero, ¿quién hizo aquello? Le pareció reconocer su pintura, y el marco era el que él había dibujado. La visión monstruosa le aterró. Cogió la vela y la acercó al lienzo. En la esquina izquierda estaba trazado su nombre en vivas letras de bermellón puro. Era una odiosa parodia, una infame e innoble sátira. El no hizo aquello nunca. Sin embargo, era su propio cuadro. Lo veía, y le pareció que su sangre, ardiente hacía un momento, se le helaba de pronto. ¡Su propio cuadro! ¿Qué quería decir? ¿Por qué aquella transformación?

Se volvió mirando a Dorian con ojos de loco. Sus labios temblaban, y su lengua, seca, no podía articular ni una sola palabra. Se pasó la mano por la frente, empapada de sudor frío.

El joven estaba apoyado en la campana de la chimenea, contemplándole con la extraña expresión que se observa en el rostro de los que miran absortos la escena cuando representa un gran artista. No era ni de un dolor ni de una alegría verdaderos. Era la expresión de un espectador, unida quizá al brillo triunfal de sus ojos. Quitándose la flor del ojal, la aspiraba con afectación.

—¿Qué quiere decir todo esto? —exclamó por fin Hallward. Su propia voz resonó con tono desusado en sus oídos.

—Hace años, cuando yo era niño —dijo Dorian Gray estrujando la flor en su mano—, usted me aduló y me enseñó a sentir orgullo de mi belleza. Un día me presentó a uno de sus amigos, que me explicó el milagro de la juventud, y usted hizo ese retrato, que me reveló el milagro de la belleza. En un momento de locura, que ahora mismo no sé si siento o no haber tenido, hice una promesa, que quizá usted llamará ruego...

—¡La recuerdo! ¡Oh, cómo la recuerdo! ¡No! ¡Es imposible! Esta habitación es húmeda, se ha formado moho sobre el lienzo. Los colores que empleé eran seguramente de mala composición. ¡Le digo que es imposible!

—¡Ah! ¿Hay algo imposible? —murmuró el joven yendo hacia la ventana y apoyando su frente en los cristales helados.

—¿No me dijo que lo había destruido?

—¡Estaba equivocado; ha sido él quien me ha destruido!

—No consigo creer que ese sea mi cuadro.

—¿No puede usted reconocer su ideal? —dijo Dorian con amargura.

—Mi ideal, como le llama...

—¡Como usted le llamaba!

—No había nada malo en él, nada deshonroso; era usted para mí un ideal que ya no volveré a encontrar nunca. Y esta es la fisonomía de un sátiro.

—¡Es la fisonomía de mi alma!

—¡Señor! ¡Qué cosa he idolatrado! ¡Esos son los ojos de un demonio!

—Cada uno de nosotros lleva en sí el cielo y el infierno, Basil—exclamó Dorian con un gesto de salvaje desesperación.

Hallward se volvió hacia el retrato y lo contempló.

—¡Dios mío! ¡Si es cierto —dijo— y si eso es lo que ha hecho en su vida, debe usted ser todavía más perverso de lo que imaginan los que le vituperan!

Aproximó de nuevo la vela para examinar mejor el lienzo. La superficie parecía no haber sufrido ninguna alteración; estaba tal como la dejó. Era de dentro, en apariencia, de donde surgían la vergüenza y el horror. Por medio de una extraña vida interior, la lepra del pecado parecía corroer aquella cara. ¡La putrefacción de un cuerpo en el fondo de una tumba húmeda era menos espantosa!

Su mano experimentó un temblor, y la vela cayó del candelabro sobre la alfombra y allí se aplastó. Poniéndola el pie encima, la apartó de su lado. Después se dejó caer en el sillón al lado de la mesa y hundió la cara entre sus manos.

—¡Bondad divina! ¡Dorian, qué lección! ¡Qué terrible lección!

No obtuvo respuesta, pero pudo oír al joven que sollozaba en la ventana.

—¡Recemos. Dorian, recemos! —murmuró—. ¿Qué nos han enseñado a decir en nuestra infancia? "¡No nos dejes caer en la tentación; perdónanos nuestros pecados; purifícanos de nuestras iniquidades!" Repitámoslo juntos. La oración de su orgullo ha sido escuchada, ¡la oración de su arrepentimiento será escuchada también! ¡Le he adorado a usted demasiado! Estoy castigado. Se ha amado usted a sí mismo demasiado. ¡Nos vemos castigados ambos!

Dorian Gray se volvió lentamente, y mirándole con ojos empañados de lágrimas, balbuceó:

—¡Es demasiado tarde, Basil!

—¡Nunca es demasiado tarde, Dorian! Arrodillémonos e intentemos recordar una oración. ¿No hay un versículo que dice: "Aunque vuestros pecados sean como la grana, yo los volveré blancos como la nieve?".

—¡Ahora esas palabras no tienen ya sentido para mí!

—¡Ah! No diga eso. Bastante mal ha hecho ya en su vida. ¡Dios mío! ¿No ve usted esa maldita cara que nos contempla?

Dorian Gray miró al retrato, y de pronto un indefinible sentimiento de odio hacia el pintor se apoderó de él, como si le fuese sugerido por aquella figura pintada sobre el lienzo, murmurado a su oído por aquellos labios contorsionados. ¡Los salvajes instintos de una fiera acosada se despertaban en él, y aborreció a aquel hombre sentado ante la mesa como no aborreció nada en la vida!

Miró ferozmente a su alrededor. Un objeto relucía sobre el cofre pintado, enfrente de él. Su mirada se detuvo. Recordó lo que era: un cuchillo que había subido días antes para cortar una cuerda, y que se olvidó llevar. Avanzó suavemente, pasando muy cerca de Hallward. Cuando llegó a su espalda, cogió el cuchillo y se volvió. Hallward hizo un movimiento como para levantarse del sillón. Dorian saltó sobre él y le hundió el cuchillo detrás de la oreja, cortando la carótida, aplastando la cabeza contra la mesa, descargando golpes furiosos. Se oyó un gemido ahogado y el ruido horrible de la sangre en la garganta. Por tres veces los brazos se alzaron convulsivamente, agitando en el vacío dos manos de crispados dedos. Le hirió dos veces más, pero el pintor no se movió ya. Algo empezó a chorrear sobre el suelo. Se paró un momento, apoyándose siempre sobre la cabeza. Después tiró el cuchillo sobre la mesa y escuchó.

No oyó más que un ruido de gotas cayendo despacio sobre la alfombra usadísima. Abrió la puerta y salió al rellano. La casa estaba completamente tranquila. No había nadie. Durante unos minutos permaneció inclinado sobre el pasamanos, intentando escudriñar la oscuridad profunda y silenciosa del vacío. Luego quitó la llave de la cerradura, entró de nuevo y se encerró en la habitación.

El hombre continuaba sentado en el sillón, tendido sobre la mesa, con la cabeza caída y la espalda dobladas con sus brazos largos y fantásticos. Si no hubiera sido por el agujero rojo y abierto del cuello y por el charco de coágulos negros que se extendía sobre la mesa, hubiera podido creerse que aquel hombre estaba dormido.

¡Qué de prisa sucedió aquello! Se sentía extrañamente tranquilo, y yendo hacia la ventana, la abrió y se asomó sobre el alféizar. El viento había barrido la niebla y el cielo era como la cola monstruosa de un pavo real, estrellado de miríadas de pupilas de oro. Miró a la calle y vio un policía que hacía su ronda, dirigiendo los largos rayos de luz de su linterna sobre las puertas de las casas silenciosas. La luz roja de un coche que pasaba alumbró la esquina de la calle y luego desapareció. Una mujer envuelta en un chal vaporoso se deslizó lentamente a lo largo de las verjas del parque; se acercaba tambaleándose. De vez en cuando se detenía para mirar atrás; después entonó una canción con voz enronquecida. El policía corrió hacia ella y la habló. Se marchó tropezando y echándose a reír. Un viento áspero recorrió la plaza. Las luces de los faroles vacilaron, empalidecidas, y los árboles desnudos entrechocaron sus ramas secas. Estremecido, entró, cerrando la ventana.

Cuando llegó a la puerta, hizo girar la llave en la cerradura y abrió. No había vuelto a mirar al hombre asesinado. Sintió que el secreto de todo aquello no cambiaría su situación. El amigo que pintó el retrato fatal a quien debía toda su miseria, estaba apartado de la vida. Era suficiente.

Entonces se acordó de la lámpara, curioso trabajo morisco, hecha de plata maciza, incrustada con arabescos de acero bruñido y adornada de gruesas turquesas. Quizás su criado notaría su falta y se haría preguntas. Dudó un instante; luego volvió a entrar y la cogió de la mesa. No pudo evitar mirar al muerto. ¡Qué tranquilo estaba! ¡Qué horriblemente blancas sus largas manos! Era una aterradora figura de cera.

Después de haber cerrado la puerta tras él, descendió por la escalera tranquilamente. Los escalones crujían bajo sus pies como si lanzasen gemidos.

Se detuvo varias veces y esperó. No, todo estaba en calma. No se oía más que el ruido de sus pisadas.

Cuando estuvo en la biblioteca vio la maleta y el gabán en un rincón. Era preciso esconderlos en alguna parte. Abrió un armario secreto disimulado en el zócalo de madera, donde guardaba sus extraños disfraces; allí guardó los objetos. Podría quemarlos fácilmente más adelante. Entonces sacó su reloj. Eran las dos menos veinte. Se sentó y se puso a reflexionar. Todos los años, todos los meses casi, se ahorcaba a individuos en Inglaterra por lo que él acababa de hacer. Flotó como un frenesí homicida en el aire. Alguna estrella roja debió aproximarse demasiado cerca de la tierra. Pero ¿qué pruebas habría contra él? Basil Hallward se fue de su casa a las once. Nadie lo vio entrar de nuevo. La mayor parte de los criados se hallaban en Selby Royal. El suyo estaba acostado. ¡París! Sí. Era París para donde salió Basil en el tren de las doce de la noche, como tenía pensado. Con su reservada manera de ser pasarían meses antes de que se suscitasen sospechas. ¡Meses! Todo podía estar destruido mucho antes.

Una idea repentina le cruzó por la imaginación. Se puso su abrigo y su sombrero y salió al vestíbulo. Allí se detuvo, escuchando el andar lento y pesado del policía por la acera de enfrente y viendo la luz de su linterna sorda, que se reflejaba en un balcón. Esperó, conteniendo la respiración. Después de un momento descorrió el pestillo y se deslizó fuera, cerrando la pueda suavemente. Luego llamó. Al cabo de unos minutos apareció su criado a medio vestir y adormilado.

Siento haberle despertado, Francis —dijo mientras entraba—; pero se me olvidó mi llavín ¿Qué hora es?

—Las dos y diez, señor —contestó el criado consultando el reloj y guiñando los ojos.

—¿Las dos y diez? ¡Me he retrasado enormemente! Será preciso que me despierte usted mañana a las nueve. Tengo que hacer.

—Muy bien, señor.

—¿Ha venido alguien esta noche?

—Míster Hallward, señor. Estuvo aquí hasta las once y luego se fue para tomar el tren

—¡Oh! Siento no haberle visto. ¿Ha dejado alguna carta?

—No, señor; dijo que le escribiría desde París, si no le encontraba en el club.

—Está bien, Francis. No se olvide usted de llamarme mañana a las nueve.

—No, señor.

El criado desapareció por el corredor arrastrando sus zapatillas.

Dorian Gray tiró su gabán y su sombrero sobre la mesa y entró en la biblioteca. Estuvo paseándose por la habitación durante un cuarto de hora, mordiéndose los labios y reflexionando. Después cogió de un estante una guía de direcciones y empezó a hojearla. «Alan Campbell, Hertford Street, Mayfair.» Sí; aquel era el hombre que necesitaba.

CAPÍTULO XIV

Al día siguiente, a las nueve de la mañana, entró su criado con una taza de chocolate sobre una bandeja y abrió las persianas. Dorian dormía muy apaciblemente, descansando sobre el lado derecho, con la mejilla apoyada sobre una mano. Parecía un adolescente cansado por el juego o por el estudio.

El criado tuvo que tocarle dos veces en el hombro antes que se despertase, y, cuando abrió los ojos, una débil sonrisa cruzó sobre sus labios como si hubiera estado sumido en algún sueño delicioso. Sin embargo, no había soñado nada. Su sueño no fue turbado por ninguna imagen de placer o de dolor. Pero la juventud sonríe sin motivo. Y este es uno de sus principales encantos.

Se volvió, y, apoyándose sobre el codo, empezó a beber a pequeños sorbos el chocolate. El suave sol de noviembre inundaba el cuarto. El cielo estaba despejado, y había una confortable tibieza en el aire. Era casi como una mañana de mayo. Poco a poco, los sucesos de la noche anterior invadieron su mente, deslizándose silenciosamente con pasos ensangrentados, y reconstruyéndose con terrible precisión. Tembló al recuerdo de todo lo que había sufrido, y por un instante el mismo extraño sentimiento de odio contra Basil Hallward que le impulsó a matarle cuando estaba sentado en el sillón le invadió de nuevo, dejándole helado y colérico. El muerto seguía aún allá arriba, y a pleno sol ahora. ¡Era horrible! Cosas tan atroces son para las tinieblas, no para la luz del día.

Sintió que si seguía pensando en lo sucedido enfermaría o se volvería loco. Había pecados cuyo encanto era mayor por el recuerdo que por el acto en sí mismo; extraños triunfos que satisfacían el orgullo más que las pasiones, y que daban a la inteligencia una viva alegría, mayor que la que proporcionaban o podían proporcionar a los sentidos. Pero aquel no era de esos. Era un recuerdo que debía borrar de su mente, aletargarlo con adormideras y ahogarlo, por último, para que no le ahogase a él.

Cuando sonó la media, pasó la mano por su frente, y después se levantó presuroso y se vistió con más esmero que de costumbre, escogiendo minuciosamente su corbata y su alfiler y cambiando varias veces de sortijas. Empleó también mucho tiempo en almorzar, probando de los diversos platos, hablando a su criado de una nueva librea que pensaba hacer a su servidumbre de Selby mientras abría su correspondencia. Una de las cartas le hizo sonreír. Tres le aburrieron. Releyó varias veces la misma y luego la rompió con un ligero gesto de cansancio en su rostro. «¡Qué cosa más terrible es la memoria de una mujer!», como había dicho una vez lord Henry».

Después de beber su taza de café negro, se limpió los labios pausadamente con la servilleta, hizo señas a su criado de que esperase, se sentó en la mesa y escribió dos cartas. Se metió una de ellas en el bolsillo y entregó la otra al criado.

—Lleve usted esto al ciento cincuenta y dos de Hertford Street, Francis, y si míster Campbell está fuera de Londres, pregunte su dirección.

En cuanto estuvo solo, encendió un cigarrillo y comenzó a hacer apuntes sobre una hoja de papel, dibujando primero flores, motivos arquitectónicos, y luego rostros humanos. De pronto notó que cada cara que trazaba parecía tener una semejanza fantástica con Basil Hallward. Frunció las cejas, y, levantándose, fue hacia la estantería y cogió un tomo al azar. Estaba dispuesto a no pensar más en lo sucedido hasta que no fuera absolutamente necesario.

Una vez tumbado sobre el diván, miró el título del libro. Era un ejemplar de *Esmaltes y camafeos,* de Gautier, la edición de Charpentier, hecho sobre papel Japón, e ilustrado con un aguafuerte de Jacquemart. La encuadernación era de cuero verde limón, con una retícula de oro, sembrada de granadas. Se lo había dado Adrian Singleton. Hojeándolo, su mirada cayó sobre el poema de la mano de Lacenaire, la mano fría y amarillenta *du supplice, encore mal lavée* [aún mal lavada de suplicio], de vello rojo y sus *doigts de faune* [dedos de fauno]. Contempló sus propios dedos blancos y alargados, y a pesar suyo, estremeciéndose levemente, continuó hasta llegar a estas deliciosas estrofas sobre Venecia:

> Sobre una gama cromática,
> goteando perlas su seno,
> la Venus del Adriático
> saca del agua su cuerpo blanquirrosado.
> Las cúpulas, sobre el azul de las ondas,
> según la frase de puro contorno,
> hínchanse cual mórbidas gargantas
> que levantan un suspiro de amor.
> El esquife atraca y me deja,
> enlazando su amarra al pilar,
> ante una fachada rosa,
> sobre el mármol de una escalinata.

¡Qué exquisito era aquello! Al leerlo parecía que se descendía por los verdes canales de la ciudad rosa y perla, sentado en una negra góndola de proa de plata y cortinas flotantes. Aquellas simples líneas parecían recordarle las largas franjas azul turquesa que se sucedían lentamente en el horizonte del Lido. El brillo repentino de los colores le evocaba las palomas de pechuga de iris y ópalo que revolotean en torno al *campanile*, combado como un panal de miel, o que se pasean con gracia majestuosa bajo las sombrías y polvorientas arcadas. Se recostó entornando los ojos, repitiéndose a sí mismo:

> *Devant une façade rose,*
> *Sur le marbre d'un escalier*
> [Ante una fachada rosa,
> sobre el mármol de una escalinata]

Toda Venecia estaba en aquellos dos versos. Recordó el otoño que pasó allí y el maravilloso amor que le hizo cometer tan deliciosas y delirantes locuras. Hay pasiones románticas en todas partes. Pero Venecia, como Oxford, conserva un fondo de novela, y para el verdadero romántico, el fondo lo es todo, o casi todo. Basil le acompañó allí una temporada, apasionándose por el Tintoretto. ¡Pobre Basil! ¡Qué horrible muerte la suya!

Suspiró, y volvió a coger el libro, intentando olvidar. Leyó aquellos versos sobre las golondrinas del pequeño café en Esmirna, entrando y saliendo de allí mientras los *hadjis*, sentados alrededor, pasan las cuentas de ámbar de sus rosarios, y los mercaderes, enturbanados, fuman sus largas pipas de borlas y conversan gravemente entre ellos; leyó versos sobre las del Obelisco de la plaza de la Concordia, que lloran lágrimas de granito en su solitario destierro sin sol, languidecientes de no poder volver a las proximidades del Nilo, ardoroso y cubierto de lotos, donde están las Esfinges, los ibis rosados y rojos, los buitres blancos de garras de oro, los cocodrilos de pequeños ojos de berilo que se arrastran por el légamo verde y humoso; empezó a soñar sobre aquellos versos que dibujan musicalmente un mármol manchado de besos y hablan de esa curiosa estatua que Gautier compara con una voz de contralto, el *monstre charmant* [monstruo encantador] acostado en la sala de pórfido del Louvre. Pero al poco rato el libro se le cayó de la mano. Estaba nervioso, y un acceso de terror le sobrecogió. ¿Y si Alan Campbell estaba ausente de Inglaterra? Pasarían días antes que pudiera regresar. Quizá se negase a venir. ¿Qué podía hacer entonces? Cada instante tenía una importancia vital. Habían sido muy amigos cinco años antes, casi inseparables, en efecto. Después su intimidad terminó repentinamente. Ahora, cuando se encontraba en sociedad, tan solo Dorian Gray sonreía; Alan Campbell, nunca.

Era un muchacho inteligente, aunque no apreciase nada las artes plásticas; tenía cierto sentido de la belleza poética, transmitido enteramente por Dorian. Su pasión intelectual dominante era la ciencia. En Cambridge había empleado la mayor parte de su tiempo en trabajos de laboratorio, conquistando un buen número dentro de su promoción en Ciencias Naturales. Todavía era muy aficionado al estudio de la Química, y tenía un laboratorio particular, en donde solía encerrarse durante todo el día, con gran contrariedad de su madre, que había soñado para él un puesto en el Parlamento, y que tenía una vaga idea de que un químico era un hombre que componía recetas. Era un excelente músico además, y tocaba el violín y el piano mejor que la mayoría de los aficionados. En realidad, la música fue lo que primeramente les hizo intimar, la música y aquella indefinible atracción que Dorian parecía ejercer cada vez que lo deseaba, y que realmente ejercía a menudo hasta de una manera inconsciente. Se conocieron en casa de lady Barkshire la noche en que Rubinstein tocó allí, y desde entonces se les solía ver siempre juntos en la Ópera y en los sitios donde se oía buena música. Aquella intimidad duró dieciocho meses. Campbell estaba siempre en Selby Royal o en la plaza Grosvenor. Para él, como para otros muchos, Dorian Gray era la encarnación de todo cuanto hay de maravilloso y fascinante en la vida. Nadie supo nunca si hubo alguna disputa entre ellos. Pero, de pronto, la gente notó que apenas si se hablaban cuando estaban juntos y que Campbell parecía irse siempre de los sitios donde estuviera presente Dorian Gray. Aquel había cambiado también. Tenía extrañas melancolías, aparentaba detestar casi la música, y ya no quería tocar, alegando como disculpa, cuando le hablaban de ello, que sus estudios científicos le absorbían tanto que no le quedaba tiempo para practicar. Y esto era verdad. Cada día parecía interesarle más la Biología y su nombre aparecía citado varias veces en algunas revistas científicas a propósito de curiosos experimentos.

Este era el hombre a quien esperaba Dorian Gray. Miraba a cada segundo al reloj. A medida que transcurrían los minutos iba excitándose horriblemente. Por último, se levantó y empezó a recorrer la habitación, como si fuera un bello ser enjaulado. Daba furtivas zancadas. Sus manos estaban singularmente frías.

La espera resultaba intolerable. El tiempo le parecía deslizarse con pies de plomo, mientras él se sentía transportado por una monstruosa ráfaga al borde de un sombrío precipicio. Sabía lo que le esperaba allí; lo veía realmente, y de pronto comprimió con manos sudorosas sus párpados abrasadores, como para destruir su vista y hundir en sus órbitas los globos de sus ojos. Era inútil. Su cerebro se nutría de sí mismo, y la imaginación, convertida en grotesca por el terror, se desarrollaba en contorsiones, dolorosamente desfigurada, bailando ante él como un pelele inmundo y gesticulando con máscaras patéticas. Entonces, súbitamente, el tiempo se detuvo para él, y aquella fuerza ciega, de pausado aliento, cesó en su hormigueo, y durante esta muerte del tiempo, horribles pensamientos corrieron ágilmente ante él, mostrando un porvenir horrendo. Al contemplarlo, el espanto le dejó petrificado.

Por fin se abrió la puerta y entró su criado. Volvió hacia él sus ojos enloquecidos.

—Míster Campbell, señor —dijo el sirviente.

Un suspiro de alivio se escapó de sus labios secos, y volvió el color a sus mejillas.

—Dígale que pase enseguida, Francis.

Sintió que volvía a recobrar el dominio de sí mismo. Su acceso de cobardía había desaparecido.

El criado se inclinó y salió. Instantes después entraba Alan Campbell, con aspecto muy severo y más bien pálido, aumentada su palidez por el negro vivo de su pelo y de sus cejas.

—¡Alan! Ha sido usted muy amable. Gracias por haber venido.

—Tenía el propósito de no volver a entrar jamás en su casa, Gray. Pero como decía usted que era cuestión de vida o muerte.

Su voz era dura y fría. Hablaba despacio. Había una expresión de desprecio en su mirada, firme y escrutadora, fija sobre Dorian. Con las manos en los bolsillos de su abrigo de astracán, parecía no darse cuenta de la acogida.

—Sí; es una cuestión de vida o muerte, Alan, y para más de una persona. Siéntese.

Campbell cogió una silla de la mesa, y Dorian se sentó enfrente. Los ojos de los dos hombres se encontraron. En los de Dorian había una infinita compasión. Sabía que lo que iba a hacer era ignominioso.

Después de un penoso silencio, se inclinó sobre la mesa, y dijo muy tranquilamente, pero observando el efecto de cada palabra en la cara de aquel a quien había hecho llamar.

—Alan, en una habitación cerrada con llave, en el último piso de esta casa, habitación en la que nadie más que yo ha entrado, hay un hombre muerto, sentado ante una mesa. Ha muerto hará unas diez horas. No se mueva y no me mire de esa manera. Quién es ese hombre, por qué y cómo ha muerto son cuestiones que no le atañen a usted. Lo que tiene que hacer es lo siguiente...

—¡Basta, Gray! No quiero saber nada más. Que lo que usted acaba de decirme, sea o no cierto, no me importa. Me niego por completo a ser mezclado en su vida. Guárdese sus horribles secretos. Ya no me interesan.

—Alan, tendrán que interesarle. Este le interesa. Lo siento terriblemente por usted, Alan. Pero no puedo evitarlo. Es usted el único hombre que puede salvarme. Me veo obligado a mezclarle en este asunto. No me queda opción. Alan, usted es un sabio. Conoce la química y cuanto se relaciona con ella. Ha hecho usted experimentos. Lo que tiene usted que hacer es destruir el cuerpo que está allá arriba, destruirlo para que no quede ningún vestigio. Nadie ha visto a esta persona entrar en la casa. Se le supone en estos momentos en París. No notarán su ausencia en varios meses. Cuando la noten, no quedará aquí ningún vestigio. Usted, Alan, debe convertirlo a él y a todo lo que le pertenece en un puñado de cenizas que pueda yo esparcir al viento.

—¡Está usted loco, Dorian!

—¡Ah! Ya sabía yo que me llamaría Dorian.

—Está usted loco, le repito; loco al imaginar que yo quiera mover un dedo para ayudarle; loco al hacer esa monstruosa confesión. No quiero tener nada que ver con ese asunto, sea el que sea. ¿Cree que voy a arriesgar mi reputación por usted? ¿Qué me importa lo que signifique para usted esa obra diabólica que realiza?

—Se ha suicidado, Alan.

—Me alegro. Pero ¿quién le impulsó a ello? Usted, me imagino.

—¿Persiste en negarse a hacer eso por mí?

—Naturalmente, me niego. No quiero ocuparme de ello en absoluto. No me importa la vergüenza que le espera. Lo merece usted todo. No me disgustaría verlo deshonrado, públicamente deshonrado. ¿Cómo se atreve a pedirme a mí, entre todos los hombres del mundo, que me mezcle en ese horror? Creí que conocía usted mejor los caracteres de las personas. Su amigo lord Henry Wotton debía haberle enseñado más psicología, entre otras cosas que le ha enseñado. Nada podrá decidirme a dar un paso para salvarle. Usted se ha equivocado de persona. Busque a cualquiera de sus amigos. No se dirija a mí.

—Alan, es un asesinato. Le he matado. No sabe usted lo que me hizo sufrir. Cualquier que haya sido mi vida, él ha contribuido a hacerla lo que fue o a perderla, más que ese pobre Harry. Puede que no fuese esa su intención; pero el resultado ha sido el mismo.

—¡Un asesinato! Cielo santo, Dorian, ¿a eso ha llegado usted? No le denunciaré. Eso no es cuenta mía. Sin embargo, aun sin mi intervención, será usted detenido seguramente. Nadie comete un crimen sin incurrir en alguna torpeza. Pero no quiero tener nada que ver con esto.

—Es preciso que tenga usted que ver con esto. Espere, espere un momento; escúcheme. Escúcheme únicamente, Alan. Todo lo que le pido es que realice un determinado experimento científico. Va usted a los hospitales y a los depósitos, y los horrores que allí ejecuta no le conmueven. Si en una de esas horrendas salas de disección o en uno de esos laboratorios fétidos se encontrase a ese hombre tendido sobre una mesa de zinc, surcada con rojas ranuras que dejan escurrir la sangre, lo miraría usted simplemente como una pieza extraordinaria. No se le erizaría el pelo. No creería hacer nada injusto. Por el contrario, pensaría probablemente que beneficiaría a la Humanidad, o que aumentaba el tesoro científico del mundo, o que satisfacía una curiosidad intelectual, o algo así por el estilo. Lo que le pido, lo ha hecho usted a menudo. Realmente, destruir un cadáver debe de ser mucho menos horrible que lo que está usted acostumbrado a hacer. Y recuerde que es la única prueba que existe contra mí. Si se descubre, estoy perdido, y se descubrirá seguramente, si usted no me ayuda.

—No tengo el menor deseo de ayudarle. Se olvida usted de ello. Soy ajeno a todo el asunto, sencillamente. No me interesa.

—¡Alan, se lo ruego! ¡Piense en mi situación! Precisamente antes de llegar usted, casi desfallezco yo de terror. Algún día puede usted mismo conocer ese terror. ¡No! ¡No piense en eso! Considere el asunto meramente desde el punto de vista científico. Usted no pregunta de dónde provienen los cadáveres que le sirven para sus experimentos. No pregunte ahora tampoco. Ya le he dicho demasiado. Pero le suplico que haga esto. ¡Hemos sido amigos, Alan!

—No hable usted de aquellos días, Dorian. Ya se acabaron.

—Los muertos permanecen a veces. El hombre que está allá arriba no se marchará. Está sentado ante una mesa con la cabeza caída y los brazos extendidos. ¡Alan! ¡Alan! Si usted no me presta ayuda, estoy perdido. ¡Cómo! ¡Me ahorcarán, Alan! ¿No lo comprende usted? ¡Me ahorcarán por lo que he hecho!

—Es inútil prolongar esta escena. Me niego en absoluto a mezclarme en este asunto. Ha sido una locura suya pedírmelo.

—¿Se niega usted?

—Sí.

—¡Se lo suplico, Alan!

—Es inútil.

La misma mirada de compasión apareció en los ojos de Dorian Gray. Alargó su mano, cogió una hoja de papel y escribió unas palabras. Lo releyó dos veces, doblándola cuidadosamente, y la empujó sobre la mesa. Hecho esto, se levantó y fue hacia la ventana.

Campbell le miró con sorpresa; después cogió el papel y lo abrió. A medida que lo iba leyendo, su rostro se iba poniendo espantosamente pálido. Se echó hacia atrás en la silla. Una horrible sensación de malestar le invadió. Sintió como si su corazón le fuese a estallar.

Después de dos o tres minutos de terrible silencio, Dorian se volvió y fue a colocarse detrás de él, apoyando una mano sobre su hombro.

—Lo siento por usted, Alan —murmuró—; pero no me dejaba ninguna alternativa. Tenía escrita ya una carta. Aquí está. Vea usted la dirección. Si usted no me ayuda, tendré que enviarla. Ya sabe las consecuencias que producirá. Pero usted va a ayudarme. Es imposible que se niegue ahora. He procurado evitarle esto. Me hará la justicia de reconocerlo. Ha estado usted conmigo severo, cruel, ofensivo. Me ha tratado como ningún hombre se atrevió nunca a tratarme…, ningún hombre vivo, por lo menos. Lo he soportado todo. Ahora me toca a mí poner condiciones.

Campbell ocultó la cabeza en sus manos y un estremecimiento recorrió su cuerpo.

—Sí; soy yo quien pone las condiciones, Alan. Ya las conoce. La cosa es muy sencilla. Venga usted acá, no se ponga así. Es preciso que la cosa quede hecha. Estúdiela y hágala.

Un gemido salió de los labios de Campbell y tembló todo él. El tictac del reloj sobre la chimenea le pareció dividir el tiempo en átomos dispersos de agonía, cada uno de los cuales era demasiado terrible para soportarlo. Sintió como si un círculo de hierro le oprimiese lentamente su cerebro, como si la deshonra que le amenazaba le hubiera alcanzado ya. La mano puesta sobre su hombro le pesaba como si fuese una mano de plomo. Parecía triturarle.

—¡Vamos, Alan! Tiene que decidirse enseguida.

—No puedo —dijo maquinalmente, como si aquellas palabras pudieran alterar las cosas.

—Es necesario. No puede usted elegir. No se detenga más.

Vaciló un momento.

—¿Hay lumbre en la habitación de arriba?

—Sí; hay un aparato de gas con amianto.

—Necesito ir a mi casa y traer algunas cosas del laboratorio.

—No, Alan; no saldrá usted de aquí. Escriba lo que necesite en una cuartilla, y mi criado tomará un coche e irá a buscarlo.

Campbell trazó unas líneas, pasó el secante después y dirigió el sobre a su ayudante. Dorian cogió la cuartilla y la leyó con atención. Luego tocó el timbre y se la entregó a su criado, con orden de volver lo antes posible, trayéndose aquellas cosas.

Cuando la puerta de la calle se cerró, Campbell se levantó nerviosamente y se acercó a la chimenea. Parecía tiritar de fiebre. Durante cerca de veinte minutos no habló ninguno de los dos hombres. Una mosca zumbaba ruidosamente por la habitación, y el tictac del reloj era como el golpeteo de un martillo. Al sonar las campanadas de una hora, Campbell se volvió y, al mirar a Dorian Gray, vio que sus ojos estaban bañados en lágrimas. Había algo tan puro y refinado en aquel triste rostro, que le pusieron fuera de sí.

—¡Es usted infame, un completo infame! —murmuró.

—¡Bah, Alan! me ha salvado usted la vida —dijo Dorian.

—¿Su vida? ¡Cielo santo! ¡Qué vida! Ha llegado usted, de corrupción en corrupción, hasta el crimen. Haciendo lo que voy a hacer, lo que usted me obliga a hacer, no es en su vida en lo que pienso.

—¡Ah, Alan! —murmuró Dorian con un suspiro—. Desearía que me tuviese usted la milésima parte de compasión que le tengo yo.

Le volvió la espalda al decir esto y permaneció mirando al jardín. Campbell no contestó.

Al cabo de unos diez minutos llamaron a la puerta y entró el criado con una gran caja de caoba con productos químicos, un largo rollo de alambre de acero y de platino y dos garfios de hierro de forma extraña

—¿Hay que dejar esto aquí, señor? —preguntó a Campbell.

—Sí —dijo Dorian—. Me temo, Francis, que tengo que darle otro encargo. ¿Cómo se llama ese hombre de Richmond que provee de orquídeas a Selby?

—Harden, señor.

—Sí, Harden. Va usted a ir a Richmond enseguida, a ver a Harden en persona, y le dice que me envíe el doble de orquídeas de las que encargué, y que de las blancas ponga las menos posibles. Mejor dicho, que no ponga ninguna blanca. Hace un día delicioso, Francis, y Richmond es un sitio precioso; de otro modo, no le hubiese molestado a usted con esto.

—No hay molestia, señor. ¿A qué hora debo volver?

Dorian miró a Campbell.

—¿Cuánto tiempo necesitará su experimento, Alan? —preguntó con una voz tranquila e indiferente, como si la presencia de una tercera persona le diese un valor extraordinario.

Campbell, estremecido, se mordió los labios.

—Cerca de cinco horas —respondió.

—Bastará entonces con que vuelva usted alrededor de las siete y media, Francis. O espere: prepáreme la ropa. Tendrá usted la noche libre. No ceno en casa, así es que ya no le necesitaré.

—Gracias, señor —dijo el criado, retirándose.

—Ahora, Alan, no hay momento que perder. ¡Cómo pesa esta caja! Voy a subirla yo. Coja usted las otras cosas.

Hablaba de prisa, con tono autoritario. Campbell se sintió dominado. Salieron juntos de la habitación.

Cuando llegaron al rellano del último piso, Dorian sacó la llave y la hizo girar en la cerradura. Después se volvió con ojos alterados. Temblaba.

—Creo que no voy a poder entrar, Alan —balbuceó.

—No me importa. No le necesito —dijo Campbell fríamente.

Dorian entreabrió la puerta. En aquel momento vio a la luz del sol los ojos de su retrato, que parecían mirarle. Delante, sobre el suelo, estaba extendida la cortina rasgada. Recordó que la noche anterior se había olvidado, por primera vez en su vida, de tapar el lienzo fatal; quiso huir, pero se detuvo estremecido.

¿Qué era aquella odiosa mancha roja, que relucía húmeda y brillante sobre una de las manos, como si el lienzo rezumase sangre? ¡Era horrible!... Más horrible le pareció en aquel momento que el bulto silencioso que ya conocía tendido sobre la mesa, aquella masa grotesca e informe, cuya sombra se proyectaba sobre el tapiz manchado, mostrándole que no se había movido, sino que seguía allí, tal como él la dejó.

Exhaló un profundo suspiro, abrió la puerta un poco más, y con los ojos medio cerrados y volviendo la cabeza, entró rápidamente, dispuesto a no mirar ni una sola vez hacia el muerto. Luego, parándose y recogiendo la cortina de púrpura y oro, la echó sobre el retrato.

Se quedó inmóvil, temiendo volverse y con los ojos fijos en los arabescos del modelo que tenía delante. Oyó a Campbell que metía la pesada caja y los instrumentos y las demás cosas que necesitaba para su horrible trabajo. Se preguntó si Campbell y Basil Hallward se conocían, y, en este caso, lo que habían podido pensar uno de otro.

—Ahora, déjeme usted —dijo una voz severa detrás de él.

Se volvió y salió apresuradamente, dándose cuenta tan sólo de que el cadáver estaba recostado en el sillón y que Campbell contemplaba su faz amarilla y lustrosa. Cuando bajaba la escalera oyó el ruido de la llave girando en la cerradura.

Eran mucho más de las siete cuando Campbell volvió a entrar en la biblioteca. Estaba pálido, pero absolutamente tranquilo.

—Ya hice lo que usted me pidió —murmuró—. Y ahora, adiós. Que no nos volvamos nunca a ver.

—Me ha salvado usted, Alan. No podré olvidarlo —dijo Dorian simplemente.

En cuanto Campbell salió, subió las escaleras. Había en la habitación un horrible olor a ácido nítrico. Pero la cosa sentada ante la mesa había desaparecido.

CAPÍTULO XV

Aquella noche, a las ocho y media, exquisitamente vestido y con un manojo de violetas de Parma en el ojal, Dorian Gray era introducido en el salón de lady Narborough por unos sirvientes ceremoniosamente inclinados. Las venas de sus sienes latían con loco nerviosismo y se sentía ferozmente excitado; pero la reverencia que hizo ante la mano de la dueña de la casa fue tan natural y graciosa como siempre. Acaso no está uno tan tranquilo como cuando tiene que representar un papel. Ciertamente, ninguno de los que vieron a Dorian Gray aquella noche hubiera podido creer que acababa de pasar por una tragedia más horrible que ninguna de nuestra época. No era posible que aquellos dedos finamente modelados hubieran empuñado el cuchillo culpable, ni que aquellos labios sonrientes hubieran increpado a Dios y a su bondad. A pesar suyo, se asombraba de la tranquilidad de su conducta, y durante un momento experimentó intensamente el terrible placer de una doble vida.

Era una reunión íntima, organizada precipitadamente por lady Narborough, dama muy inteligente, a quien lord Henry solía describir diciendo que conservaba restos de una verdadera y notable fealdad. Se mostró esposa excelente de uno de nuestros más aburridos embajadores, y habiendo enterrado convenientemente a su marido en un mausoleo de mármol que ella misma dibujó, y casado a sus hijas con hombres ricos, más bien de edad madura, se dedicaba ahora a los placeres de la literatura novelesca francesa, del arte culinario francés y del *esprit* francés cuando podía conseguirlo.

Dorian era uno de sus favoritos, y siempre le decía que estaba encantada de no haberle conocido en su juventud.

—Sé, querido, que me hubiese enamorado locamente de usted —solía decir—, y hubiera saltado por encima de todo por su amor. Por fortuna, no se pensaba en usted entonces. No tuve nunca amoríos con nadie. Por otro lado, la culpa fue toda de mi marido. Era tan horriblemente miope, que no hubiese existido ningún placer en engañar a un marido que nunca veía nada.

Sus invitados de aquella noche eran más bien aburridos. El hecho era, como se lo explicó a Dorian por detrás de un abanico muy raído, que una de sus hijas casadas había llegado de improviso para quedarse allí, y para colmo, trayéndose a su marido.

—Considero una crueldad por su parte, querido —le musitó al oído—. Es verdad que yo voy a pasar una temporada en su compañía todos los inviernos, a la vuelta de Hamburgo; pero es preciso que una vieja como yo vaya algunas veces a tomar un poco de aire fresco; en realidad, los despierto. No puede usted imaginar la vida que hacen. Es una completa vida de campo. Se levantan temprano, ¡porque tienen tanto que hacer!, y se acuestan temprano, ¡porque tienen tan poco que pensar! No ha habido ningún escándalo en las cercanías desde el tiempo de la reina Isabel, y, por consiguiente, todos se quedan dormidos después de cenar. No vaya usted a sentarse a su lado. Siéntese cerca de mí y me distraerá.

Dorian musitó un amable cumplido y miró a su alrededor. Sí, era realmente una reunión aburrida. A dos de los invitados no los había visto nunca, y los demás eran: Ernest Harrowden, una de esas medianías de edad regular, tan comunes en los clubs de Londres, que no tienen enemigos, pero que son detestados a fondo por sus amigos; lady Ruxton, una dama de cuarenta y siete años, de traje chillón, de nariz ganchuda, que intentaba siempre verse comprometida, pero que era tan peculiarmente insignificante que, con gran desilusión suya, nadie hubiese creído nada en contra de ella; la señora Erlynne, dama agresiva e impersonal, con una tartamudez deliciosa y unos cabellos de un rojo veneciano; lady Alice Chapman, la hija de la dueña de la casa, triste muchacha, ridículamente vestida, con una de esas típicas caras británicas que se ven una vez y no se recuerdan nunca, y su marido, un ser de mejillas coloradas y patillas blancas, que, como muchos de su clase, creía que una jovialidad excesiva podía compensar la carencia completa de ideas.

Dorian sentía casi haber ido, cuando lady Narborough, mirando el gran reloj de bronce dorado que ostentaba sus chillonas volutas sobre la chimenea, tapizada de malva, exclamó:

—¡Qué poco complaciente es Henry Wotton al retrasarse tanto! Le envié unas líneas esta mañana, y prometió firmemente que no faltaría.

Fue un consuelo para Dorian que Henry viniera, y, cuando se abrió la puerta y, oyó su voz lenta y musical, prestando encanto a alguna disculpa falsa, se disipó su aburrimiento.

No obstante, en la cena no pudo comer nada. Los platos desaparecían sin que él los probase. Lady Narborough no dejaba de reñirle por lo que ella llamaba «un insulto al pobre Adolphe, que ha compuesto el *menú* especialmente para usted». De vez en cuando, lord Henry le miraba, asombrado de su silencio y de su aire pensativo. El criado llenaba y llenaba su copa de champaña. Bebía ávidamente y su sed parecía aumentar.

—Dorian —dijo finalmente lord Henry cuando sirvieron el *chau-fraid* [pieza de caza que se sirve con gelatina]—, ¿qué le pasa a usted esta noche? Está usted muy decaído.

—Creo que está enamorado —exclamó lady Narborough —y que tiene miedo a confesarlo por temor de que yo me sienta celosa. Y hace bien. Me sentiría seguramente celosa.

—Mi querida lady Narborough —murmuró Dorian, sonriendo—, no me he enamorado desde hace una semana; no, en realidad, desde que madame de Ferroll se marchó de Londres.

—¿Cómo podrán los hombres enamorarse de esa mujer? —exclamó la vieja señora—. Realmente no puedo comprenderlo.

—Eso es sencillamente porque le recuerda a usted su niñez, lady Narborough —dijo lord Henry—. Ella es el único eslabón entre nosotros y los trajes de corto de usted.

—No me recuerda para nada mis trajes de corto, lord Henry. Pero la recuerdo muy bien en Viena, hace treinta años, y qué *décolletée* [escotada] iba entonces!

—Y sigue aún *décolletée* —respondió él, cogiendo una aceituna con sus largos dedos—. Y cuando se arregla con toda elegancia, parece una *edition de luxe* de una mala novela francesa. Es realmente maravillosa y llena de sorpresas. Su cariño por la familia es extraordinaria. Cuando su tercer marido falleció, su pelo se volvió completamente dorado de pena.

—¡Por Dios, Harry! —protestó Dorian.

—Es una explicación muy romántica —dijo, riendo, la dueña de la casa—. Pero habla usted de su tercer marido, lord Henry. No querrá usted decir que Ferroll es el cuarto?

—Ciertamente, lady Narborough.

—No creo una palabra de eso.

—Pregúnteselo a míster Gray. Es uno de sus más íntimos.

—¿Es verdad eso, míster Gray?

—Ella así me lo asegura, lady Narborough —dijo Dorian—. Le pregunté si, como Margarita de Navarra, conservaba sus corazones embalsamados y suspendidos de su cinturón. Me contestó que no, porque ninguno de ellos lo tenía.

—¡Cuatro maridos!… ¡Por Dios, eso es *trop de zéle* [demasiado celo].

—*Trop d'audace* [demasiada audacia], le repliqué —dijo Dorian.

—¡Oh! Ella es bastante audaz para eso, querido. ¿Y cómo es Ferroll? No lo conozco.

—Los maridos de las mujeres muy guapas pertenecen a la categoría de los criminales —dijo lord Henry, bebiendo su vino a sorbos.

Lady Narborough le dio con su abanico.

—Lord Henry, no me sorprende nada que el mundo diga que es usted extraordinariamente perverso.

—¿Pero por qué el mundo dice eso? —preguntó lord Henry, arqueando sus cejas—. No puede decirlo más que el mundo futuro. Este mundo y yo estamos en excelentes relaciones.

—Todas las personas que conozco dicen que es usted muy perverso —exclamó la vieja señora, moviendo la cabeza.

Lord Henry se quedó serio durante unos momentos.

—Es atrozmente monstruosa —dijo al fin— esa costumbre que tiene la gente de decir cosas contra uno, y a su espalda, que son absoluta y enteramente ciertas.

—¿No es incorregible? —exclamó Dorian, inclinándose hacia atrás en su silla.

—¡Ya lo creo! —dijo la dueña de la casa, riendo—. Pero, realmente, si adora usted de ese modo tan ridículo a madame de Ferroll, tendré que volverme a casar para estar a la moda.

—No se volverá usted a casar nunca, lady Narborough —interrumpió lord Henry—. Ha sido usted demasiado feliz la primera vez. Cuando una mujer se vuelve a casar, es porque odiaba a su primer marido. Cuando un hombre se vuelve a casar, es porque adoraba a su primera esposa. Las mujeres buscan la felicidad; los hombres arriesgan la suya.

—¡Narborough no era perfecto! —exclamó la vieja señora.

—Si lo hubiese sido, no le hubiera usted amado, mi querida amiga —fue la respuesta—. Las mujeres nos aman por nuestros defectos. Si tuviésemos los suficientes, nos lo perdonarían todo, hasta nuestra inteligencia. Temo que no me vuelva nunca a invitar por haber dicho esto, lady Narborough; pero es completamente cierto.

—Naturalmente que es cierto, lord Henry. Si nosotras las mujeres no les amásemos por sus defectos, ¿qué sería de ustedes? Ninguno podría casarse nunca. Serían ustedes una pandilla de infortunados solteros. No quiere esto decir que cambiasen mucho de situación. Hoy día, todos los hombres casados viven como solteros, y todos los solteros como casados.

—*Fin de siècle* [fin de siglo] —murmuró lord Henry.

—*Fin du globe* [fin de globo] —respondió la dueña de la casa.

—Quisiera que eso fuese el fin *du globe* —dijo Dorian con un suspiro—. La vida es una gran desilusión.

—¡Ah! Querido —exclamó lady Narborough, poniéndose los

guantes—, no me diga usted que ha agotado la vida. Cuando un hombre dice eso, se sabe que la vida es la que le ha agotado a él. Lord Henry es muy perverso, y a veces yo querría haberlo sido; pero usted ha nacido para ser bueno. ¡Es usted tan bello! Yo le encontraré una esposa bonita. Lord Henry, ¿no cree usted que Gray debía casarse?

—Eso le estoy diciendo siempre, lady Narborough —repuso lord Henry con una inclinación.

—Bueno; será necesario que le busquemos una pareja adecuada. Recorreré minuciosamente de cabo a rabo la *Guía de la alta sociedad* esta noche, y haré una lista de todas las muchachas casaderas.

—¿Con sus edades, lady Narborough? —preguntó Dorian.

—Naturalmente, con sus edades, levemente corregidas. Pero no hay que hacerlo con precipitación. Quiero que sea lo que el *Morning Post* llama un matrimonio avenido, y deseo que sea usted feliz.

—¡Cuántas tonterías dice la gente sobre los matrimonios felices! —exclamó lord Henry—. Un hombre puede ser feliz con cualquier mujer mientras no la ame.

—¡Ah! ¡Qué cínico es usted! —exclamó la vieja señora, levantándose y haciendo una señal con la cabeza a lady Ruxton—. Es preciso que vuelva usted a comer conmigo pronto. Es usted un tónico admirable, mucho mejor que el que me ha recetado sir Andrew. Tendrá usted que decirme, sin embargo, con qué personas le gustaría encontrarse. Quiero formar una reunión deliciosa.

—Me gustan los hombres que tienen un porvenir y las mujeres que tienen un pasado —respondió él—. ¿No cree usted que se puede formar con ellas una buena reunión?

—Me lo temo —dijo ella, riendo y levantándose—. Mil perdones, mi querida lady Ruxton —añadió—. No me había fijado que no ha concluido usted su cigarrillo.

—Eso no importa, lady Narborough. Fumo ya demasiado. Procuraré contenerme en lo sucesivo.

—No lo haga, lady Ruxton —dijo lord Henry—. La moderación es una cosa fatal. Bastante, es tan malo como una comida. Más que bastante, es tan bueno como un banquete.

Lady Ruxton le contempló con curiosidad.

—Tendrá usted que venir a casa a explicarme eso una de estas tardes, lord Henry. Tiene una teoría fascinante —murmuró saliendo rápidamente del salón.

—Y ahora tengan ustedes cuidado de no hablar demasiado de política y de escándalos —exclamó lady Narborough desde la puerta—. De otro modo, reñiremos.

Los hombres se echaron a reír, y míster Chapman dio la vuelta solemnemente a la mesa y fue a sentarse en el sitio de honor. Dorian Gray cambió de sitio y fue a colocarse junto a lord Henry. Míster Chapman empezó a hablar en voz alta de la situación de la Cámara de los Comunes. Se reía a carcajadas de sus adversarios. La palabra *doctrinario* —palabra llena de terror para el espíritu británico— reaparecía de vez en cuando entre sus exabruptos. Un prefijo paronomásico es un engalanamiento en el arte de la oratoria. Elevaba la Union Jack [bandera inglesa] sobre el pináculo del pensamiento. La estupidez hereditaria de la raza —denominada por él jovialmente sano sentido común inglés— era, a su juicio, el adecuado baluarte de la sociedad. Una sonrisa torció los labios de lord Henry, que se volvió hacia Dorian.

—¿Se encuentra mejor mi querido amigo? —preguntó—. Parecía usted indispuesto en la cena.

—Estoy completamente bien, Harry. Cansado, nada más.

—Estuvo usted encantador anoche. La duquesa está completamente loca por usted. Me ha dicho que iría a Selby.

—Me prometió ir el veinte.

—¿Irá también Monmouth?

—¡Oh! Sí, Harry.

—Me molesta horriblemente, casi tanto como le molesta a ella. Es ella muy inteligente, demasiado inteligente para ser mujer. Carece de ese encanto indefinible de la debilidad. Son los pies de barro los que hacen precioso el oro de la imagen. Sus pies son muy bonitos, pero no son de barro. Son de porcelana blanca, si usted quiere. Han pasado por el fuego, y lo que el fuego no destruye, lo endurece. Ha tenido aventuras.

—¿Cuanto tiempo hace que está casada? —pregunto Dorian.

—Una eternidad, me ha dicho ella. Creo, según la *Guía de la Nobleza,* que desde hace diez años; pero diez años con Monmouth tienen que ser una eternidad. ¿Quién más irá?

—¡Oh! Los Willoughby, lord Rugby y su esposa, nuestra dueña de la casa, Geoffrey Clouston, los de siempre. He invitado a lord Grotian.

—Me agrada —dijo lord Henry—. No agrada a mucha gente; pero yo le encuentro encantador. Expía su elegancia, algo exagerada a veces, siendo excesivamente educado. Es un tipo muy moderno.

—No sé si podrá venir, Harry. Quizá tenga que ir a Montecarlo con su padre.

—¡Ah! ¡Qué latosa es la gente! Procure usted que vaya. A propósito, Dorian: se marchó usted anoche muy temprano. Salió antes de las once. ¿Qué hizo usted después? ¿Fue directamente a su casa?

Dorian le miró bruscamente, frunciendo las cejas.

—No, Harry —dijo por último—; no volví a casa hasta eso de las tres.

—¿Estuvo usted en el club?

—Si —respondió; enseguida se mordió los labios—. No, quería decir. No estuve en el club. Me paseé. He olvidado lo que hice… ¡Qué preguntón es usted, Harry! Quiere usted siempre saber lo que hace uno. Y yo quiero olvidar siempre lo que he hecho. Volví a las dos y media, si quiere usted saber la hora exacta. Me dejé mi llavín en casa y tuvo que abrirme mi criado. Si quiere usted cualquier prueba que corrobore la cuestión, pregúnteselo a él.

Lord Henry se encogió de hombros.

—Mi querido amigo, ¡como si eso me interesara! Subamos al salón. No, gracias, míster Chapman; no quiero jerez. Algo le ha sucedido a usted, Dorian. Dígame lo que es. No es usted el mismo esta noche.

—No se preocupe de mí, Harry. Estoy irritable y nervioso. Iré a verle mañana o pasado. Presente mis excusas a lady Narborough. No subo. Me voy a casa. Tengo que irme a casa.

—Muy bien, Dorian. Supongo que le veré a usted mañana, a la hora del té. Irá la duquesa.

—Procuraré estar allí, Harry —dijo, marchándose del salón.

Al verse de nuevo en su casa, sintió que el terror que había desechado le invadía de nuevo. Las preguntas imprevistas de lord Henry le habían hecho perder los nervios un momento, y necesitaba, sin embargo, su serenidad. Quedaban objetos peligrosos que había que destruir. Se estremeció. Odiaba la idea de tocarlos.

Sin embargo, tenía que hacerlo. Se resignó, y una vez cerrada con llave la puerta de la biblioteca, abrió el armario secreto donde había metido el gabán y la maleta de Basil Hallward. Un gran fuego brillaba llameante. Echó otro leño más. El olor de la ropa quemada y del cuero tostado era horrible. Necesitó tres cuartos de hora para consumirlo todo. Al final se sintió débil y enfermo, y después de quemar algunas pastillas argelinas en un pebetero de cobre, se lavó las manos y la frente con un frío vinagre almizclado.

De pronto se estremeció. Sus ojos despedían un extraño brillo y se mordía febrilmente el labio inferior. Entre las dos ventanas estaba colocado un escritorio florentino de ébano, incrustado de marfil y lapislázuli. Lo contemplaba como si fuera un objeto que le fascinara y le aterrase a un mismo tiempo, como si encerrase algo que deseara y que, sin embargo, le repugnase. Su respiración era entrecortada. Un loco deseo se apoderó de él. Encendió un cigarrillo y luego lo tiró. Sus párpados cayeron hasta las largas franjas de sus pestañas, tocando casi sus mejillas. Contempló de nuevo el escritorio. Por último, se levantó del diván donde estaba tumbado, fue hacia el mueble, lo abrió y tocó un resorte oculto. Un cajón triangular salió lentamente. Sus dedos se movieron instintivamente hacia él, se hundieron allí y se cerraron sobre algo. Era una cajita de laca negra espolvoreada de oro, labrada primorosamente, de bordes modelados con onduladas curvas y con cordones de seda, de los que colgaban borlas de hilos metálicos y perlas de cristal. La abrió. Contenía una pasta verde de cera brillante y de un olor fuerte y penetrante.

Vaciló unos instantes, con una extraña e inmóvil sonrisa en los labios. Tiritaba de frío, a pesar de que la atmósfera de la habitación era terriblemente calurosa. Se desperezó y miró al reloj. Eran las doce menos veinte. Guardó otra vez la caja, cerró el mueble y entró en su dormitorio.

Cuando sonaron las doce campanadas de bronce en la oscuridad, Dorian Gray, mal vestido y con una bufanda arrollada al cuello, se deslizó calladamente fuera de la casa. En Bond Street encontró un coche con un buen caballo. Lo llamó y dio en voz baja una dirección al cochero.

El hombre movió la cabeza.

—Está demasiado lejos para mí —refunfuñó.

—Tome este soberano —dijo Dorian—. Y le daré otro si va de prisa.

—Muy bien, señor —respondió el hombre—; estará usted allí dentro de una hora.

Y metiéndose el dinero en el bolsillo, hizo dar la vuelta al caballo, que partió rápidamente hacia el río.

CAPÍTULO XVI

Una lluvia helada empezaba a caer y los faroles empañados brillaban entre la niebla húmeda. Los establecimientos públicos se cerraban, y grupos tenebrosos de hombres y mujeres se agrupaban en los alrededores. De algunos bares salían horribles risotadas; en otros, los borrachos alborotaban y chillaban.

Tumbado en el coche, con el sombrero echado hacia atrás, Dorian Gray miraba con ojos indiferentes la sórdida vergüenza de la gran ciudad, y de vez en cuando se repetía interiormente las palabras que le dijo lord Henry el día que se conocieron: «Curar el alma por medio de los sentidos, y los sentidos, por medio del alma.» Sí, aquel era el secreto. Lo había experimentado con frecuencia y lo experimentaría ahora aún más. Hay fumaderos de opio en los cuales se puede comprar el olvido, guaridas horrorosas en las que el recuerdo de antiguos pecados puede destruirse con la locura de nuevos pecados.

La luna colgaba muy baja en el cielo, como un cráneo amarillo. De vez en cuando, un pesado nubarrón informe, como un largo brazo, la tapaba. Los faroles iban escaseando, y las calles, eran cada vez más estrechas y tenebrosas. Una de las veces, el cochero perdió su camino y tuvo que retroceder media milla. Un vaho envolvía al caballo, que trotaba sobre los charcos de agua. Los cristales del coche estaban empañados por una bruma gris.

«¡Curar el alma por medio de los sentidos, y los sentidos por medio del alma!». Estas palabras resonaban en sus oídos. Sí, su alma estaba mortalmente enferma. ¿Sería verdad que los sentidos podían curarla? Había derramado una sangre inocente. ¿Cómo expiar aquello? ¡Ah! No había expiación; pero aunque el perdón fuera imposible, posible era en cambio el olvido, y él estaba decidido a olvidar, a borrar aquello, a aplastarlo como se aplasta una víbora que nos ha mordido. Porque verdaderamente, ¿con qué derecho le habló así Basil? ¿Quién le había erigido en juez de los demás? Dijo cosas atroces, horribles, intolerables.

El coche avanzaba dificultosamente, cada vez más despacio, según le parecía. Bajó la ventanilla, y dijo al cochero que arrease. Una atroz necesidad de opio se apoderaba de él. Su garganta estaba abrasada, y sus delicadas manos se crispaban, nerviosamente enlazadas; pegó furiosamente al caballo con su bastón. El cochero se echó a reír y fustigó al animal. El se echó a reír también, y el hombre enmudeció.

El camino era interminable, y las calles eran como la negra tela de una araña extendida. La monotonía se hacía insoportable, y le atemorizó el ver espesarse la niebla.

Pasaron junto a tejares solitarios. La niebla se abría, y pudo ver los extraños hornos en forma de botella, de los que salían lenguas de fuego anaranjadas, como abanicos. Al pasar ladró un perro, y a lo lejos, en la oscuridad, chilló una gaviota errante. El caballo tropezó en un bache, se desvió a un lado y partió al galope.

Al cabo de un rato, dejaron atrás el camino fangoso, y pasaron ruidosamente por calles mal empedradas. La mayoría de las ventanas estaban apagadas, pero aquí y allá unas sombras fantásticas se perfilaban detrás de persianas iluminadas. Las contemplaba con curiosidad. Se agitaban como monstruosos peleles, que parecían cosas vivas. Las odió. Una rabia sorda invadía su corazón.

En la esquina de una calle una mujer vociferó algo desde una puerta abierta, y dos hombres corrieron detrás del coche unos cien metros. El cochero los azotó con su látigo.

Se dice que la pasión nos hace volver a los mismos pensamientos. Con una horrible reiteración, los labios de Dorian Gray repetían amargamente las palabras capciosas que se referían al alma y a los sentidos, hasta que encontró la expresión perfecta de su estado de ánimo, y justificó, por aprobación intelectual, las pasiones que le dominaban. De una célula a otra de su cerebro se arrastraba un solo pensamiento; y el salvaje deseo de vivir, el más terrible de todos los apetitos humanos, excitaba enérgicamente cada nervio y cada fibra de su ser. La fealdad, que él había detestado muchas veces porque hace las cosas reales, le resultaba grata ahora por esa misma razón. La fealdad era la única realidad. Los abominables escándalos, la repugnante taberna, la cruda violencia de una vida desordenada, la gran villanía de los ladrones y de los proscritos, eran más reales, en su intensa actualidad de impresión, que todas las gráciles formas del Arte, que las sombras soñadoras de la poesía. Era lo que él necesitaba para olvidar. Dentro de tres días sería libre.

De pronto, el cochero detuvo de un tirón el caballo a la entrada de una callejuela oscura. Por encima de los tejados bajos y de las dentadas filas de chimeneas de las casas, salían los negros mástiles de unos barcos. Guirnaldas de bruma blanca se enroscaban a las vergas como velas fantasmales.

—¿No es por aquí, señor? —preguntó la voz ronca por la ventanilla.

Dorian se estremeció, escudriñando a su alrededor.

—Aquí es —contestó, y apeándose apresuradamente, entregó al cochero la propina prometida, y se dirigió rápidamente hacia el muelle.

Aquí y allá brillaba la linterna de popa de algún barco mercante. La luz se movía y se quebraba en los charcos. Un resplandor rojizo salía de un vapor de altura que estaba carboneando. El empedrado resbaladizo parecía un impermeable mojado.

Apresuró el paso hacia la izquierda, mirando a su espalda de vez en cuando para ver si le seguían. Al cabo de siete u ocho minutos llegó a una casita miserable, que estaba embutida entre dos talleres modestos. En una de las ventanas de arriba había colocada una lámpara. Se detuvo, y llamó de un modo especial.

Poco después se oyeron pasos en el corredor y un ruido de

cadenas descolgadas. La puerta se abrió lentamente, y él entró sin decir una palabra a la informe figura que retrocedió en la sombra al entrar él. Al final del vestíbulo colgaba una cortina verde desgarrada, que el viento borrascoso de la calle levantó. La apartó, y entró en un largo aposento, bajo de techo, que tenía el aspecto de un salón de baile de tercer orden. En las paredes había unos mecheros de gas que esparcían una llama viva y fulgurante en los espejos moteados por las moscas. Grasientos reflectores de latón colocados detrás formaban temblorosos discos de luz. El suelo estaba cubierto de un serrín ocre, pisoteado y mezclado con barro, manchado con círculos oscuros de vino vertido. Unos malayos, acuclillados junto a un hornillo de cisco, jugaban unos dados de hueso, mostrando al hablar sus blancos dientes. En un rincón, con la cabeza hundida en sus brazos, un marinero tendido sobre una mesa, y ante el mostrador, pintado chillonamente, que ocupaba un lado entero del local, dos mujeres macilentas se reían de un viejo que se restregaba las mangas de su gabán con una expresión de asco.

—Creo que tiene hormiguillo —dijo riendo una de ellas cuando pasaba Dorian.

El hombre las miró aterrorizado y empezó a lloriquear.

Al final de la sala había una escalerilla que conducía a un cuarto oscuro. Cuando Dorian subió precipitadamente los tres peldaños desvencijados, llegó hasta él un fuerte olor a opio. Lanzó un profundo suspiro y las aletas de su nariz vibraron de placer. Al entrar, un joven de lacios cabellos rubios, inclinado sobre una lámpara, encendiendo una larga y fina pipa, le miró y le hizo un saludo, vacilando.

—¿Usted aquí, Adrian? —murmuró Dorian.

—¿En qué otro sitio iba a estar? —respondió indiferente—. Ninguno de los amigos quiere ya hablarme ahora.

—Pensé que se había marchado de Inglaterra.

—Darlington no quiere hacer nada. Mi hermano pagó al fin la letra. George no quiere hablarme tampoco… No me importa —añadió con un suspiro—; mientras tiene uno esta droga, no necesita amigos. Yo creo que tuve demasiados.

Dorian retrocedió y miró en torno suyo a las figuras grotescas que yacían en posturas fantásticas sobre unos colchones harapientos. Aquellos miembros encorvados, aquellas bocas abiertas, aquellos ojos fijos y sin brillo, le fascinaron. Sabía en qué extraños cielos sufrían, y qué tenebrosos infiernos les enseñaban el secreto de algún nuevo goce. Se hallaban mejor que él. Él estaba aprisionado por su pensamiento. La memoria, como una horrible dolencia, corroía su alma. De vez en cuando le parecía ver los ojos de Basil mirándole. Sin embargo, no podía permanecer allí. La presencia de Adrian Singleton le turbaba. Necesitaba estar donde nadie supiese quién era. Necesitaba escapar de sí mismo.

—Me marcho a otro sitio —dijo, después de una pausa.

—¿Al muelle?

—Sí...

—Esa gata loca estará seguramente allí. No la dejan ya entrar aquí.

Dorian se encogió de hombros.

—Me ponen malo las mujeres que le aman a uno. Las mujeres que nos odian son mucho más interesantes. Además, la droga es allí mejor

—Es lo mismo.

—Prefiero aquélla. Venga a beber algo, tengo necesidad.

—Yo no necesito nada —murmuró el joven.

—No importa.

Adrian Singleton se levantó perezosamente, y siguió a Dorian al bar. Un mulato con un turbante deshilachado y un gabán andrajoso gesticuló un horroroso saludo, al mismo tiempo que colocaba una botella de *brandy* y dos vasos delante de ellos. Las mujeres se les acercaron y empezaron a charlar. Dorian les volvió la espalda, y dijo algo en voz baja a Adrian Singleton.

Una sonrisa perversa como un kris malayo se retorció en la cara de una de las mujeres.

—Estamos muy orgullosos esta noche —dijo despreciativamente.

—No me hable, por amor de Dios —exclamó Dorian, dando una patada en el suelo—. ¿Qué quiere usted? ¿Dinero? Ahí va. No me vuelva a hablar nunca.

Dos chispas rojas brillaron un instante en los ojos hinchados de la mujer, y después se extinguieron, dejándolos apagados y vidriosos. Agachó la cabeza y barrió las monedas del mostrador con dedos codiciosos. Su compañera estaba observándola con envidia.

—No merece la pena —suspiró Adrian Singleton—. No me preocupo en volver atrás. ¿De qué me serviría? Soy completamente feliz aquí.

—Me escribirá usted si necesita algo, ¿verdad? —dijo Dorian, después de una pausa.

—Quizás.

—Buenas noches, entonces.

—Buenas noches —respondió el joven, volviendo sobre sus pasos y limpiándose su boca ardorosa con un pañuelo.

Dorian se dirigió hacia la puerta con una expresión de pena en el rostro. Cuando levantaba la cortina, una horrible risa brotó de los labios pintados de la mujer que había cogido el dinero.

—¡Ahí va el del pacto con Satanás —hipó con voz ronca.

—¡Maldita! —respondió él—. No me llame eso.

Ella hizo castañetear sus dedos.

—Le gusta más que le llamen el Príncipe Encantador, ¿verdad? —aulló a su espalda.

El marinero, amodorrado, saltó sobre sus pies al hablar ella así, y miró ferozmente a su alrededor. Oyó el ruido de la puerta del vestíbulo. Se precipitó afuera, como persiguiendo a alguien.

Dorian Gray aceleraba el paso a lo largo del muelle, bajo la llovizna. Su encuentro con Adrian Singleton le había conmovido extrañamente, y le maravillaba que la ruina de aquella vida juvenil fuese realmente culpa suya, como le había dicho Basil Hallward de un modo tan infame e insultante. Se mordió los labios, y durante un segundo sus ojos se entristecieron. Sin embargo, después de todo, ¿qué le importaba aquello? Los días son demasiado breves para soportar sobre los hombros el peso de los errores del prójimo. Cada hombre vivía su propia vida y pagaba su propio precio por vivirla. Lo único lamentable era que uno tuviese que pagar tan a menudo por una sola culpa. Era necesario pagar más y más, en efecto. En sus relaciones con el hombre, el Destino no cierra nunca sus cuentas.

Hay momentos, nos dicen los psicólogos, en que la pasión por el pecado, o lo que los hombres llaman pecado, domina así nuestra naturaleza, en que cada fibra del cuerpo, cada célula del cerebro, parecen poseer instintivamente impulsos espantosos. Los hombres y las mujeres, en tales momentos, pierden la libertad de su albedrío. Van hacia su terrible fin como autómatas. Se les niega la elección, y la conciencia de ambos está muerta, o si vive todavía, vive sólo para dar su hechizo a la rebelión y su encanto a la desobediencia. Porque todos los pecados, como están cansados de recordárnoslo los teólogos, son pecados de desobediencia. Cuando aquel espíritu altivo, aquella estrella matutina satánica, cayó del cielo, cayó como un rebelde.

Endurecido, concentrado en el mal, manchado el espíritu, hambrienta el alma de rebelión, Dorian Gray apresuraba el paso para alejarse; pero cuando entraba bajo una oscura arcada por la que solía pasar a menudo para acortar el camino hacia el sitio mal afamado adonde se dirigía, de repente se sintió agarrado por detrás, y antes de que tuviese tiempo de defenderse, fue empujado contra el muro, mientras una mano brutal le apretaba la garganta.

Se defendió furiosamente, y haciendo un terrible esfuerzo consiguió apartar los dedos que le atenazaban. En un segundo oyó el resorte de un revólver y distinguió el brillo de un cañón reluciente apuntando hacia su cabeza y la forma oscura de un hombre rechoncho y fornido frente a él.

—¿Qué quiere usted? —balbuceó.

—¡Estése quieto! —dijo el individuo—. Si se mueve, disparo.

—¡Está usted loco! ¿Qué le he hecho yo?

—Pues destrozar la vida de Sibyl Vane —fue la respuesta—. Y Sibyl Vane era mi hermana. Se suicidó, ya lo sé. Pero su muerte fue culpa suya. Y le juro que le voy a matar por ello. Hace años que le buscaba a usted. No tenía ningún indicio, ni rastro. Las dos personas que le conocían han muerto. No sabía de usted nada más que el nombre favorito con que ella solía llamarle. Lo oí esta noche por casualidad. Póngase a bien con Dios, porque va usted a morir ahora mismo.

Dorian Gray creyó desmayarse de terror.

—Yo no la he conocido nunca —murmuró—. No he oído nunca hablar de ella. Está usted loco.

—Haría usted mejor en confesar su pecado, porque tan cierto como que yo soy James Vane, va usted a morir.

El momento era horrible. Dorian no sabía qué decir ni hacer.

—¡De rodillas! —rugió el hombre—. Le doy a usted un minuto para ponerse en paz, y nada más. Embarco esta noche para las Indias, y tengo que hacer mi tarea antes. ¡Un minuto! ¡Nada más!

Los brazos de Dorian se bajaron. Paralizado de terror, no podía pensar. De pronto, una ardiente esperanza cruzó como un relámpago su mente.

—¡Deténgase! —exclamó—. ¿Cuánto tiempo hace que murió su hermana? ¡De prisa, dígamelo!

—Dieciocho años —dijo el hombre—. ¿Por qué me lo pregunta? ¿Qué importan los años?

—Dieciocho años —dijo riendo Dorian Gray, con voz triunfante—. ¡Dieciocho años! ¡Lléveme debajo de un farol y mire mi cara!

James Vane vaciló un momento, sin comprender lo que aquello quería decir. Después agarró a Dorian Gray y le sacó de la arcada.

Aun siendo la luz trémula y serpenteante del farol confusa y vacilante, sirvió, sin embargo, para mostrarle, según creyó, el error espantoso en que había incurrido, porque el rostro de aquel hombre a quien quería matar poseía toda la lozanía de la adolescencia y la pureza inmaculada de la juventud. Parecía tener poco más de veinte veranos, pocos más; no tenía mucha más edad, realmente, que su hermana cuando él partió, hacía ya tantos años. Era evidente que aquel no era el hombre que destruyó su vida.

Aflojó su presión y retrocedió unos pasos.

—¡Dios mío! ¡Dios mío! —exclamó—. ¡Y le hubiera matado!

—Ha estado usted a punto de cometer un crimen terrible, buen hombre —dijo, mirándole con severidad—. Que esto le sirva de advertencia para no tomarse la venganza por su mano.

—Perdóneme, señor —murmuró James Vane—. Me han engañado. Una palabra casual que he oído en esa maldita covacha me ha puesto sobre una pista falsa.

—Haría usted mejor en marcharse a su casa y en tirar esa pistola, que puede traerle algún disgusto —dijo Dorian, girando sobre sus talones y alejándose despacio calle abajo.

James Vane permanecía en medio del arroyo, horrorizado. Temblaba de pies a cabeza. Desde hacía un rato, una sombra negra se deslizaba a lo largo del muro chorreante; pasó bajo la luz y se acercó a él con pasos furtivos. Sintió una mano que se posaba sobre su brazo y se volvió sobresaltado. Era una de las mujeres que bebían en el bar.

—¿Por qué no le has matado? —se ladeó acercando a él su cara ávida—. Me supuse que le seguirías cuando te vi salir precipitadamente de casa de Daly. ¡Idiota! Debías haberle matado. Tiene mucho dinero, y es peor que lo más malo.

—No era el hombre que yo buscaba —respondió—, y yo no quiero el dinero de nadie. Quiero la vida de un hombre. El hombre cuya vida necesito tiene cerca de cuarenta años. Este es casi un muchacho. A Dios gracias, no he manchado mis manos con su sangre.

La mujer lanzó una risa amarga.

—¡Casi un muchacho! —dijo con sarcasmo—. ¡Hombre! ¿Tú no sabes que hace cerca de dieciocho años que el Príncipe Encantador me hizo lo que soy?

—¡Mientes! —exclamó James Vane.

Ella alzó las manos al cielo.

—¡Te juro ante Dios que digo la vendad! —gritó.

—¿Ante Dios?

—Que me quede muda si no es así. Es el peor de los que vienen aquí. Dicen que se ha vendido al diablo para conservar su hermosa cara. Hace cerca de dieciocho años que le conocí. No ha cambiado apenas desde entonces. Es tal como te lo digo —añadió la mujer con una mirada enfermiza.

—¿Lo juras?

—Lo juro —repitieron sus labios aplastados, como un eco ronco—. Pero no me lleves ante él —gimió —; le tengo miedo.

Se separó de ella con un juramento, y se precipitó hacia la esquina de la calle; pero Dorian Gray había desaparecido. Cuando volvió, la mujer no estaba tampoco allí.

CAPÍTULO XVII

Una semana después, Dorian Gray estaba sentado en el invernadero de Selby Royal, hablando con la linda duquesa de Monmouth, que, acompañada de su marido, un hombre de sesenta años, de aspecto fatigado, figuraba entre sus huéspedes. Era la hora del té, y la suave luz de la gran lámpara, cubierta de encaje, que descansaba sobre la mesa, hacía brillar la delicada porcelana y la plata repujada del servicio; la duquesa presidía la reunión. Sus blancas manos se movían delicadamente entre las tazas y sus labios carnosos y bermejos sonreían a algo que Dorian Gray le musitaba. Lord Henry estaba tendido sobre un sillón de mimbre, forrado de seda, contemplándoles. En un diván color melocotón estaba lady Narborough intentando escuchar la descripción que le hacía el duque del último escarabajo brasileño con el cual había aumentado su colección. Tres jóvenes muy elegantes con primorosos *smokings* ofrecían pastas a algunas señoras. La reunión se componía de doce personas, y se esperaban más al día siguiente.

—¿De qué hablan ustedes? —dijo lord Henry yendo hacia la mesa, y llevando allí su taza—. Espero que Dorian te haya comunicado mi proyecto de rebautizarlo todo, Gladys. Es una idea encantadora.

—Pero si yo no necesito ser rebautizada, Harry —replicó la duquesa, mirándole con sus ojos maravillosos—. Estoy completamente satisfecha de mi nombre, y segura de que a míster Gray le satisface también el suyo.

—Mi querida Gladys, no quisiera cambiar ninguno de los nombres de ustedes por nada del mundo. Los dos son perfectos. Pensaba principalmente en las flores. Ayer corté una orquídea para mi ojal. Era una maravillosa flor jaspeada, tan impresionante como los siete pecados capitales. En un momento de atolondramiento pregunté a uno de los jardineros cómo se llamaba. Me dijo que era un hermoso ejemplar de *Robinsoniana,* o algo así de horrible. Es tristemente cierto, pero hemos perdido la facultad de dar nombres deliciosos a las cosas. Y los nombres lo son todo. Nunca discuto sobre hechos. Mi única disputa es sobre palabras. Por esta razón odio el realismo vulgar en literatura. Al hombre que llamase azada a una azada debería obligársele a utilizarla. Es para lo único que serviría.

—Entonces, ¿cómo vamos a llamarte, Harry? —preguntó ella.

—Su nombre es el Príncipe Paradoja —dijo Dorian.

—Le reconozco por ese calificativo —exclamó la duquesa.

—No quiero oír nada —dijo riendo lord Henry, sentándose en un sillón—. ¡No hay modo de escapar de la etiqueta! Rehúso el título.

—Las majestades no pueden abdicar —observaron unos labios bonitos.

—¿Quiere entonces que defienda mi trono?

—Sí.

—Proclamaré las verdades de mañana.

—Prefiero los errores de hoy —respondió ella.

—Me desarmas, Gladys —exclamó, imitando su tenacidad.

—De tu escudo, Harry; no de tu lanza.

—No combato nunca contra la Belleza —dijo con un peculiar gesto.

—Es un error, Harry, créeme. Valoras demasiado la Belleza.

—¿Cómo puedes decir eso? Confieso creer que es mejor ser bello que bueno. Pero, por otra parte, no hay nadie tan dispuesto como yo a reconocer que es mejor ser bueno que feo.

—¿La fealdad, entonces, es uno de los siete pecados capitales? —exclamó la duquesa—. ¿Qué ha sido de su símil referente a las orquídeas?

—La fealdad es una de las siete virtudes capitales, Gladys.

Tú, como buena conservadora, no debes menospreciarlas. La cerveza, la Biblia y las siete virtudes capitales han hecho de nuestra Inglaterra lo que es.

—¿No te gusta, entonces, tu país? —preguntó ella.

—Vivo en él.

—Es que censuras el mejor.

—¿Querrías que me atuviese al veredicto de Europa sobre él? —inquirió.

—¿Qué dice de nosotros?

—Que Tartufo ha emigrado a Inglaterra y aquí se ha establecido.

—¿Esto es tuyo, Harry?

—Te lo regalo.

—No puedo utilizarlo. Es demasiado cierto.

—No tienes nada que temer. Nuestros compatriotas no se reconocen nunca en una descripción.

—Son prácticos.

—Son más astutos que prácticos. A la hora de la contabilidad equiparan la estupidez con la riqueza y el vicio con la hipocresía.

—A pesar de eso hemos hecho grandes cosas.

—Las grandes cosas nos fueron impuestas, Gladys.

—Hemos aguantado su peso.

—Sólo hasta el Stock Exchange.

Ella movió la cabeza.

—Creo en la raza —exclamó.

—Representa los supervivientes del primer brote.

—Continúa su desarrollo.

—La decadencia me fascina más.

—¿Qué es el arte? —preguntó ella.

—Una enfermedad.

—¿Y el amor?

—Una ilusión.

—¿La religión?

—Lo que sustituye elegantemente a la fe.

—Eres un escéptico.

—¡Nunca! El escepticismo es el comienzo de la fe.

—¿Qué es, entonces?

—Definir es limitar.

—Dame un guía.

—Se han roto los hilos. Te perderías en el laberinto.

—Me aturdes. Hablemos de otra cosa.

—Nuestro anfitrión es un tema delicioso. Fue bautizado hace años con el nombre del Príncipe Encantador.

—¡Ah! No me recuerde usted eso —exclamó Dorian Gray.

—Nuestro anfitrión está un poco desapacible esta noche —contestó ruborizándose la duquesa—. Creo que piensa que Monmouth se ha casado conmigo, conforme a sus puros principios científicos, como con el mejor ejemplar que ha podido encontrar de mariposa moderna.

—Bueno; espero que no se le ocurra atravesarla a usted con un alfiler, duquesa —dijo Dorian riendo.

—¡Oh! Mi doncella ya se encarga de ello cuando está disgustada conmigo.

—Y ¿cómo puede disgustarse con usted, duquesa?

—Por las cosas más triviales, míster Gray, se lo aseguro. Generalmente, porque llego a las nueve menos diez y digo que tengo que estar vestida para las ocho y media.

—¡Qué poco razonable es ella! Debería usted reñirla.

—No me atrevo, míster Gray. Considere usted que ella me inventa los sombreros. ¿Se acuerda usted de uno que llevaba yo en la *garden party* de lady Hilstone? No se acuerda, pero es muy amable por su parte aparentar recordarlo. Bueno; pues estaba hecho con nada. Todos los sombreros bonitos están hechos con nada.

—Como todas las buenas actuaciones, Gladys… —interrumpió lord Henry—. Cada efecto que consigues creas un enemigo más. Para ser popular hay que ser mediocre.

—No con las mujeres —dijo la duquesa, moviendo la cabeza— y las mujeres gobiernan al mundo. Te aseguro que no podemos soportar las medianías. Nosotras las mujeres, como dice alguien, amamos con nuestros oídos, así como ustedes los hombres aman con los ojos, si es que aman ustedes de alguna manera.

—Creo que no hacemos otra cosa —murmuró Dorian.

—¡Ah! Entonces usted no ha amado nunca realmente, míster Gray —respondió la duquesa con una tristeza burlona.

—¡Mi querida Gladys! —exclamó lord Henry—. ¿Cómo puedes decir eso? La pasión romántica vive por repetición, y la repetición hace artístico un deseo. Además, cada vez que se ama es la única vez que se ha amado. La diferencia de objeto no altera la unidad de la pasión. La intensifica simplemente. No podemos tener en la vida más que una gran prueba a lo más, y el secreto de la vida está en repetirla lo más a menudo posible.

—¿Aun cuando uno haya sido herido por ella, Harry? —preguntó la duquesa después de una pausa.

—En especial cuando ha sido uno herido por ella —respondió lord Henry.

La duquesa se volvió, mirando a Dorian Gray con una singular expresión en sus ojos.

—¿Qué dice usted a eso, míster Gray? —preguntó.

Dorian vaciló un momento y echó hacia atrás la cabeza riendo:

—Estoy siempre de acuerdo con Harry, duquesa.

—¿Hasta cuando está equivocado?

—Harry no se equivoca nunca, duquesa.

—¿Y su filosofía le hace a usted feliz?

—No he buscado nunca la felicidad. ¿Quién desea la felicidad? He buscado el placer.

—¿Y lo ha encontrado, míster Gray?

—A menudo. Demasiado a menudo.

La duquesa suspiró.

—Yo busco la paz —dijo—; y, si no voy a vestirme, no la tendré esta noche.

—Déjeme que le traiga unas orquídeas, duquesa —exclamó Dorian, levantándose y entrando en el invernadero.

—Flirteas demasiado atrevidamente con él —dijo lord Henry a su prima—. Ten más cuidado. Es un gran fascinador.

—Si no lo fuera, no habría combate.

—¿Los griegos combaten con los griegos?

—Estoy del lado de los troyanos; peleaban por una mujer.

—Fueron derrotados.

—Hay cosas peores que la derrota —respondió ella.

—Galopas a rienda suelta.

—Sólo así se siente la vida —fue la *riposte* [respuesta].

—Escribiré eso en mi diario esta noche.

—¿El qué?

—Que a un niño quemado le gusta el fuego.

—Yo ni siquiera estoy chamuscada; mis alas están intactas.

—Las usas para todo, excepto para la huida.

—El valor ha pasado de los hombres a las mujeres. Es una nueva experiencia para nosotras.

—Tienes una rival.

—¿Quién?

El se echó a reír.

—Lady Narborough —murmuró— le adora locamente.

—Me llenas de terror. La atracción de lo antiguo nos es fatal a las que somos románticas.

—¡Románticas! Tenéis todo el método de la ciencia.

—Los hombres nos han educado.

—Pero no os han explicado.

—Descríbenos como sexo —le desafió.

—Esfinges sin secretos.

Ella le miró sonriente.

—Cuánto tarda míster Gray —dijo—. Vamos a ayudarle. No le he dicho el color de mi vestido.

—¡Ah! Debías adaptar tu vestido a sus flores, Gladys.

—Eso sería una rendición prematura.

—El arte romántico se inicia con su culminación.

—Me reservaré una oportunidad para la retirada.

—¿A la manera de los Parthos?

—Ellos encontraron la seguridad en el desierto. Yo no podría hacerlo.

—No siempre les está permitido elegir a las mujeres —respondió él.

Apenas había terminado aquella sentencia, cuando del fondo del invernadero salió un gemido ahogado, seguido del ruido sordo de la caída de un cuerpo pesado. Todos se estremecieron. La duquesa se quedó inmóvil de horror. Y con sus ojos llenos de temor, lord Henry se precipitó hacia las palmeras agitadas y encontró a Dorian Gray tendido, con la cara contra el suelo enlosado, desmayado, como muerto.

Le trasladaron al salón azul, acostándole sobre uno de los sofás. Después de un breve instante volvió en sí y miró a su alrededor, con expresión aturdida.

—¿Qué ha sucedido? —preguntó—. ¡Oh! Ahora me acuerdo. ¿Estoy a salvo aquí, Harry?

Un temblor le sobrecogió.

—Mi querido Dorian —contestó lord Henry—, se desmayó usted simplemente. Eso fue todo. Debía estar muy cansado. Será mejor que no baje usted a cenar. Yo ocuparé su sitio.

—No, bajaré —dijo, esforzándose por levantarse—. Prefiero bajar. No debo estar solo.

Fue a su habitación y se vistió. En la mesa mostró una salvaje e inconsciente alegría en la manera de comportarse, pero un escalofrío de terror le recorría cuando recordaba haber visto adosada a los cristales de la ventana del invernadero, como un blanco pañuelo, la cara de James Vane, vigilándole.

CAPÍTULO XVIII

Al día siguiente no salió de la casa y, en efecto, pasó la mayor parte del tiempo en su habitación, enfermo, con un fiero terror a la muerte, y, sin embargo, indiferente a la vida. El convencimiento de estar vigilado, perseguido, acosado, empezaba a dominarle. Temblaba si el viento agitaba el tapiz. Las hojas secas arrojadas contra los cristales emplomados eran como sus propias resoluciones inútiles y sus ardientes pesares. Cuando cerraba los ojos, veía de nuevo la cara del marinero espiándole a través de los cristales empañados de niebla, y el horror le hacía poner su mano sobre el corazón.

Pero quizá era sólo su fantasía la que atraía la venganza de la noche, colocando ante él las atroces figuras del castigo. La vida actual era un caos, pero había algo terriblemente lógico en la imaginación. La imaginación pone al remordimiento sobre la pista del pecado. La imaginación hace que cada crimen soporte su deforme progenie. En el mundo común de los hechos, los malos no son castigados ni los buenos recompensados. El éxito se lo llevan los fuertes, el fracaso le es impuesto a los débiles. Esto era todo. Además, cualquier extraño podía rondar alrededor de la casa y ser visto por los criados o los guardas. Si se hubieran encontrado señales de pasos en los matorrales, los jardineros lo hubieran denunciado. Sí; era sencillamente una fantasía. El hermano de Sibyl Vane no había vuelto para matarle. Habría partido en su barco para naufragar en algún mar del Ártico. Él, por lo menos, estaba a salvo. Aquel hombre no sabía, no podía saber, quién era él. La máscara de la juventud le había salvado.

Y, sin embargo, si era simplemente una ilusión, ¡qué terrible era pensar que la conciencia podía suscitar tales fantasmas espantosos, darles formas visibles y hacer que se movieran ante uno! ¡Qué clase de vida sería la suya, si día y noche las sombras de su crimen iban a espiarle desde los rincones silenciosos, burlándose de él en sus escondites, cuchicheándole al oído en las fiestas, despertándole con sus dedos helados cuando durmiese! Ante aquel pensamiento que se deslizaba en su mente, palideció de terror, y le pareció que el aire se enfriaba repentinamente. ¡Oh! ¡En qué salvaje hora de locura había matado a su amigo! ¡Qué horrible el simple recuerdo de aquella escena! La veía entera de nuevo. Cada espantoso detalle reaparecía en él acrecentado en horror. Fuera de la negra caverna del Tiempo, terrible y tapizada de escarlata, surgía la imagen de su pecado. Cuando lord Henry llegó a las seis, le encontró sollozando como si su corazón fuese a estallar.

Hasta el tercer día no se atrevió a salir. Había algo en el aire claro de aquella mañana de invierno en la que flotaba el aroma de los pinos, que parecía devolverle su alegría y su ardiente deseo de vivir. Pero no eran solamente las condiciones físicas del ambiente las que produjeron el cambio. Su propia naturaleza se revelaba contra aquel exceso de angustia que intentó mutilar y dañar la perfección de su serenidad. Eso pasa siempre con los temperamentos sutiles finamente templados. Sus poderosas pasiones deben pulverizarse o doblegarse. O matan al hombre, o mueren ellas mismas. Los dolores y los amores superficiales sobreviven. Los grandes amores y las grandes penas se destruyen por su propia plenitud. Además, estaba convencido de que había sido víctima de su imaginación enferma de terror, y miraba ahora sus miedos anteriores con algo de compasión y bastante desprecio.

Después del almuerzo se paseó durante una hora con la duquesa por el jardín, y luego cruzaron el parque para reunirse con la partida de cazadores. La escarcha crujiente se extendía sobre el césped como arena. El cielo era una copa invertida de metal azul. Una delgada capa de hielo rodeaba el terso lago, donde crecían unos juncos. En el recodo de un bosque de pinos vio a sir Geoffrey Clouston, el hermano de la duquesa, sacando dos cartuchos gastados de su escopeta. Saltó del carruaje, y después de decir al lacayo que llevara la yegua a la casa, fue hacia sus invitados por entre las ramas secas y la dura maleza.

—¿Ha tenido buena caza, Geoffrey? —preguntó.

—No muy buena, Dorian. Creo que la mayoría de las aves están en el llano. Me atrevo a decir que la tendré mejor después de la merienda, cuando vayamos por los sembrados.

Dorian vagó a su lado. El aire era cálido y perfumado; la luz gris y roja que brillaba en el bosque, los roncos gritos de los ojeadores que resonaban de vez en cuando, las detonaciones retumbantes de las escopetas que se sucedían, le fascinaron, llenándole de una sensación de deliciosa libertad. Se dejó dominar por el abandono de la dicha, por la elevada indiferencia de la alegría.

De pronto, desde un altozano de tierra y césped, a unos veinte metros frente a ellos, con sus orejas de puntas negras tiesas y sus largas patas traseras extendidas, salió una liebre. Saltó como un rayo hacia un plantel de alisos. Sir Geoffrey se echó la escopeta a la cara; pero había algo tan gracioso en los movimientos del animal, que Dorian Gray, extrañamente seducido, exclamó inmediatamente:

—¡No dispare, Geoffrey! Déjela vivir.

—¡Qué tontería, Dorian! —dijo, riendo, su compañero, y cuando la liebre saltaba a la maleza, disparó.

Se oyeron dos gritos, el de la liebre herida, que es terrible, y el de un hombre agonizante, que es peor.

—¡Cielo santo! ¡Le he dado a un ojeador! —exclamó sir Geoffrey—. ¡Qué torpe es ese hombre que se pone delante de las escopetas! ¡No tire! —gritó con toda la fuerza de su voz—. ¡Un hombre herido!

El guarda mayor llegó corriendo con un bastón en la mano.

—¿Dónde, señor? ¿Dónde está? —gritó. En el mismo momento cesó el fuego en toda la línea.

—Aquí —respondió, furioso, sir Geoffrey, precipitándose

hacia la maleza—. ¿Por qué no coloca usted a sus hombres más atrás? Me ha estropeado la caza de hoy.

Dorian los vio entrar en el alisar, apartando a un lado las ramas flexibles. Al cabo de un momento salieron arrastrando un cuerpo hacia el sol. Se volvió de espalda, horrorizado. Le parecía que la desgracia le perseguía a donde fuese. Oyó preguntar a sir Geoffrey si el hombre había muerto, y la respuesta afirmativa del guarda. El bosque le pareció de pronto lleno de caras vivas. Oía el rumor de pisadas y un apagado zumbido de voces. Un gran faisán de pechuga cobriza voló hacia las ramas sobre sus cabezas.

Después de unos momentos que en su estado de trastorno le parecieron horas interminables de dolor, sintió que una mano se posaba sobre su hombro. Se estremeció y miró alrededor.

—Dorian —dijo lord Henry—, será mejor avisar que la cacería se suspende por hoy. No estaría bien continuarla.

—Querría que se suspendiese para siempre, Harry —respondió amargamente—. El suceso es horroroso y cruel. ¿Ese hombre…?

No pudo terminar la frase.

—Mucho me lo temo —replicó lord Henry—. Ha recibido toda la descarga en el pecho. Debe de haber muerto casi instantáneamente. Vamos; véngase a casa.

Anduvieron uno al lado del otro en dirección a la avenida cerca de cien metros, sin hablarse. Después Dorian miró a lord Henry y dijo con un profundo suspiro:

—Es un mal presagio, Harry. Un presagio muy malo.

—¿El qué? —preguntó lord Henry—. ¡Oh! Supongo que este accidente, mi querido amigo, no pudo evitarse. Ha sido culpa exclusiva de ese hombre. ¿Por qué se puso delante de las escopetas? Además, esto no nos concierne. Es engorroso para Geoffrey, naturalmente. No debe acribillarse a los ojeadores. Eso hace creer a la gente que somos tiradores alocados. Y Geoffrey tira muy bien. Pero no hay que hablar del asunto.

Dorian movió la cabeza.

—Es un mal presagio, Harry. Siento como si algo horrible fuera a sucederle a alguno de nosotros. A mí, quizá —añadió, pasándose la mano por los ojos, con gesto de dolor.

Su compañero se echó a reír.

—Lo único horrible que hay en el mundo es el aburrimiento, Dorian. Es el único pecado para el que no existe perdón. Esto no traerá disgustos, a no ser que los demás compañeros hablen de ello en la comida. Les diré que es un tema prohibido. En cuanto a los presagios, no existen tales cosas. El Destino no nos envía heraldos. Es demasiado sabio o demasiado cruel para eso. Además, ¿qué le iba a usted a pasar, Dorian? Tiene usted cuanto puede desear un hombre en el mundo. No hay nadie que no quisiera cambiar, encantado, su puesto por el de usted.

—No hay nadie con quien no quisiera yo cambiarlo, Harry. No se ría usted así. Le digo la verdad. El miserable campesino que acaba de morir estaba en mejores circunstancias que yo. No tengo miedo a la muerte. Es la llegada de la muerte lo que me aterra. Sus monstruosas alas parecen cernirse en el aire plomizo a mi alrededor.

—¡Cielo santo! ¿No ve usted un hombre moviéndose allí detrás de esos árboles, vigilándome, esperándome?

Lord Henry miró en la dirección que le indicaba la temblorosa mano enguantada.

—Sí —dijo, sonriendo—. Veo al jardinero que le espera. Supongo que quiere preguntarle qué flores desea tener en la mesa esta noche. ¡Qué absurdamente nervioso está usted, mi querido amigo! Debe ir a que le vea mi médico cuando regresemos a la ciudad.

Dorian lanzó un suspiro de alivio al ver al jardinero que se acercaba. El hombre se tocó el sombrero, miró vacilante un momento a lord Henry, y luego sacó una carta, que entregó a su señor.

—Su gracia me ha dicho que espere contestación —murmuró.

Dorian se metió la carta en el bolsillo.

—Dígale a su gracia que voy —dijo fríamente.

El hombre dio media vuelta y marchó rápidamente en dirección a la casa.

¡Cómo les gusta a las mujeres hacer cosas peligrosas! —dijo, riendo, lord Henry—. Esta es una de las cualidades que admiro más en ellas. Una mujer flirteará con cualquiera en el mundo mientras la gente la esté mirando.

—¡Cómo le gusta a usted decir cosas peligrosas, Harry! En el presente caso está usted completamente descaminado. Estimo muchísimo a la duquesa, pero no la amo.

—Y la duquesa le ama muchísimo, pero le estima menos, y así, forman ustedes una excelente pareja.

—Es usted escandaloso hablando, Harry, y no hay en esto ninguna base escandalosa.

—La base de todo escándalo es una certeza inmoral —dijo lord Henry encendiendo un cigarrillo.

—Sacrifica usted a todo el mundo, Harry, para hacer un epigrama.

—La gente va al altar espontáneamente —fue la respuesta.

—Quisiera amar —exclamó Dorian Gray con una entonación profundamente patética en su voz—. Pero me parece que he perdido la pasión, y que he olvidado el deseo. Estoy demasiado concentrado en mí mismo. Mi propia personalidad se me ha vuelto una carga. Necesito escapar, marcharme, olvidar. Ha sido una tontería en mí el haber venido aquí. Creo que voy a telegrafiar a Harley que tenga preparado el yate. Sobre un yate se está seguro.

—¿Seguro de qué, Dorian? ¿Tiene usted algún disgusto? ¿Por qué no me lo dice? Ya sabe que le ayudaré.

—No puedo decírselo, Harry —respondió tristemente—. Y me atrevo a decir que es únicamente una fantasía mía. Ese desdichado accidente me ha trastornado. Tengo el presentimiento horrible de que algo parecido va a sucederme.

—¡Qué tontería!

—Eso espero, pero no puedo dejar de sentirlo. ¡Ah! Ahí está la duquesa; parece una Artemisa con traje de sastre. Como usted ve, volvíamos, duquesa.

—Ya he oído todo lo que ha pasado, míster Gray —respondió ella—. El pobre Geoffrey está terriblemente trastornado. Y parece que usted le suplicó que no disparase a la liebre. ¡Qué curioso!

—Sí; fue muy curioso. No sé lo que me hizo decírselo. Algún capricho, supongo. Parecía la más atractiva de las pequeñas cosas vivas. Pero siento que le hayan contado a usted lo sucedido. Es un tema espantoso.

—Es un tema aburrido —interrumpió lord Henry—. Carece de valor psicológico. Ahora, si Geoffrey hubiese hecho eso a propósito, ¡qué interesante sería! ¡Quisiera conocer a alguien que hubiese cometido un verdadero crimen!

—¡Qué atroz eres, Harry! —exclamó la duquesa—. ¿No es verdad, míster Gray? Harry, míster Gray se siente otra vez indispuesto. Se va a desmayar.

Dorian, irguiéndose con esfuerzo, sonrió.

—No es nada, duquesa —murmuró—; mis nervios están terriblemente desquiciados. Esto es todo. Temo no poder ir demasiado lejos esta mañana. No he oído lo que decía Harry. ¿Era muy malo? Me lo contará usted otra vez. Creo que debo irme a acostar. Me perdonan ustedes, ¿verdad?

Habían llegado al gran tramo de escaleras que conducían desde el invernadero a la terraza. Cuando la puerta acristalada se cerró detrás de Dorian, lord Henry se volvió y miró a la duquesa con sus ojos soñolientos.

—¿Le amas mucho? —preguntó.

Ella no contestó durante un momento, mientras contemplaba el paisaje.

—Me gustaría saberlo —dijo por último.

Él movió la cabeza.

—El conocimiento sería fatal. Es la incertidumbre lo que atrae. La bruma hace las cosas maravillosas.

—Puede uno perder el camino.

—Todos los caminos acaban en el mismo punto, mi querida Gladys.

—¿Cuál es?

—La desilusión.

—Era mi *début* en la vida —suspiró ella.

—Vino a ti coronado.

—Estoy cansada de las hojas de fresa.

—Te sientan bien.

—Sólo en público.

—Las echarías de menos —dijo lord Henry.

—No me desharía de un solo pétalo.

—Monmouth tiene oídos.

—La vejez es dura de oído.

—¿No ha sido nunca celoso?

—Quisiera que lo hubiese sido.

El miró a su alrededor como si buscase algo.

—¿Qué buscas por ahí? —preguntó ella.

—El botón de tu florete —respondió—. Lo has dejado caer.

Ella se echó a reír.

—Tengo aún la careta.

—Que hace tus ojos adorables —fue la réplica.

Ella rió de nuevo. Sus dientes asomaron como blancas pepitas en un fruto escarlata.

En el piso de arriba, en su habitación, Dorian Gray estaba tendido sobre un sofá, con el terror clavado en cada fibra temblorosa de su cuerpo. La vida le pareció de pronto una carga demasiado horrorosa para soportarla. La muerte terrible del infeliz ojeador, cazado en la maleza como una fiera, le parecía representar anticipadamente también su muerte. Casi se había desmayado ante lo que dijo lord Henry por casualidad, como cínica burla.

A las cinco llamó a su criado, y le dio órdenes de preparar sus cosas para el expreso de la noche a Londres y de tener el coche en la puerta a las ocho y media. Estaba resuelto a no dormir otra noche en Selby Royal. Era un sitio de mal augurio. La muerte se paseaba allí a la luz del sol. El césped del bosque se había manchado de sangre.

Escribió unas líneas a lord Henry diciéndole que se iba a la ciudad a consultar con su médico, y rogándole que divirtiese a sus huéspedes en su ausencia. Cuando estaba metiéndolas en el sobre, llamaron en la puerta, y su criado le informó que el guarda mayor deseaba verle. Frunció las cejas y se mordió los labios.

—Que pase aquí —murmuró, después de un momento de vacilación.

Cuando el hombre entró, Dorian sacó su talonario de cheques de un cajón y lo abrió delante de él.

—¿Supongo que vendrá usted por el infortunado accidente de esta mañana, Thornton? —dijo, cogiendo una pluma.

—Sí, señor —respondió el guardabosque.

—¿Estaba casado el pobre muchacho? ¿Tenía familia? —preguntó Dorian, con aire aburrido—. Si es así, no quiero dejarla en la indigencia y les mandaré la cantidad que usted crea necesaria.

—No sabemos quién es, señor. Por eso me he tomado la libertad de venir a decírselo.

—¿No saben quién es? —dijo Dorian con indiferencia—. ¿Qué quiere decir? ¿No era uno de sus hombres?

—No, señor; no le había visto nunca antes. Parece un marinero, señor.

La pluma se cayó de la mano de Dorian y sintió como si su corazón cesara repentinamente de latir.

—¿Un marinero?… —exclamó—. ¿Ha dicho «marinero»?

—Sí, señor. Tiene el aspecto de ser un marinero, está tatuado en ambos brazos como esa clase de gente.

—¿Se le ha encontrado algo encima? —dijo Dorian, inclinándose hacia el guarda y mirándole con ojos espantados—. ¿Algo que permita conocer su nombre?

—Algún dinero, señor, no mucho, y un revólver de seis tiros. No hemos encontrado nombre ni nada parecido. El aspecto es decente, señor; pero ordinario. Una especie de marinero, creemos.

Dorian se levantó de un salto. Una terrible esperanza le conmovió. Se aferró a ella locamente.

—¿Dónde está el cadáver? —exclamó—. ¡Pronto! Quiero verlo inmediatamente.

—Está en una cuadra vacía, en la Casa de la Granja, señor. A la gente no le gusta tener esa clase de cosas en su casa. Dicen que un cadáver trae mala suerte.

—¡La Casa de la Granja! Vaya allí enseguida y espéreme. Diga a uno de los palafreneros que me traiga mi caballo. No. No haga nada. Iré yo mismo a las cuadras. Esto ahorrará tiempo.

Antes de un cuarto de hora, Dorian Gray bajaba galopando la larga avenida. Los árboles parecían cruzar ante él en una procesión espectral y unas sombras feroces se atravesaban en su camino. De pronto, la yegua se desvió hacia un poste indicador, y casi le tira. Le azotó el cuello con su fusta. El animal hendió el aire oscuro como una flecha. Las piedras volaban bajo sus cascos. Por fin, llegó a la Casa de la Granja. Dos hombres vagaban por el corral. Saltó de su silla y entregó las riendas a uno de ellos. En la cuadra más alejada brillaba una luz. Algo pareció decirle que el cuerpo estaba allí; se precipitó hacia la puerta y empuñó el picaporte. Se detuvo un momento, sintiendo que estaba a punto de hacer un descubrimiento que iba a rehacer o destrozar su vida. Después empujó la puerta y entró.

Sobre un montón de sacos, en un rincón del fondo, yacía el cadáver de un hombre vestido con una camisa basta y unos pantalones azules. Un pañuelo manchado estaba puesto sobre la cara. Una vela, metida en una botella, chisporroteaba a su lado.

Dorian Gray se estremeció. Sintió que no podía quitar él mismo el pañuelo, y dijo a uno de los mozos de la granja que viniese.

—Quite usted eso de la cara. Quisiera verla —dijo, agarrándose al marco de la puerta para sostenerse.

Cuando el mozo obedeció, él se adelantó. Un grito de alegría brotó de sus labios. El hombre que habían matado en la maleza era James Vane.

Permaneció allí algunos minutos mirando el cadáver. Cuando volvió cabalgando hacia la casa, sus ojos se llenaron de lágrimas, pues sabía que su vida estaba segura.

CAPÍTULO XIX

—De nada sirve que me diga usted que va a ser bueno —exclamó Lord Henry, mojando sus blancos dedos en un recipiente de cobre rojo lleno de agua de rosas—. Es usted completamente perfecto. No cambie, por favor.

Dorian Gray movió la cabeza.

—No, Harry; he hecho demasiadas cosas horribles en mi vida. No voy a hacer más. Ayer empecé mis buenas acciones.

—¿Dónde estaba usted ayer?

—En el campo, Harry. Instalado en una pequeña posada.

—Mi querido amigo —dijo lord Henry, sonriendo—, todo el mundo puede ser bueno en el campo. Allí no hay tentaciones. Esta es la razón por la que la gente que vive fuera de la ciudad es absolutamente incivilizada. La civilización no es, en modo alguno, una cosa fácil de lograr. Hay únicamente dos maneras de poder alcanzarla: una, siendo culto; otra, estando corrompido. La gente del campo no tiene ocasión de ser de ninguna de las dos maneras; por eso se ha estancado.

—La cultura y la corrupción —replicó Dorian como un eco—. Algo he conocido de ambas. Ahora me parece terrible que las dos puedan hallarse juntas. Porque tengo un nuevo ideal, Harry. Voy a cambiar. Creo que he cambiado.

—No me ha contado aún cuál fue su buena acción. ¿O me decía usted que había realizado más de una? —preguntó su compañero, mientras volcaba en su plato una pequeña pirámide carmesí de fresas olorosas, espolvoreándolas de azúcar con una cuchara tamiz en forma de concha.

—A usted puedo decírselo, Harry. Es una historia que no pienso contar a nadie más. No he querido perder a una mujer.

Suena esto a vanidad; pero usted comprenderá lo que quiere decir. Era muy bella y se parecía maravillosamente a Sibyl Vane. Creo que eso fue lo primero que me atrajo de ella. Se acuerda usted de Sibyl, ¿verdad? ¡Qué lejano parece aquello! Bien; Hetty no pertenecía a nuestra clase, naturalmente. Era una sencilla moza de pueblo. Pero yo la amaba realmente. Estoy completamente seguro de que la amaba. Durante todo este maravilloso mes de mayo que hemos tenido, solía ir a verla dos o tres veces por semana. Ayer me la encontré en un pequeño huerto. Las flores de un manzano le caían sobre el pelo y se reía. Debíamos marcharnos juntos esta mañana, al amanecer. De pronto decidí abandonarla, dejándola como una flor, cual la había encontrado.

—Creo que la novedad de la emoción debe de haberle proporcionado a usted un estremecimiento de verdadero placer, Dorian —interrumpió lord Henry—. Pero podría terminar su idilio. Le ha dado usted buenos consejos y destrozado el corazón. ¿Era ese el comienzo de su reforma?

—Harry, ¡es usted atroz! No debía decir esas cosas horribles. El corazón de Hetty no ha quedado destrozado. Claro que gritó, eso fue todo. Pero no está deshonrada. Puede vivir como Perdita en su jardín de mentas y caléndulas.

—Y llorar por un Florizel infiel —dijo lord Henry, riendo y echándose hacia atrás en su silla—. Mi querido Dorian, tiene usted estados de ánimo curiosamente infantiles. ¿Cree usted realmente que esa muchacha se contentará ahora con uno de su clase? Suponiendo que se casa algún día con un zafio carretero o con un socarrón labrador. Bueno; el hecho de haberle conocido a usted y de haberle amado, le hará despreciar a su marido y será desgraciada. Desde un punto de vista moral, no puedo decir que creo mucho en su gran renuncia. Hasta para un comienzo es pobre. Además, ¿sabe usted si Hetty no flota en este momento en alguna alberca de molino, iluminada por la luz de las estrellas, rodeada de bellos nenúfares, como Ofelia?

—¡No puedo soportar eso, Harry! Se burla usted de todo, y luego sugiere las tragedias más serias. Siento habérselo contado.

Ya no hago caso de lo que usted me dice. Sé que he hecho bien en obrar así. ¡Pobre Hetty! Cuando pasé a caballo esta mañana por la posada, vi su blanca cara en la ventana, como un ramo de jazmines. No hablemos más de esto, y no intente usted persuadirme de que la primera buena acción que he hecho desde hace años, el primer sacrificio insignificante de mí mismo, sea realmente una especie de pecado. Quiero ser mejor. Voy a ser mejor. Hábleme de usted. ¿Qué pasa en la ciudad? No he estado en el club desde hace unos días.

—La gente discute todavía sobre la desaparición del pobre Basil.

—Creí que se habían cansado ya de eso, por ahora —dijo Dorian, echándose un poco de vino y frunciendo ligeramente las cejas.

—Mi querido amigo, no se ha hablado de ello más que seis semanas, y el público inglés no tiene rival en eso de concentrar su atención sobre un tema más de tres meses. Y han sido muy afortunados últimamente, sin embargo. Tuvieron mi propio divorcio y el suicidio de Alan Campbell. Ahora tienen la desaparición misteriosa de un artista. Scotland Yard insiste todavía en que el hombre del gabán gris que salió para París en el tren de medianoche, el nueve de noviembre, era el pobre Basil, y la Policía francesa declara que Basil no llegó nunca a París. Supongo que dentro de quince días nos dirán que se le ha visto en San Francisco. Es una cosa rara; pero de todos cuantos desaparecen se dice que han sido vistos en San Francisco. Debe de ser una ciudad deliciosa, y posee todos los atractivos del mundo futuro.

—¿Qué cree usted que le ha sucedido a Basil? —preguntó Dorian, levantando su copa de borgoña hacia la luz y asombrándose de la tranquilidad con que discutía aquel asunto.

—No tengo la más leve idea. Si Basil quiere ocultarse, eso no es cuenta mía. Si ha muerto, no tengo necesidad de pensar en ello. La muerte es lo único que me ha aterrado siempre. La odio.

—¿Por qué? —dijo el joven perezosamente.

—Porque —dijo lord Henry, pasando por debajo de su nariz la rejilla dorada de una caja abierta de vinagre de tocador—, porque puede sobrevivirse a todo hoy día, excepto a ella. La muerte y la vulgaridad son los dos únicos hechos del siglo diecinueve que no pueden explicarse. Vamos a tomar café al salón de música, Dorian. Tocará usted algo de Chopin para mí. El hombre con el que se ha fugado mi mujer interpretaba a Chopin de una manera exquisita. ¡Pobre Victoria! La estimaba mucho. La casa está un poco sola sin ella. Naturalmente que la vida conyugal es solamente una costumbre, una mala costumbre. Pero añora uno hasta la pérdida de sus peores costumbres. Quizá estas son las que se añoran más. Son una parte esencial de la propia personalidad.

Dorian no dijo nada; pero, levantándose de la mesa, entró en la habitación contigua, se sentó al piano y dejó vagar sus dedos sobre los marfiles blancos y negros de las teclas. Después de servido el café, dejó de tocar y, mirando a lord Henry, dijo:

—Harry, ¿no se le ha ocurrido nunca pensar que Basil haya sido asesinado?

Lord Henry bostezó.

—Basil era muy popular y llevaba siempre un reloj Waterbury. ¿Por qué iba a ser asesinado? No era bastante listo para tener enemigos. Naturalmente, poseía un maravilloso talento de pintor. Pero un hombre puede pintar como Velázquez y, sin embargo, ser lo más torpe posible. Realmente Basil era un poco obtuso. Sólo me interesó una vez, y fue cuando me contó, hace años, la loca adoración que sentía por usted, y que usted era el motivo dominante de su arte.

—Yo le quería mucho a Basil —dijo Dorian con un tono de tristeza en la voz—. Pero ¿no dice la gente que ha sido asesinado?

—¡Oh! Algunos diarios. No me parece que sea nada probable. Sé que hay sitios horrorosos en París; pero Basil no era de esa clase de hombres que los frecuentan. No tenía curiosidad. Era su principal defecto.

—¿Qué diría usted, Harry, si yo le revelase que asesiné a Basil? —dijo el joven. Y miró atentamente a su amigo mientras hablaba.

—Le diría, querido, que adopta usted una actitud que no le va. Todo crimen es vulgar, exactamente lo mismo que toda vulgaridad es un crimen. No está en usted, Dorian, cometer un asesinato. Lamento tener que herir su vanidad al decir esto; pero le aseguro que es verdad. El crimen pertenece exclusivamente a la clase baja. No la censuro en modo alguno. Me imagino que el crimen es para ella lo que el arte es para nosotros: sencillamente, un método para procurarse sensaciones extraordinarias.

—¿Un método para procurarse sensaciones? ¿Cree usted entonces que un hombre que ha cometido un crimen podría probablemente volver a cometer el mismo? No me diga usted eso.

—¡Oh! Cualquier cosa se convierte en un placer cuando se hace demasiado a menudo —exclamó lord Henry, riendo—. Este es uno de los secretos más importantes de la vida. Me imagino, sin embargo, que el crimen es siempre un error. No se debe hacer nunca nada que no se pueda contar de sobremesa. Pero dejemos al pobre Basil. Desearía creer que ha tenido un fin tan romántico como el que usted sugiere; pero no puedo. Me atrevo a decir que se habrá caído desde un ómnibus al Sena y que el conductor ha ocultado el escándalo. Sí; me figuro que ese fue su fin. Parece que le estoy viendo ahora, tendido boca arriba, bajo las aguas verdes y negruzcas, pasándole por encima pesadas barcazas y con largas hierbas prendidas en su pelo. Creo, ¿sabe usted?, que ya no hubiese vuelto a hacer muchas más obras buenas. Durante estos últimos diez años su pintura dio un gran bajón.

Dorian lanzó un suspiro y lord Henry, cruzando la habitación, empezó a cosquillear la cabeza de un curioso loro de Java, gruesa ave de plumaje gris, con la cola y la cresta rosadas, que se columpiaba sobre una pértiga de bambú. Mientras sus dedos afilados le tocaban, el loro pestañeó con la alba cortina de sus párpados movibles sobre sus pupilas negras como de cristal, y empezó a bambolearse hacia delante y hacia atrás.

—Sí —prosiguió, volviéndose y sacando el pañuelo del bolsillo—; su pintura dio un gran bajón. Parecía haber perdido algo. Había perdido un ideal. Cuando usted dejó de ser su íntimo amigo, él dejó de ser un gran artista. ¿Qué es lo que los separó? Supongo que le aburriría a usted. Si fue así, él no le olvidó a usted nunca. Es una costumbre que tienen los aburridos. A propósito: ¿qué ha sido de aquel maravilloso retrato que pintó de usted? Creo que no le he vuelto a ver nunca desde que lo terminó. ¡Oh! Recuerdo que me dijo usted hace años que lo había mandado a Selby y que se perdió o lo robaron en el camino. ¿No lo recuperó usted nunca? ¡Qué lástima! Era realmente una obra maestra. Recuerdo que se la quise comprar. Ahora me alegraría haberlo hecho. Pertenecía a la mejor época de Basil. Desde entonces, su obra tuvo esa curiosa mezcla de mala factura y de buenas intenciones, que hace siempre que a un hombre se le llame artista británico representativo. ¿Puso usted anuncios? Debía haberlo hecho.

—Ya lo he olvidado —dijo Dorian—. Supongo que lo hice. Pero realmente nunca me gustó. Siento haber servido de modelo para ese retrato. El recuerdo de aquello me es odioso. ¿Por qué habla usted de ello? Me trae a la memoria continuamente esos extraños versos de una obra, *Hamlet,* me parece. ¿Cómo dicen?…

> Como la pintura de una pena,
> un rostro sin corazón.

—Sí; esto es.

Lord Henry se echó a reír.

—Si un hombre trata la vida artísticamente, su cerebro es su corazón —respondió, hundiéndose en un sillón.

Dorian Gray movió la cabeza e hizo unos suaves acordes en el piano.

—Como la pintura de una pena —repitió—, un rostro sin corazón.

Su amigo, recostado, le contemplaba con los ojos medio cerrados.

—A propósito, Dorian —dijo, después de una pausa—: ¿qué provecho logra un hombre que gana el mundo entero y pierde (¿cómo sigue la cita?) su propia alma?

La música disonó, y Dorian Gray, sobresaltado, miró fijamente a su amigo.

—¿Por qué me pregunta usted eso, Harry?

—Mi querido amigo —dijo lord Henry, arqueando las cejas sorprendido—, se lo pregunto porque creo que usted puede ser capaz de contestarme. Esto es todo. Iba yo por el Parque, el domingo último, y cerca del Arco de Mármol había un pequeño grupo de gente desaliñada escuchando a un vulgar sacamuelas. Al pasar oí a aquel hombre vociferar esa pregunta a su auditorio. Me impresionó su dramatismo. Londres es muy rico en curiosos efectos de este estilo. Un domingo lluvioso, un tosco cristiano con impermeable, un círculo de caras pálidas y enfermizas bajo un techo desigual de paraguas goteantes y una frase maravillosa lanzada al aire como un grito por unos labios histéricos, era realmente magnífico en su género y totalmente sugestivo. Pensé decir al profeta que el arte tenía un alma, pero que el hombre no la tenía. Me temo, sin embargo, que no me hubiesen comprendido.

—No, Harry. El alma es una terrible realidad. Puede ser comprada, vendida y cambiada. Puede uno envenenarla o hacerla perfecta. Hay un alma en cada uno de nosotros. Lo sé.

—¿Está usted completamente seguro de eso, Dorian?

—Completamente seguro.

—¡Ah! Entonces debe de ser una ilusión. Las cosas de las que uno está absolutamente seguro no son nunca ciertas. Esa es la fatalidad de la fe y la lección de la novela. ¡Qué serio está usted! No se ponga serio. ¿Qué tenemos que ver usted o yo con las supersticiones de nuestra época? No; nos hemos desembarazado de nuestra creencia en el alma. Toque algo, toque un nocturno, Dorian, y mientras toca, dígame en voz baja cómo ha podido conservar su juventud. Debe usted de tener algún secreto. Le llevo a usted sólo diez años, y estoy arrugado, gastado, amarillo. Es usted realmente maravilloso, Dorian. No ha parecido usted nunca tan encantador como esta noche. Me recuerda el primer día que le vi. Era usted un poco mofletudo, muy tímido y completamente extraordinario. Ha cambiado usted, naturalmente; pero no en apariencia. Desearía que me revelase su secreto. Por recobrar mi juventud lo haría todo en el mundo, excepto ejercicio, levantarme temprano o ser respetable. ¡Juventud! No hay nada parecido a ella. Es absurdo hablar de la ignorancia de la juventud. Las únicas opiniones que oigo con todo respeto son las de las personas mucho más jóvenes que yo. Me parece que están delante de mí. La vida les ha revelado sus últimas maravillas. En cuanto a los viejos, siempre les contradigo. Lo hago por principio. Si les pregunta usted su opinión sobre algo ocurrido ayer, sueltan solemnemente las opiniones corrientes en mil ochocientos veinte, cuando la gente llevaba corbatín alto, creía en todo y no sabía absolutamente nada. ¡Qué deliciosa es esa pieza que está usted tocando! ¡Me pregunto si Chopin la compuso en Mallorca, mientras el mar gemía alrededor de su villa y la espuma salada salpicaba los cristales ¡Es maravillosamente romántico! ¡Qué suerte que nos hayan dejado un arte que no sea imitativo! No se detenga. Necesito música esta noche. Me parece que usted es el juvenil Apolo y que yo soy Marsyas, escuchándole. Tengo mis penas, Dorian, que ni siquiera usted conoce. La tragedia de la vejez no consiste en ser viejo, sino en haber sido joven. A veces me asombro de mi propia sinceridad. ¡Ah Dorian, qué feliz es usted! ¡Qué vida más exquisita ha sido la suya! Usted ha saboreado largamente todas las cosas. Ha exprimido las uvas contra su paladar. Nada se le ha ocultado. Y todo ello pasó por usted como el sonido de una música. No le ha mancillado. Es usted siempre el mismo.

—No soy el mismo, Harry.

—Sí; usted es el mismo. Me pregunto cuál será el final de su vida. No lo estropee con renunciamientos. Es usted actualmente un tipo perfecto. No se vuelva incompleto. Ahora es usted enteramente intachable. No mueva la cabeza, usted lo sabe.

Además, Dorian, no se engañe usted mismo. La vida no se rige por la voluntad o por la intención. La vida es una cuestión de nervios, de fibras, de células lentamente formadas, en las que se esconde el pensamiento, y la pasión tiene sus sueños. Se puede usted imaginar a salvo y creerse fuerte. Pero un casual tono de color en una habitación, un cielo matinal, un perfume peculiar que amó usted y que trae sutiles recuerdos consigo, un verso de un poema olvidado que vuelve a su memoria, una cadencia de una pieza musical que dejó usted de tocar, de todo esto, Dorian, se lo digo, de todas estas cosas parecen depender nuestras vidas. Browning ha escrito algo sobre esto; pero nuestros sentidos nos lo hacen imaginar. Hay momentos, cuando el olor de lilas blancas me penetra de repente, en que vuelvo a vivir el más extraño mes de mi vida. Quisiera cambiar con usted, Dorian. El mundo ha clamado contra nosotros dos; pero siempre le ha adorado a usted. Siempre le adorará. Es usted el tipo que busca nuestra época y que teme haber encontrado. Me satisface que no haya hecho usted nunca nada, ni esculpido una estatua, ni pintado un cuadro, ¡ni producido otra cosa fuera de usted mismo! La vida ha sido su arte. Usted mismo se compuso en música. Sus días son sus sonetos.

Dorian se levantó del piano, pasándose la mano por el pelo.

—Sí; la vida me fue exquisita —murmuró—: pero no voy a seguir la misma vida, Harry. Y usted no debía decirme esas cosas extravagantes. No conoce usted nada de mí. Creo que si lo supiese se apartaría también de mí. Se ríe usted. No se ría.

—¿Por qué deja usted de tocar, Dorian? Vuelva usted allí y toque otra vez ese nocturno. Mire esa gran luna color de miel que pende en el aire sombrío. Espera que usted la hechice, y si usted toca, va a acercarse a la Tierra. ¿No quiere usted? Vamos entonces al club. La noche ha sido encantadora y debemos terminarla de forma encantadora. Hay una persona en el *White* que tiene un deseo enorme de conocerle: el joven lord Poole, el primogénito de Bournemouth. Ya le copia sus corbatas y me ha suplicado que se le presente. Es completamente delicioso y me recuerda un poco a usted.

—Espero que no —dijo Dorian con una mirada triste—. Pero estoy cansado esta noche, Harry. No iré al club. Son cerca de las once y quiero acostarme temprano.

—Quédese. No ha tocado usted nunca tan bien como esta noche. Había en su ejecución algo maravilloso. Tenía una expresión que no le había oído nunca hasta hoy.

—Es porque voy a volverme bueno —respondió, sonriendo—. Ya he cambiado un poco.

—No puede usted cambiar conmigo, Dorian —dijo lord Henry—. Seremos siempre amigos.

—Sin embargo, me envenenó usted en otro tiempo con un libro. No lo olvidaré. Harry, prométame que no prestará usted nunca ese libro a nadie. Es pernicioso.

—Mi querido amigo, empieza usted a moralizar. Va a llegar pronto a ser como los conversos, esos predicadores protestantes que previenen a la gente contra todos los pecados que están ellos cansados de cometer. Es usted demasiado delicioso para hacer eso. Además, sería inútil. Usted y yo somos lo que somos, y seremos lo que seamos. En cuanto a ser envenenados por un libro, no existe tal cosa. El arte no tiene influencia sobre la acción. Aniquila el deseo de obrar. Es soberbiamente estéril. Los libros que el mundo llama inmorales son los libros que le muestran su propia vergüenza. Esto es todo. Pero no discutamos de literatura. Venga a buscarme mañana. Saldré a caballo a las once. Podemos ir juntos, y le llevaré a usted después a almorzar con lady Branksome. Es una mujer encantadora, y quiere consultarle sobre un tapiz que piensa comprar. ¿Va a venir o quiere que almorcemos con nuestra duquesita? Dice que no le ve a usted. ¿Se ha cansado usted quizá de Gladys? Creo que debe de ser eso. Su lengua despabilada le pone a uno los nervios de punta. Bueno, de todos modos, esté aquí a las once.

—¿Debo venir, Harry?...

—Ciertamente. El Parque está absolutamente adorable ahora. Creo que no ha habido tantas lilas desde el año que le conocí.

—Muy bien. Estaré aquí a las once —dijo Dorian—. Buenas noches, Harry.

Al llegar a la puerta vaciló un momento, como si tuviese algo más que decir. Después suspiró y se fue.

CAPÍTULO XX

Hacía una noche deliciosa, tan templada, que se echó el gabán al brazo y ni siquiera se puso su bufanda de seda al cuello. Cuando iba paseando hacia su casa, fumando un cigarrillo, dos muchachos vestidos de etiqueta se cruzaron con él. Oyó a uno de ellos cuchichear al otro: «Es Dorian Gray.» Recordó cómo le gustaba antes que la gente le señalara con el dedo, le mirase o hablara de él. Ahora le cansaba oír su propio nombre. La mitad del encanto que tenía para él el pueblecillo donde había ido con tanta frecuencia últimamente, era que allí nadie le conocía. Había dicho muchas veces a la muchacha a quien indujo a que le amase que era pobre, y ella le creyó. Una vez le dijo que era malo, y ella se echó a reír y le respondió que los malos eran siempre muy viejos y muy feos. ¡Qué risa tenía! ¡Exactamente como el canto de un tordo! ¡Y qué bonita estaba con su vestido de algodón y sus anchos sombreros! No sabía nada, pero poseía todo lo que él había perdido.

Cuando llegó a su casa encontró a su criado esperándolo. Le mandó acostar, se echó sobre el sofá de la biblioteca y empezó a pensar en alguna de las cosas que le había dicho lord Henry.

¿Era realmente verdad que no se podía cambiar nunca? Sintió un ardiente anhelo por la pureza inmaculada de su adolescencia —su adolescencia rosa y blanca, como lord Henry la denominó una vez—. Sabía que la había empañado él mismo y corrompido totalmente su espíritu, causando horror a su imaginación; que tuvo sobre los demás una influencia perversa, y que experimentó una terrible alegría; que de las vidas que se cruzaron con la suya, era la más bella y la más llena de promesas la que él había llenado de vergüenza. Pero ¿todo aquello era irreparable? No le quedaba ninguna esperanza?

¡Ah! qué monstruoso momento de orgullo y de pasión aquel en que rogó que el retrato cargase con el peso de sus días y que conservase el inmaculado esplendor de la eterna juventud! Todo su fracaso se debía a aquello. Mejor hubiese sido para él que cada pecado de su vida trajese consigo su segura y rápida pena. Hay una purificación en el castigo. La oración de un hombre al más justo Dios no debiera ser: «Perdónanos nuestros pecados», sino: «Castíganos por nuestras iniquidades.»

El espejo curiosamente tallado que le había regalado lord Henry, hacía ahora tantos años, descansaba sobre la mesa, y los Cupidos rollizos y blancos reían alrededor, como antiguamente. Lo levantó, y como hizo aquella noche de horror, cuando por primera vez notó el cambio en el retrato fatal, trastornado, se miró con sus ojos empañados de lágrimas en aquel bruñido escudo. En una ocasión, alguien que le había amado terriblemente, le escribió una carta enloquecida, que terminaba con estas palabras idólatras: «El mundo ha cambiado porque tú estás hecho de marfil y de oro. Las curvas de tus labios escriben de nuevo la Historia.» Aquellas frases le volvieron a la memoria y se las repitió a sí mismo varias veces. Luego odió su propia belleza, y tirando al suelo el espejo, aplastó los plateados pedazos bajo su tacón. Era su belleza la que le había perdido, su belleza, y aquella juventud por la que hizo una súplica. Pero, a pesar de aquellas dos cosas, su vida hubiera podido mantenerse inmaculada. Su belleza había sido tan sólo una máscara para él; su juventud, únicamente una burla. ¿Qué es, a lo sumo, la juventud? Una época lozana y prematura, una época de impulsos superficiales, y de pensamientos enfermizos. ¿Por qué había él llevado su librea? La juventud le había echado a perder.

Era mejor no pensar en el pasado. Nada podía alterar aquello. Era en sí mismo, en su propio porvenir, en lo que tenía que pensar. James Vane yacía en una tumba sin nombre, en el cementerio de Selby. Alan Campbell se mató una noche en su laboratorio, pero sin revelar el secreto que él le había obligado a conocer. La agitación actual suscitada sobre la desaparición de Basil Hallward desaparecería muy pronto. Ya iba disminuyendo. Estaba ahora perfectamente a salvo. Realmente, no era la muerte de Basil Hallward la que pesaba más sobre su espíritu. Era la muerte en vida de su propia alma la que le trastornaba. Basil pintó el retrato que había mancillado su vida. No podía perdonarle aquello. El retrato era el causante de todo. Basil le dijo cosas insoportables y que, sin embargo, él escuchó con paciencia. El asesinato había sido simplemente una locura momentánea. En cuanto a Alan Campbell, su suicidio había sido un acto espontáneo. Prefirió hacer aquello. El no tenía nada que ver.

¡Una nueva vida! Aquello era lo que necesitaba. Aquello era lo que esperaba. Seguramente había empezado ya. Había respetado a un ser inocente, de todos modos. No tentaría nunca más a la inocencia. Sería bueno.

Al pensar en Hetty Merton se preguntó si el retrato de la habitación cerrada habría cambiado. Seguramente no seguiría tan horrible como era. Quizá si su vida se purificaba sería capaz de expulsar toda señal de perversa pasión de su cara. Quizá las señales del mal habrían desaparecido ya. Iría a verlo.

Cogió la lámpara de la mesa y se deslizó por la escalera. Cuando abrió la puerta, una sonrisa de alegría cruzó su rostro, que parecía extrañamente joven, y se detuvo un momento en sus labios. Sí, sería bueno, y el horroroso objeto que ocultaba ya no le causaría terror. Se sintió libre ya de aquella cara.

Entró tranquilamente, cerrando la puerta detrás de él, como era su costumbre, y tiró de la cortina púrpura colgada sobre el retrato. Un grito de dolor y de indignación se le escapó. No veía ningún cambio, excepto en los ojos, donde había una expresión de astucia, y en la boca, fruncida por la arruga de la hipocresía. El hecho resultaba, sin embargo, repugnante, más repugnante, a ser posible, que antes, y el rocío escarlata que ensanchaba la mano parecía más brillante, como sangre vertida recientemente. Entonces tembló. ¿Era simplemente vanidad lo que provocó su buena acción? ¿O era el deseo de una nueva sensación, como había indicado lord Henry con su risa burlona? ¿O ese afán por la acción, que nos hace realizar a veces cosas mejores que nosotros mismos? ¿O quizá todo ello? Y ¿por qué la roja mancha era mayor? Parecía haberse extendido como una enfermedad horrible sobre los dedos arrugados. Había sangre en los pintados pies, como si el lienzo hubiese goteado; sangre hasta sobre la mano que no empuñó el cuchillo. ¿Confesar? ¿Sabía él lo que quería decir confesarse? ¿Entregarse él mismo y ser empujado a la muerte? Se echó a reír. Comprendió que la idea era monstruosa. Además, aunque confesase, ¿quién le creería? No había ninguna huella del hombre asesinado en ninguna parte. Todo lo que le perteneció estaba destruido. Él mismo lo había quemado en el piso bajo. El mundo diría simplemente que estaba loco. Le encerrarían si persistía en su historia... Sin embargo, su deber era confesar, sufrir la vergüenza pública y hacer una expiación, pública también. Existía un Dios que exhortaba a los hombres a decir sus pecados en la Tierra lo mismo que en el Cielo. Hiciese lo que hiciese, nada podría purificarle mientras no confesase su propio pecado. ¿Su pecado? Se encogió de hombros. La muerte de Basil Hallward le parecía una cosa insignificante. Pensaba en Hetty Merton. Porque era un espejo de su alma en que se miraba. ¿Vanidad? ¿Curiosidad? ¿Hipocresía? ¿No había nada más que eso en su renuncia? Había algo más. Al menos, eso creía. Pero ¿quién podía decirlo?... No, no había nada más. Por vanidad la había respetado. Por hipocresía había llevado la máscara de la bondad. Por curiosidad había intentado la negación de sí mismo. Ahora lo reconocía.

Pero aquel crimen, ¿iba a perseguirle toda su vida? ¿Iba a estar siempre bajo el peso de su pasado? ¿Debía realmente confesar? Nunca. No había más que una pequeña prueba contra él. Su retrato era aquella prueba. Lo destruiría. ¿Por qué lo conservó tanto? En otro tiempo se dio el placer de contemplar cómo cambiaba y envejecía. Desde hacía mucho no había experimentado semejante placer. Le tenía desvelado por la noche. Cuando salía, sentía terror de que otros ojos pudieran verlo. Había aportado la melancolía a sus pasiones. Su simple recuerdo le echaba a perder muchos momentos de alegría. Había sido como una conciencia de sí mismo. Si; había sido la conciencia. Lo destruiría.

Miró a su alrededor y vio el cuchillo con el cual hirió a Basil Hallward. Lo había limpiado muchas veces, hasta que no quedó ni una mancha en él. Relucía. Como había matado al pintor, mataría la obra del pintor y todo lo que significaba. Mataría el pasado, y cuando hubiese muerto, sería libre. Mataría aquella monstruosa alma viva, y sin sus horrendas advertencias, recobraría el sosiego. Cogió el cuchillo y apuñaló el retrato con él.

Se oyó un grito y una caída ruidosa. El grito fue tan horrible en su agonía, que los criados, despavoridos, se despertaron y salieron de sus cuartos. Dos señores que pasaban por la plaza se detuvieron y miraron hacia la gran casa. Siguieron andando hasta encontrar un guardia y lo trajeron con ellos. El hombre llamó varias veces, pero no contestaron. Excepto una luz en una de las ventanas más altas, la casa estaba a oscuras. Al cabo de un rato, el policía se marchó y fue a colocarse junto a una puerta cochera, vigilando.

—¿De quién es esta casa, guardia? —preguntó el más viejo de los señores.

—De míster Dorian Gray, señor —respondió aquel.

Se miraron uno a otro, y al irse hicieron un gesto de desprecio. Uno de ellos era el tío de sir Henry Ashton.

Dentro, en las dependencias de la servidumbre, los criados, a medio vestir, hablaban entre ellos con sofocados cuchicheos. La vieja señora Leaf gritaba y se retorcía las manos. Francis estaba pálido como un muerto.

Después de un cuarto de hora, subió al piso de arriba con el cochero y unos lacayos. Golpearon en la puerta, pero nadie contestó. Llamaron desde fuera. Todo estaba tranquilo. Finalmente, después de haber intentado infructuosamente forzar la puerta, subieron al tejado y se dejaron caer sobre el antepecho. Las ventanas cedieron fácilmente; sus fallebas eran viejas.

Al entrar, encontraron, colgado en la pared, un espléndido

retrato de su amo, tal como le habían visto últimamente, en toda la maravilla de su exquisita juventud y de su belleza. Tendido sobre el suelo había un hombre muerto, en traje de etiqueta, con un cuchillo en el corazón. Estaba ajado, lleno de arrugas y su cara era repugnante. Hasta que examinaron las sortijas que llevaba no reconocieron quién era.

ÍNDICE

TÍTULOS DE LA COLECCIÓN